Parmi les dix milliers de choses

Julia Pierpont

Parmi les dix milliers de choses

roman

Traduit de l'anglais (États-Unis)
par Aline Azoulay-Pacvoň

Stock
la cosmopolite

TITRE ORIGINAL :
Among the Ten Thousand Things

Photo et couverture : © Vahram Muratyan

ISBN 978-2-234-07557-3

À mes parents, bien entendu

Petite tête dormeuse sous le clair de lune,
à mon retour
nous sortirons ensemble,
Nous marcherons ensemble parmi
les dix milliers de choses,
pénétrés trop tard par cette découverte,
l'amour est le salaire de la mort.

Galway Kinnell

PREMIÈRE PARTIE

New York, fin mai

Chère Deborah,

Est-ce qu'on vous appelle Deborah ? C'est un peu formel, non ? Je parie que vous détestez Debbie. Je déteste Debbie, moi aussi.

Jack vous appelle Deb.

C'est à propos de Jack que j'écris.

J'ai commencé à coucher avec votre mari en juin dernier. Nous sommes restés sept mois ensemble, depuis notre rencontre en gros.

Nous le faisions dans mon appartement. Ou je le retrouvais à son atelier, très souvent. Et au Comfort Inn du centre-ville, une fois, en août dernier. Il a payé avec sa Visa. Vous pouvez vérifier. Je suis au courant pour Kay, que ses camarades d'école la maltraitent, et je sais que Simon a été pris en flagrant délit de vol chez Best Buy. Je n'ai jamais cherché à savoir quoi que ce soit de votre famille. C'est juste que, parfois, il avait besoin de moi.

Dans les films, quand la femme est larguée, elle peut au moins rassembler ses lettres d'amour, ses photos, ses vieux tee-shirts et les brûler. C'est supposé l'aider à aller de l'avant.

Je n'ai pas de photos souvenirs. Je n'ai que des e-mails, et un petit dossier bleu nommé « Chats » sur mon disque dur. Alors, vous savez quoi ? Je suis allée au FedEx Kinko de Houston Street. 87,62$. Je n'ai plus d'imprimante depuis la *fac. Des heures et des heures transformées en pages, dépourvues de romantisme, beaucoup plus crues que dans mon souvenir. Je suis allée acheter un magnum de vodka Georgi pour que ça brûle bien – le Jamaïcain qui tenait la caisse du magasin de spiritueux m'a donné des sacs en plus voyant que j'avais du mal à tenir mon tas de feuilles –, j'ai rapporté tout ça chez moi – ce à quoi se résumait mon histoire d'amour, roulée dans des sacs noir et or –, et j'ai tout jeté dans la baignoire.*

Seulement je ne trouvais pas juste de devoir nettoyer les dégâts ensuite, c'est ma baignoire tout de même, je l'utilise presque chaque jour. Donc j'ai tout mis dans ce carton pour le lui donner.

Et alors que je le regardais, j'ai compris à qui je devais le donner. À vous.

L'amour est juste une excuse pour justifier la faute. Parce que si on trahit en connaissance de cause, alors on est un traître. Me suis-je souciée de vous, de vos enfants ? De mon travail ? Est-ce que cela m'importait ? Est-ce que cela m'importe ?

Ce qui me tue, ce dont je n'arrive pas à me remettre, c'est que je ne vois absolument pas ce que j'ai pu faire pour l'éloigner de moi. Je n'ai pas changé d'un poil. Je me suis figée volontairement. L'autre jour, je me suis pesée pour la première fois depuis longtemps. Je pensais avoir grossi, de dix kilos au moins : dix kilos suffisent peut-être à changer les sentiments que quelqu'un vous porte. Mais non.

Vous avez des migraines, n'est-ce pas ? Il me l'a dit. Moi aussi j'en ai. Vous pensez qu'elles nous viennent de lui, ces migraines ? Comme lorsqu'on boit la même eau polluée et qu'on attrape le même cancer, ou quand deux personnes qui ont vécu à deux pas du 11 Septembre attrapent le même cancer, ou quand deux personnes au mode de vie similaire attrapent le même cancer ? C'est normal de vouloir remonter à la source, quand ça arrive, pas vrai, et d'escompter un dédommagement. Quel dédommagement avez-vous obtenu, Deb ? Ça vous a rapporté combien ?

Il y a des choses que l'on apprend vite quand on grandit en ville, et d'autres tôt ou tard, ou jamais. Kay n'avait pas eu droit aux vélos, ni aux portiques à trois balançoires, aux trajets entre voisins, aux lave-vaisselle, aux salles de jeux aménagées à la cave. La seule nage qu'elle connaissait, c'était celle qui consistait à ne pas couler, remuer pour éviter de glisser vers le fond. Au lieu d'un chien ils avaient eu un chat, et avant cela, une perruche et un cacatoès, des artémies, des lézards, des gerbilles qui avaient fait des tas d'autres gerbilles et un fâcheux cochon d'Inde.

Elle avait compensé avec tout ce que New York lui avait appris. Combien de temps il restait pour traverser quand le *Don't Walk* se mettait à clignoter. Comment héler un taxi (main levée immobile, doigts serrés). Où se placer dans un ascenseur selon le nombre de personnes qu'il contenait déjà, quand se tenir à la barre du métro et quand se laisser porter par le mouvement. Elle savait éviter le regard des gens qui l'entouraient.

« Si tu appuies plus fort, tu trembleras moins », lui avaient conseillé les filles. Elles se postaient toujours quelques mètres plus loin, sur la pointe des pieds, les mains sur les hanches ou en visière. C'était un dimanche matin, après une soirée pyjama. Les yeux plissés par le soleil.

« Allez, viens jusqu'ici, Kay. » Montée sur le seul autre vélo, Racky traçait des huit autour d'elles – Chelsea et les jumelles Haber avec leurs nattes jumelles. C'était devenu le projet collectif de leurs rendez-vous à New Rochelle : apprendre le vélo à Kay. Mais elle ne surmontait jamais sa peur flageolante de tomber. L'émotion la liquéfiait dès le premier coup de pédale, et elle plaquait son pied à terre, mue par le même réflexe avec lequel elle avait rejeté le bâtonnet en bois du Dr Frankel d'un haut-le-cœur lorsqu'il avait essayé d'immobiliser sa langue. Sa semelle claquait contre le sol et le vélo s'arrêtait. Un tour de roues, stop. Un tour de roues, stop. Vingt minutes de ce traitement, presque chaque week-end et, lassées, les autres finissaient par proposer d'aller au cinéma, chez le glacier TCBY du coin, ou de tester un masque conseillé dans un numéro d'*Allure* avec un vieil avocat trouvé dans la cuisine d'une des mères.

« Je n'y arrive pas. » Il faisait chaud et il y avait sans doute un bon programme à regarder à la télé, dans l'air conditionné. La climatisation centrale semblait être le comble du luxe des résidences de banlieue, c'était un peu comme vivre dans un Duane Reade. Chez eux, ils avaient une de ces vieilles clims qui vrombissent et laissent des petites flaques d'eau sous les fenêtres.

« Si Kay arrive à pédaler jusqu'ici, dit Racky, elle pourra choisir le film de ce soir.

– Je n'ai pas envie de le choisir. »

Elles chuchotaient derrière leurs longues mèches blondes, qu'elles coincèrent derrière leurs oreilles dès qu'elles furent d'accord sur le nouveau plan d'action.

« Si Kay arrive à pédaler jusqu'ici, déclara une jumelle, elle pourra choisir le film *et* décider entre pizza ou chinois.

– Je me moque de ce qu'on mangera.

– Des nouilles sautées, Kay.

– Je ne peux pas. »

Racky fit tinter sa sonnette.

« Si elle pédale jusqu'ici, dit-elle en comptant sur ses doigts, elle choisit le film, on mange chinois *et* je lui donne vingt dollars. »

Les Haber éclatèrent de rire. Kay comprit qu'aucune d'elles ne s'attendait à ce qu'elle y arrive, qu'elles se voyaient déjà raconter l'histoire à la cafétéria, lundi, les sacrifices consentis pour enseigner le vélo à Kay, un cas totalement désespéré.

Elle se propulsa sur la chaussée au milieu des rires, et donna un deuxième coup de pédale pour tromper sa peur. Elle n'avait pas peur de tomber, cette fois : si elle chutait, ce serait fini au moins, elles arrêteraient de rire, et peut-être même qu'elles se sentiraient coupables.

Elle passa devant elles – elle les dépassa ! – et continua sur huit ou neuf mètres avant d'échouer dans un trottoir. N'empêche qu'elle avait réussi, sous la contrainte, mais quand même.

Elle choisit *Harry Potter* et des nouilles sautées au bœuf. Elle n'eut pas les vingt dollars promis par Racky mais ne les réclama pas non plus.

Il était neuf heures et demie quand le minivan de la mère de Racky s'arrêta devant l'immeuble de Kay.

« Ta mère va me faire arrêter pour kidnapping.

– Elle n'aura même pas remarqué. »

Parfois Kay se prenait à suggérer, sans aucune raison, que sa mère était négligente. Elle remercia à la cantonade, pour le trajet en voiture ou le week-end, ouvrit la portière et se glissa dehors. Elle sentait que le minivan attendait qu'elle atteigne le hall d'entrée pour repartir en trombe.

Le portier préféré de Kay était de service. Elle ne l'appelait jamais par son prénom, qu'elle connaissait pour avoir entendu d'autres gens le prononcer. Elle avait peur qu'il sonne faux dans sa bouche, peur de l'avoir mal entendu, même après tout ce temps – que son prénom *ressemble* à Angel, mais que ce ne soit pas ça, personne ne s'appelle Angel.

« O.K., Kay », dit-il quand elle traversa le hall d'un pas alourdi par ses affaires du week-end, dans son sac à dos.

Elle arriva devant l'ascenseur au moment où les portes s'ouvraient et, une fois dedans, constata que le bouton de son étage était déjà appuyé. Un tour de magie qu'Angel aimait exécuter. Elle passa la tête dans l'ouverture bouche bée, comme chaque fois – sa manière de l'applaudir –, et Angel éclata d'un long rire haut perché, différent de celui qu'il adressait aux adultes.

Les portes coulissaient pour se refermer lorsqu'il la retint d'une main – « attends » –, il courut jusqu'au monte-charge de service où les colis étaient stockés. Il revint avec une boîte.

« Pour maman », dit-il.

Elle retourna la boîte dans ses mains alors que la cabine s'élevait. Les rabats étaient coincés les uns avec les autres, mais pas collés, et il n'y avait ni cachet ni adresse. Autre chose : un nom était écrit dessus, en lettres noires anguleuses, Mme Jack Shanley. Personne n'appelait sa mère comme ça en dehors des grands-parents de Kay, la mère de son père.

Dans la lumière du couloir, elle distingua un objet rose par la petite ouverture entre les rabats. Ce qu'elle n'oserait jamais confesser après ce soir-là, et qui la remplirait toujours de gêne et de honte, c'est d'avoir pensé que cette boîte contenait un cadeau pour elle.

Son anniversaire n'était qu'en septembre, et ils célébraient toujours Pâques par une virée au rayon sucreries d'un supermarché. Peu importait. S'il s'agissait bien d'un cadeau pour elle, Kay n'avait pas envie d'attendre l'automne pour l'ouvrir, et s'il était pour sa mère, son père ou Simon, elle ne voyait rien de mal à jeter un coup d'œil dessus.

La boîte ne contenait que du papier. Des tas de bouts de papier jetés pêle-mêle comme des tickets de tombola.

je suis allée à un dîner à red hook ce soir. ça n'a parlé que de ce qui se passe en syrie, de ce qui se passe en égypte, mais je ne pense qu'à ce qui se passe entre nous.

Le sentiment que ses yeux fureteurs n'étaient pas supposés lire ça. Elle essaya d'arrêter, ou de voir sans lire, impossible, elle ne pouvait pas, n'arrêtait pas.

je ne peux pas expliquer pourquoi je me sens si triste quand tu me rends si heureuse

je pensais à la manière dont tu avais pressé ma main contre ton cou

montre-moi ta chatte

Et alors, glissant du sommet de la pile, le ticket gagnant, le rose qui avait attiré son attention : une enveloppe. Adressée à sa mère, elle aussi, mais non scellée, alors elle l'ouvrit. Seule la lettre était manuscrite.

Chère Deborah

Et :

J'ai commencé à coucher avec votre mari en juin dernier.

Et :

Je suis au courant pour Kay.

Elle referma la boîte, la coinça sous son bras et entra dans l'appartement. Passa devant sa mère et son frère, qui regardaient la télé, crispée des pieds à la tête.

« Kay ? Pourquoi rentres-tu si tard ? »

Fila dans sa chambre tête baissée pour dissimuler son visage. Il y avait ce drôle de petit machin dans sa gorge, le machin qui faisait mal quand elle avait envie de pleurer.

Les talons de sa mère résonnèrent. Elle venait de fourrer le carton sous l'écheveau de tee-shirts sans manches qui tapissait le sol de son placard quand la porte s'ouvrit d'un coup.

« Où étais-tu passée, chérie ? J'ai appelé Arlene. »

Kay fit mine de chercher quelque chose dans le dernier tiroir de sa commode.

« Elle ne décroche jamais. Je n'aime pas cette femme. »

Kay retournait des brassées de vêtements.

« Tu écoutes ce que je dis ? Je n'aime pas te savoir là-bas.

– Elle est bien comme mère. »

Elle n'avait pas voulu prendre la défense de la mère de Racky. Sentant ses larmes monter, elle plongea plus profond dans le tiroir. Sa chemise de nuit. Où était passée sa chemise de nuit jaune ?

« Il t'est arrivé quelque chose, chérie ? »

Deb lui toucha l'épaule, elle se déroba à son contact. Sa mère était calme et si jolie avec ses cheveux brillants, sa taille fine, ce teint naturellement hâlé dont Kay n'avait pas hérité.

« C'est à cause du vélo ? Les filles ont été méchantes avec toi ? »

Le vélo, le week-end avec les filles, tout cela lui paraissait dérisoire, si lointain à présent, mais cette seule évocation l'accabla encore plus : un autre aspect de sa vie qui ne répondait pas à ses attentes : ses amies n'étaient pas gentilles. Dans un sens, c'était bien de se souvenir, cela l'autorisait à pleurer. Sa mère la prit dans ses bras et Kay s'abandonna à l'étreinte de Deb, se laissa envelopper par son odeur.

« Tu es tombée ? »

Elle acquiesça. Sa joue mouillée collée au bras de sa mère.

« Où as-tu mal ? »

Elle pouvait faire ce qu'on lui avait demandé et donner la boîte à sa mère. Elle pouvait la jeter. La rendre à Angel, *lui* demander de la jeter. La seule chose qu'elle ne pouvait pas faire, à cet instant, c'était aller trouver son père ; il risquait de tout cacher à sa mère, et alors, comment pourrait-elle continuer de vivre avec lui ?

Pour l'heure, mieux valait ne rien faire. Ce fut un secret qu'elle garda toute la journée suivante à l'école. Elle assista au cours d'histoire, de maths, de sciences, sans savoir comment elle était arrivée là, ni par quel couloir. Des portes de vestiaire claquées trop fort, Racky, les jumelles et les autres, toujours en train de rire : y avait-il toujours une foutue raison de se marrer ? Elle se sentait étrangère à tout cela, aux professeurs qui radotaient sur les fractions, la photosynthèse et le chemin de fer souterrain. En quoi ces choses-là concernaient sa vie, en quoi la touchaient-elles ?

Ce n'est pas dimanche mais lundi que tout éclata, et il est possible que ce jour-là Simon ait été à peine, vaguement, un tantinet défoncé. Juste un chouïa.

Il n'avait pas pris le bus pour rentrer et s'était rendu au Short Stop Diner, en bas de la rue où les lycéens enchaînaient les tasses de café pour arroser leurs omelettes et leurs toasts beurrés ; ces ados aux paupières lourdes qui hibernaient encore au moment du petit déjeuner, se rattrapaient l'après-midi, et gâchaient le dîner que leur mère ou leur gouvernante leur préparait. Les aînés régnaient sur les sept box, laissant leurs inférieurs s'entasser sur les tabourets du bar. Simon n'avait que quinze ans mais était accompagné d'un aîné de son cours d'histoire des religions, Jared Berkoff, avec qui il devait préparer un exposé sur le confucianisme, sujet qu'ils avaient tiré au hasard dans le tumbler à café juste rincé et encore humide de M. Dionisio. Jared était un fumeur de joints, planant toujours très haut, sauf sur l'échelle sociale, même si les JAP[1] l'invitaient toujours à leurs soirées, et si, depuis que le plus inspiré des athlètes du lycée avait eu l'idée

1. Acronyme de *Jewish American Princesses*. Comprendre, filles de familles juives nanties américaines. (Toutes les notes sont de la traductrice.)

d'amputer Berkoff d'une lettre[1], une mascotte était née. Simon aurait pu trouver pire compagnon en l'occurrence. C'était dans cette cafétéria que se concluaient les affaires, que l'on venait chercher de la drogue ou draguer. Jared venait pour les deux.

Et les deux se présentèrent sous la forme d'Elena Gorbunova, une première année au front large et aux ravissants yeux d'extraterrestre. Simon l'avait déjà vue ici, remarqué ses cols roulés qui moulaient son buste et lui donnaient des airs de patineuse artistique.

« Gorbunova », dit Jared, en verrouillant son téléphone. C'était manifestement à elle qu'il envoyait des messages depuis qu'ils s'étaient assis dans le box du fond, à côté d'un étudiant d'arts plastiques dont les poignets et les cuticules étaient toujours bordés de peinture. « Gorbunova a ce qu'il nous faut. »

Elena exécuta une révérence, fléchissant les genoux de manière à peine perceptible. Il y avait sans doute quelque chose entre elle et Jared – ou il y avait eu ou allait y avoir. Elle les entraîna vers la sortie, ondulant des hanches, la langue collée à un sachet de sucre.

Sa réserve d'herbe était bien approvisionnée par son frère, Gorb, étudiant au Manhattan College, dans le Bronx, à deux pas de là. Il avait été renvoyé de leur lycée en première, mais il avait eu le temps de s'y tailler une réputation de star au sein de l'équipe d'escrime, qu'il pratiquait au gymnase de l'école. Simon se souvenait du gars, capitonné comme un canapé sur pattes, fine moustache dessinée sur la lèvre supérieure, masque argenté coincé sous le bras, fendant l'air de son fleuret.

Sur le parking, à l'arrière d'un salon de bronzage aux stores baissés, ils s'accroupirent tous trois derrière une voiture et Elena posa une pipe en verre jaune par terre. Elle

1. Si on enlève le *k* de Berkoff, on obtient une version phonétique du verbe *bear off*, qui signifie enlever, emporter, et qui peut avoir un sens positif dans le domaine sportif.

sépara l'herbe et prépara la mixture. Ça collait un peu aux doigts mais elle était rapide. Si elle était mauvaise en éducation physique, elle avait clairement des dons cachés.

Elle tira la première taffe, brève, comme pour s'assurer que la pipe était allumée et la passa à Jared. Simon remarqua une marque au dos de sa main, une étoile à laquelle il manquait deux barres. De fines lignes blanches. Tracées avec un couteau ou une lame de rasoir. Elle cligna dans sa direction alors qu'Elena enfonçait son doigt dans un autre sachet de sucre. Quand ce fut son tour de tirer une taffe, il se rendit compte qu'il n'avait pas regardé comment on faisait, il n'avait jamais fumé, il aurait préféré un joint à ce drôle de machin en verre jaunâtre.

Il le prit entre ses doigts maladroits. Et eut une vision : la pipe tombait à terre, ruinant l'ambiance de ce moment privilégié. Il aspira sans effort, et ne ressentit rien.

« Attends », dit Elena, l'aidant à poser son doigt sur un trou, sur le côté, avec la patience d'un professeur de musique. « Tapote ici. »

Il coula un regard à Jared, inconscient bienheureux, qui retirait un truc de sa bouche.

Quand Simon emplit ses poumons, l'herbe prit une teinte ambrée, puis s'assombrit lorsqu'il éloigna la pipe de ses lèvres.

« Garde un peu la fumée », conseilla Elena, posant deux doigts aux ongles rose et vert sur ses lèvres.

Il ressentit une brûlure aiguë mais se retint coûte que coûte de tousser sur ses petits doigts rugueux et sa cicatrice étoilée.

Il fallait pourtant bien que la fumée ressorte, et c'est vers ses yeux qu'elle remonta. Sa vue se brouilla et des larmes grossirent entre ses paupières, prêtes à couler s'il penchait la tête ne serait-ce que d'un centimètre d'un côté ou de l'autre. Impénétrable, Elena gardait les doigts sur ses lèvres, presque cruelle – cherchait-elle à le tuer ?

Quand elle finit par enlever sa main, Simon essaya de se retenir de tousser. Était-il défoncé ? C'était ça ? Il ressentait à la fois de la joie et de la peur, mais c'était surtout parce que le genou d'Elena frôlait le sien, comme ils étaient assis en tailleur sur du béton granuleux et des éclats de cailloux et de verre.

À son tour, elle tira une longue bouffée et laissa la fumée s'élever aussi délicatement qu'un souffle chaud dans une nuit fraîche.

Il devinait davantage qu'il était défoncé au fait qu'il ne voyait plus rien quand il souriait, tant ses yeux s'étaient rétrécis, qu'à une véritable altération de son état. Jared avait les yeux rouges, mais ceux d'Elena étaient toujours aussi ronds : deux lacs limpides perçant la plaine de son visage. Elena avait sans doute développé une certaine résistance, ou même une totale immunité. Ce serait triste. Ou alors elle était défoncée en permanence et possédait l'un de ces visages miraculeux qui ne trahissaient rien.

« Merde, regarde Simon. On dirait un Japonais », dit Jared.

Ils éclatèrent de rire. Tu fiches tout en l'air tu fiches tout en l'air tu fiches tout en l'air. Arrête de sourire, espèce de crétin. T'as aucune raison de sourire. Le rire d'Elena fit dégringoler la boule de coton qu'il avait dans la bouche le long de sa gorge, jusqu'à son ventre, où elle se mit à grossir. Un progrès. Ses joues avaient retrouvé leur taille normale, mais ses yeux lui semblaient encore tout petits, comme si des doigts rose et vert lui pressaient les paupières.

Jared joignit les mains.

« Ton visage est sidérant, mec.

– Il est mignon », dit Elena, quoique d'un ton compatissant.

La bouche sèche, Simon sentit qu'il était sur le point de vomir. C'était comme vivre une expérience scientifique qui a mal tourné. Et s'il se mettait à pleurer devant eux ?

Elena se pencha vers lui. « Tu es mignon de sourire », dit-elle dans un anglais pire que d'ordinaire.

L'avait-il déjà entendue parler ? Était-ce la première fois qu'il entendait le son de sa voix ?

Il fut pris de court par son baiser, un petit baiser doux et sucré qui lui colla des grains de sucre sur les lèvres, multiplia l'intensité de leurs souffles chargés, et il fit alors la pire des choses. Il sourit, et les lèvres d'Elena atterrirent sur ses dents.

Elle s'écarta ; l'étoile passa devant ses yeux, telle une comète, alors qu'elle s'essuyait la bouche. Elle posa la tête contre la portière de la voiture et ferma les yeux. Jared avait fait pareil. Simon attendit un peu, mais ils semblaient s'être endormis. Il se racla la gorge. Jared se gratta le nez.

Simon préféra partir.

Dans le métro, il se maudit d'avoir souri, d'avoir la bouche si sèche. Et aussi de ne pas avoir acheté un soda à la bodega du coin ; une erreur.

Il était six heures et demie quand il descendit à la station de la 86e Rue et marcha vers la maison. Il approchait de l'angle de Broadway et du supermarché dans lequel il s'était imaginé acheter un Sprite une centaine de fois, dans le métro, mais juste avant de l'atteindre il remarqua sa sœur, assise sur le banc en bois à côté du glacier. Elle avait les yeux baissés, sur son nombril apparemment, ses mèches courtes et soyeuses cachaient son visage. Elle ne l'avait pas encore vu, et le Sprite était à portée de main.

Mais elle avait l'air si petite, sa sœur, et si triste, que, l'espace d'une seconde, il se demanda si elle était au courant, si quelqu'un de l'école l'avait surpris sur le parking. Si Jared ou Elena avaient été arrêtés et si son nom avait été révélé. Le lycée ou le commissariat avaient dû appeler la maison, et sa mère avait envoyé Kay au-devant de lui. C'est ainsi que Simon se retrouva planté au milieu de Broadway : à cause d'un petit quelque chose dans la posture voûtée de sa sœur, du poids écrasant qui semblait peser sur ses épaules.

« Qu'est-ce que tu fais là ?

– Je m'achète une glace. »

Elle ne vit pas son regard naviguer du banc à la boutique.

« Tu sais qu'il faut rentrer dans le magasin pour ça.

– Une minute. »

Elle triturait un bouton de son chemisier. Un vestige de son uniforme d'école primaire, blanc virant au gris, mal boutonné sur le haut. Simon se souvint des réveils matinaux et des luttes de sa sœur contre ces chemisiers avant que le collège ne lui offre le privilège de s'habiller comme elle voulait. Mais le plaisir de la nouveauté s'était élimé – la liberté d'expression avait ses inconvénients – et elle s'était remise à porter des pièces de son ancien uniforme.

Simon voulait garder ses distances, au cas où, il sentait toujours un truc étrange au niveau des yeux, mais elle était au bord des larmes, et il s'assit auprès d'elle.

« Maman t'a donné combien ?

– J'ai encore l'argent du déjeuner.

– Tu n'as pas mangé ? »

Donc il s'était passé quelque chose à l'école. Simon savait que la dope rendait paranoïaque. Ça n'avait rien à voir avec lui. Elle ne voulait pas en parler, voilà tout. Il lui toucha le bras, comme si elle n'avait pas remarqué sa présence et lança « Hé », pointant le menton vers le glacier, dont les menus illuminés pendaient du plafond.

La glace aida un peu, même si Kay laissa sa boule de menthe et cookies au chocolat lui couler entre les doigts et former une flaque au creux de ses mains. Simon avait opté pour une boule vanille-pécan – son parfum préféré, que son père qualifiait de gériatrique – mais il se sentait coupable de se régaler alors que sa sœur était si contrariée. Il savait que la marijuana transformait les gens en porcs.

C'était une mise à l'épreuve de sa virilité bourgeonnante, mais son affection pour sa sœur, ou simplement la curiosité, le retint d'aller acheter la boisson dont il mourait d'envie.

Kay retournait déjà vers la maison, jetant les restes de son cornet dans la poubelle au coin de la rue, alors il la suivit.

Le portier aidait des voisins à entasser leurs bagages dans un taxi, un soulagement pour Simon qui, s'il aimait bien le type, n'appréciait pas tellement ses plaisanteries, dont il abreuvait un peu trop Kay. Dans la lumière vert doré de l'ascenseur, il fixa la plaque de cuivre dans laquelle sa sœur et lui se reflétaient, étrangement déformés par les boutons gravés de numéros. Leurs yeux étaient pareils dans cette lumière, minuscules et ternes. Simon oublia d'appuyer sur le bouton de leur étage. Kay y pensa.

Leur mère se trouvait dans la cuisine devant une pleine marmite de spaghettis et une tête de brocoli. Depuis quelque temps, elle cuisinait tous les soirs, du coup ils mangeaient moins de viande. Elle n'aimait pas la toucher. Leur père était encore au travail. Il ne rentrait jamais si tôt.

C'était la décision la plus insignifiante que Kay pouvait prendre, une décision qui revenait presque à ne rien faire, qui relevait du leurre. Simon ou elle, c'était la même chose, ils étaient tous deux leurs enfants.

Il s'assit sur le lit et posa la boîte sur ses genoux. Kay s'agenouilla derrière lui pour ne pas voir les expressions qui se succédaient sur son visage mais elle voyait ce qu'il lisait, avec quelle attention il examinait la lettre adressée à leur mère, qu'il lut trois ou quatre fois, la soudaine hâte avec laquelle il feuilleta le reste – *merci pour hier* –, froissant les pages, ne saisissant sans doute que l'idée générale – *je ne peux pas expliquer pourquoi je me sens si triste quand tu me rends si heureuse* –, fouillant la marée de papiers, sans ménagement, la faisant déborder du carton. Il était plus furieux qu'elle ne s'y attendait, et quand il en eut assez lu, sans rien dire, sans lui laisser le temps de lui demander ce qu'il en pensait, sans un mot pour elle, il tassa les pages au fond du carton, releva le menton et hurla : « MAMAN ! »

Elle ne se donna pas la peine de lire grand-chose. Simon ne pouvait pas croire que sa mère n'éprouve pas le besoin de regarder chaque page. Aussi furieux était-il envers son père, il l'était autant envers elle, pour des raisons qu'il ne s'expliquait pas mais qui étaient liées à sa réaction trop faible, bien trop faible. Même s'il ignorait encore ce qu'il adviendrait.

C'est de Jack que je veux vous parler. Deb posa la lettre sur ses genoux, au cas où ses mains se mettraient à trembler. *J'ai commencé à coucher avec votre mari en juin dernier.* Elle fut soulagée que ses enfants ne puissent pas voir les battements de son cœur, ce cœur stupide qui bondissait dans sa poitrine à la vue de ces mots. *C'est juste que, parfois, il avait besoin de moi.*

Vous avez des migraines, n'est-ce pas ? Il me l'a dit.

Assise sur le lit de Kay, elle leva le visage vers l'endroit où se tenait son fils, la défiant, les bras croisés et l'œil sec, puis vers sa fille recroquevillée contre le mur, comme si elle voulait disparaître dans la cloison.

« Bon. » Elle se leva. « Laissez-moi une minute, vous deux. J'ai besoin d'une minute. »

Elle prit la boîte, comme s'il s'agissait d'un bibelot, et la considéra un instant, pour lui trouver une place, semblait-il, comme si le but de tout cela n'était pas de s'isoler quelque part avec.

« Je reviens dans une minute. »

Simon et Kay la regardèrent sortir, ils écoutèrent ses pas dans le couloir, la porte qui s'ouvrit à peine et se referma vite. Ils attendirent comme si la chambre de Kay s'était muée en salle d'attente et qu'ils avaient bien fait de prévoir des magazines. Chaque minute prenait tout son temps.

Deb soupesa la boîte au-dessus du lit et essaya de décider si ça paraissait beaucoup ou peu pour tous ces mois.

« Où est-elle partie, gémit Kay, en regardant le sol.

– Elle n'est allée nulle part.

– Mais qu'est-ce qu'elle fait ?

– Elle est en colère, andouille. Tais-toi. »

Kay se tut, et Simon répéta : « Tais-toi. »

Sujet : à propos d'hier

une personne plus courageuse prendrait son téléphone, ou se déplacerait.

Deb voulait protéger ses enfants. Elle aurait voulu leur mettre leurs chaussures et leurs manteaux, même s'il faisait déjà trop chaud pour ça.

hier – c'est peut-être une chose que tu fais tout le temps. je n'ai jamais été mariée – je ne sais pas comment c'est.

Elle aurait voulu emmener ses enfants dans un lieu sûr, chez sa mère, ou au cinéma, les y porter dans ses bras même si, à onze et quinze ans, ils étaient devenus bien trop lourds.

je repense à la manière dont tu as pressé ma main sur ton cou. le geste paraissait si tendre, comme si tu voulais me montrer que, moi aussi, je te rendais vulnérable.

Mais sa première impulsion fut de cacher la boîte. C'était elle la victime, oui, mais devant ses enfants elle avait compris d'emblée ce qu'elle s'apprêtait à devenir : la coupable. Et elle avait pris conscience de sa respiration.

Les bruits intimes de leur mère devinrent de plus en plus inquiétants, interminables parfois. Quand ils l'entendaient tourner une page, ils se demandaient laquelle. Parfois, c'était un fracas qui leur parvenait – un objet s'écrasant contre une masse plus lourde, ou plusieurs, tombant en cascade – quoi donc ? Une main, un poing, une pile de livres.

La blessure que Deb avait garrottée s'était rouverte, c'était si stupide de sa part d'avoir cru qu'elle se refermerait seule ; et quels mots avaient lu ses enfants, quels mots affreux avaient-ils vus ? *montre-moi ta chatte.*

montre-moi ta chatte

salut ! je travaille

je vois ta chatte rasée

haha non tu ne peux pas

je ferme les yeux et je la vois. Tu portes la jupe blanche et tu n'as pas de sous-vêtements.

Elle imagina Simon lisant ces mots, elle avait envie de hurler. Et Kay, aussi. Elle aurait fracassé la tête de Jack par terre. Elle les imagina seuls dans une pièce sombre, plus jeunes, à trois ou quatre ans, lisant ces mots alors qu'ils ne savaient même pas lire. L'âge qu'ils avaient lorsqu'elle s'installait avec eux dans l'horrible vieux canapé sur lequel ils mangeaient en regardant PBS. Quand Jack rentrait à la maison, il leur demandait ce qui était arrivé à la télécommande, couverte de traces de doigts luisants de fromage grillé. Ils étaient plus grands et plus solides, à présent, ses enfants, plus posés – Simon surtout – mais c'étaient ces petits qu'elle voyait souffrir, qu'elle voyait grandir de la pire des manières.

Et elle n'avait rien fait, et c'était justement le problème. Femme stupide, idiote qu'elle était.

Un cri perçant traversa le silence, les faisant sursauter et prier pour que ce ne soit pas la voix de leur mère, ce qui se révéla être le détecteur de fumée.

Deb se précipita dans la cuisine, où Simon et Kay la trouvèrent devant la cuisinière, répétant : « Merde, merde, arrête-toi », et secouant la marmite dont débordait de l'écume qui s'écoulait sur les plaques. Elle frappa le petit cylindre blanc fixé au plafond à l'aide d'un torchon.

« Est-ce que l'un de vous peut ouvrir une fenêtre, s'il vous plaît ! »

Simon se pencha sur l'évier pour pousser le panneau vitré, ce qui fit entrer presque assez d'air pour renouveler l'atmosphère. Deb continua de secouer son torchon. En dépit de la panique, c'était un soulagement d'avoir un petit problème facile à régler, de pouvoir agir. Quand l'alarme se tut, les autres problèmes n'avaient pas disparu.

Elle les fit asseoir à table. Simon but plusieurs verres de soda d'affilée, au point que Deb finit par rapporter la bouteille de deux litres du réfrigérateur, qu'elle laissa suinter sur le bois de la table. Kay tournait sa fourchette dans son tas de pâtes, le visage traversé de grimaces tragiques. Deb aurait voulu entendre les mots qui résonnaient dans les oreilles de sa fille, les pensées qui perçaient dans son esprit et fripaient son visage de cire rose. Doutant soudain de cette décision, ce dîner, triste tentative de remettre de l'ordre là où il ne régnait plus, elle se leva pour aller s'agenouiller entre eux. Elle posa une main sur leurs nuques, qu'elle trouva chaudes. Ou était-ce elle qui avait froid ?

Simon regardait les bulles s'accrocher aux parois de son verre, puis lâcher prise et remonter.

« Tu vas divorcer, hein. »

Deb sentit son ventre remonter vers sa gorge.

« Quand papa rentrera...

– Je ne veux pas lui parler. Je le déteste. »

Donc Simon ne dirait rien, et Kay était incapable de parler, elle n'arrivait à émettre qu'un petit sifflement humide.

« Ne pleure pas. Nous… »

Elle regarda Simon et, avec emphase, ajouta :

« Nous, nous n'avons rien fait de mal. »

Le regard appuyé de son fils suggérait-il son désaccord ? Pensait-il qu'elle avait des choses à se reprocher ?

Ils renoncèrent au dîner. Kay pleura devant le miroir en se brossant les dents. Deb lui donna deux Tylenol PM et resta à son chevet jusqu'à ce qu'elle s'endorme. Elle caressa le visage de sa fille du bout de l'index : une pêche mouillée de larmes.

Dans le salon, Simon était étalé par terre avec ses jeux vidéo, sa tignasse se découpait contre l'écran de télé. Deb se posta à côté de lui. L'heure scintillait sur le décodeur du câble, 21:28. Avec un vernissage imminent, Jack ne rentrerait pas avant plusieurs heures.

« C'est quoi comme jeu ?

– *Battlefield*.

– Comment ça marche ? »

L'écran montrait un jour gris tremblotant comme si le personnage qui tenait la caméra courait à travers des forêts éclairées au flambeau et ponctuées de petits feux ou de tas de braises. On entendait des pas et le moteur d'un hélicoptère, au-dessus. Elle se crispa au son des coups de feu.

« Tu tues des gens. »

Il appuyait sur des tas de boutons.

« C'est la guerre du Viêtnam. »

Quelqu'un cria dans une langue rude, d'un pays lointain (du vrai vietnamien ?) et il y eut d'autres coups de feu. Une main, supposée être celle de Simon, rechargea un fusil. Un Américain hurla *Grenade, à terre !* La couleur disparut et l'image se renversa, comme s'ils étaient joue contre terre.

« Merde. »

Deb posa sur son fils un regard qu'il sentit aussitôt.

« Quoi ? Je suis mort. »

Mais il était déjà sur pieds. KILL ASSIST + 10 clignotait sur l'écran.

« Tu joues contre qui ?

– Euh... » Sa voix semblait arriver du lointain. « Je suis en ligne alors. Contre n'importe qui.

– Des inconnus ?

– Euh. Ouais. Je veux dire... je les connais pas. »

Il finit par aller se coucher, ou du moins par gagner sa chambre. Un rai de lumière blanche filtrait sous sa porte. Il était sans doute encore connecté. Ne se déconnectait sans doute jamais.

Elle avait laissé la boîte dans sa chambre, sous une couverture, sur le rocking-chair près du placard de Jack. Et c'est là qu'elle l'attendait, s'élançant presque pour l'accueillir à la faveur du courant d'air que la fenêtre et la porte conspirèrent à produire quand elle entra.

caresse-la avec deux doigts, de haut en bas, lentement. tu le fais ?

ma colocataire est dans la cuisine

tu le fais

Elle connaissait ce Jack-là. Ils avaient commencé comme ça, eux aussi. Il lui avait parlé comme ça, peut-être moins crûment. Les gens étaient moins obscènes dans les années quatre-vingt-dix, lui semblait-il. Ils ne se servaient pas de claviers pour ça. Mais Deb se souvenait de leurs conversations téléphoniques. Elle avait une colocataire, à l'époque, Izzy, une danseuse du corps de ballet comme elle, omniprésente, qui traversait sa chambre pour se rendre à la cuisine, pissant en laissant la porte ouverte pour regarder la télévision du salon converti en chambre.

glisse tes doigts à l'intérieur maintenant. mouille-les. tu mouilles ?

Deb se demanda s'il l'avait aussi mordue. Cette fille sans visage qui se touchait, qui était-elle ?

tu me fais bander si fort. je l'ai prise dans ma main pour que tu puisses la voir.

Où était-il au moment où il avait écrit ces mots-là ? Ici, pendant qu'elle donnait un cours et que les enfants étaient à l'école ? *je te pénètre. tu mouilles tant que je te pénètre sans mal.* Il voulait savoir ce qu'elle avait fait avec d'autres hommes, comment elle les avait touchés, comment elle s'était laissé toucher. *est-ce que tu aimais le sucer ? lui lécher les couilles ?* Le genre de questions qu'il lui posait au tout début, quand le souvenir des autres hommes était encore frais. Elle lui avait parlé d'un petit ami qui aimait sentir ses dents remonter le long de sa trique, ou qu'elle lui caresse l'anus du bout du doigt. La fois suivante, Jack lui avait demandé de lui faire le truc des dents et du doigt. Elle trouvait ça mignon, sa jalousie, cette jalousie qui lui faisait désirer la même chose que l'autre. « Et moi, tu ne veux pas que je te raconte ? Tu ne veux pas savoir ce que j'ai fait ? » Non.

je serai un peu en retard demain, je dois passer prendre le gâteau de Kay. Entre, déshabille-toi, allonge-toi par terre et attends que je vienne te faire jouir. Deb vit des cuisses lisses s'ouvrir dans un coin de l'atelier, sur la table de dessin, peut-être, elle vit une jupe blanche.

Elle descendit pour appeler sa mère, traversa le hall jaune, passant devant Angel qui bondit de son tabouret, et se laissa envelopper par l'air préestival.

« Allô ? » Ruth répondait toujours « Attends, je vais baisser la télé. »

Deb se mit à déambuler dans la rue. Il faisait sombre aux abords de la Première Église baptiste. Une de ses collègues de l'université s'était mariée ici. De l'extérieur, elle était magnifique avec ses fenêtres roses et ses vitraux chatoyants comme des flaques de gasoil, mais la salle dans laquelle s'était tenue la cérémonie était petite, basse de plafond et triste avec ses murs nus en plâtre blanc. Pour deux billets de vingt, Simon avait accepté de filmer le mariage.

« Je suis là, salut chérie. »

Devant le silence de Deb :

« Qu'y a-t-il ? demanda-t-elle d'une voix tendue par toutes les mauvaises nouvelles envisageables.

– Ils sont au courant. Les enfants. Pour Jack.

– Tu leur as dit ?

– Hein ? Bien sûr que non.

– Que s'est-il passé, Deborah ? Parle lentement. »

Deb lui raconta, lentement, en passant sous le néon vif du fast-food ouvert 24 heures sur 24 où on donnait des ballons aux enfants, avant. Des livreurs attendaient, assis aux tables vertes sur le trottoir.

« Et tu as appelé David ? »

Deb marcha plus vite sur Broadway, d'un pas qui suggérait qu'elle savait où elle allait. Elle traversa au rouge. David Currie était l'avocat spécialisé dans les affaires de divorce qu'elle avait consulté en janvier ; un ami de lycée.

« J'espérais tant en avoir terminé avec ces foutues conneries. »

Sa gorge se serra. Elle passa devant l'épicerie coréenne, les pamplemousses et les poivrons verts paraissaient presque fluorescents. Les lumières orange et rouges des réverbères naviguaient sur ses pupilles.

« Je te comprends, soupira Ruth dans le combiné. Comment ne pas te comprendre. » Sans doute pensait-elle à sa propre histoire.

« Je n'arrive pas à y croire. Merde, je n'arrive tout simplement pas à y croire. »

C'était un mensonge, alors à quoi bon le répéter ainsi ?

« C'est un salaud, Debby. On le savait déjà.

– Je ne veux plus jamais lui adresser la parole.

– Alors appelle David. »

En janvier, David Currie lui avait conseillé d'attendre. Il avait divorcé lui aussi, c'était une longue procédure et il arrivait que les conjoints changent d'avis. « Tu n'as pas idée de ce que les gens sont capables de pardonner. » Il connaissait une femme qui était restée avec son mari qui avait subi une opération pour changer de sexe.

« Je n'arrête pas de me dire qu'on pourrait juger que c'est ma faute. Parce que je n'ai rien fait. »

Parce qu'elle savait ce que c'était de s'égarer, parce qu'elle avait peur de remuer la boue, la saleté, peur de ce qui pourrait être utilisé contre elle si elle demandait le divorce, et si Jack essayait vraiment de se défendre.

« J'aurais dû, je n'aurais pas dû être…

– Mais tu *l'as fait*. Tu *n'as pas été*. Chérie, ces réflexions ne te mèneront nulle part. Bon. Écoute. Va t'allonger. Repose-toi un peu. Il n'est pas encore rentré ?

– Je suis sortie.

– Où es-tu ?

– Tu n'entends pas les bruits de la rue ?

– C'est important ? Non, je ne les ai pas entendus.

– Je ne viens pas te voir, n'aie pas peur.

– Tu peux venir.

– Je sais, tu adorerais. Bon, excuse-moi de t'avoir réveillée.

– Je mangeais.

– Tu ne devrais pas dîner si tard, répondit-elle bêtement. Je t'appelle demain. »

Devant la station de métro de la 72e Rue, des gens seuls ou en couple, adossés aux colonnes, attendaient quelqu'un. Une poussette rouge traversa le square, une femme aux cheveux courts appuyée à ses poignées. C'était réconfortant de voir que la vie continuait ailleurs, qu'il y avait des gens qui ne le connaissaient pas, qui avaient peut-être lu des articles sur lui, dans *New York* ou le *Times*, mais qui se foutaient royalement de Jack.

Ce jour-là, la fille était entrée dans l'atelier désert, avait enlevé tous ses vêtements, et s'était allongée par terre. Jack était arrivé avec deux heures de retard. Et il n'avait pas réussi à entrer : une de ses lubies, elle avait mis la chaîne – le dernier verrou en état de fonctionnement –, une chaînette qu'il avait fait sauter en enfonçant la porte. Il l'avait trouvée penchée sur le lavabo, en train de se laver les cheveux. Nue jusqu'à la taille. C'était pour ça qu'elle avait fermé la porte, pour avoir *l'esprit tranquille*, et elle ne l'avait pas entendu à cause du robinet.

Et voilà qu'au lieu de baiser par terre, il s'était retrouvé à plat ventre sur le canapé à endurer le massage brutal de la fille. *Tu ne pourrais pas remettre une épaule en place même si ta vie en dépendait. Tu essaies de me tuer ou quoi ?* Il l'avait abandonnée, au bord des larmes, pour aller retrouver sa femme, qui, ses années d'expérience de la physiothérapie aidant, savait comment manipuler un membre potentiellement cassé.

Quand était-ce, l'automne dernier ? Il n'avait presque plus mal à l'épaule mais la porte de son atelier n'avait toujours pas de nouvelle chaîne. Un sacré risque, d'autant qu'il savait, depuis le jour où il avait oublié sa clef de l'immeuble, qu'il suffisait de s'accroupir et de passer le bras sous la grille en fer forgé de mauvaise qualité pour l'ouvrir de l'intérieur.

Il n'avait pas non plus remplacé les verrous. Ça l'amusait de savoir que n'importe qui pourrait s'introduire ici sans difficulté. Ça le faisait penser aux bébés éléphants qu'on attachait à des piquets quand ils étaient encore jeunes et faibles, pour que, plus tard, devenus assez grands et forts pour déterrer les piquets, ils ne le fassent pas. À un moment donné, les habitants des pays développés avaient accepté l'idée que toutes les propriétés privées devaient être dotées de serrures. Ses œuvres avaient de la valeur, à présent, plus ou moins. Une certaine valeur. Assez pour que quelqu'un décide de vider son atelier. Alors ça l'amusait, en sortant dans la rue, de regarder les gens et de se dire : si tu savais, idiot d'éléphant.

Le quartier changeait, de toute façon, il redevenait ce qu'il avait été autrefois. La clinique de méthadone en face avait rouvert. Le temps était peut-être venu d'installer un verrou. Il y avait encore cette femme qui traînait devant l'immeuble, fumant clope sur clope dans sa robe blouse fleurie à boutons-pression. La robe le faisait penser à sa belle-mère.

Dans le métro qui le ramenait chez lui, il songea aux jours à venir. C'était son moment préféré, la semaine qui précédait un vernissage. Il adorait aussi le premier soir à la galerie. Puis venaient les interviews, les critiques, les articles de fond parfois : ça aussi il adorait ; et le bourdonnement dans ses oreilles pendant des semaines, après ça, jusqu'à ce que les magazines et les journaux se taisent peu à peu et que l'expo se termine. Le moment qu'il aimait le moins. Alors il recommençait.

Jack aimait passer en revue un maximum de réflexions, dans le métro. Le plus dur, pour lui, dans le mariage – la vie commune en général –, c'était les dix premières minutes qui suivaient le retour à la maison. Les questions sur son boulot, son déjeuner, son trajet – à peine terminé –, et les réponses aux questions qu'il n'avait pas posées, ce flot de paroles qui le submergeait ; sans compter qu'il fallait discuter de l'actualité, pas seulement américaine mais de l'actualité mondiale, et pas seulement des nouvelles locales, mais aussi des commérages, des professeurs de l'école de Deb, et des administrateurs aussi, parfois. Assez souvent.

Le barrage mental se levait dès l'instant où il secouait son trousseau sous l'auvent vert chasseur de l'immeuble. Après minuit, Angel fermait la porte du hall et rentrait chez lui. Ces soirs-là, Jack perdait beaucoup de temps à chercher la clef. Son trousseau en comportait une bonne dizaine, dont plusieurs presque identiques. Il y avait la clef du hall, celle de la boîte aux lettres (facile à reconnaître car petite), les deux clefs de l'appartement, celle de l'immeuble de son atelier, de la boîte aux lettres de l'atelier (petite aussi), celles des verrous cassés, et un autre jeu pour la maison de Rhode Island, où ils n'avaient pas mis les pieds depuis des années. Chaque soir, il se promettait de les enlever de l'anneau, et chaque soir oubliait de le faire une fois là-haut.

Dans l'ascenseur, il jeta un coup d'œil à son Blackberry ; pas de réseau entre le quatrième et le septième étage, bien sûr. Deb voudrait savoir pourquoi il n'avait pas pris son appel. Elle était si soupçonneuse depuis Noël, alors même que, depuis Noël, il n'avait rien fait de mal.

Le salon était éclairé mais il ne la trouva pas devant la chaîne info du câble, assise dans le canapé ou dans le rocking-chair, l'attendant un livre à la main. Il tendit l'oreille vers la cuisine : rien non plus.

Il vit des assiettes de pâtes sur la table. Il arrivait que Deb les fasse trop *al dente*. Une pelote de spaghettis était enroulée au bout d'une fourchette, Jack y reconnut l'œuvre de sa fille. Comme un gros plan de Rosenquist. Il y avait quelque chose d'irréel dans ce dîner abandonné, comme s'ils avaient dû partir précipitamment. D'irréel et d'irritant, à cause de la condensation de la bouteille de soda qui avait coulé, laissant des taches sur la Biedermeier. Jack lécha son pouce et les effaça.

Derrière la fenêtre, l'Empire State Building était bleu-bleu-bleu. Les trois grades de lumière superposés s'étaient affichés en vert-vert-vert à la Saint-Patrick, et rouge-rose-blanc avant cela pour la Saint-Valentin. Il ignorait ce que signifiait ce bleu-bleu-bleu. Quand était Rosh Hashanah, au fait ?

Il se débarrassa de ses chaussures, piqua quelques pâtes et les aspira. Froides mais pas si dures.

Les gonds grincèrent quand il poussa la porte de la chambre. De la lumière là aussi, la petite lampe Tiffany avec ses libellules ambrées enveloppait les livres d'un voile jaune. Deb était sur le lit, pas dedans, allongée sur le couvre-lit, la tête inclinée pour éviter l'oreiller, tout habillée.

Au bord du lit, une boîte grande ouverte semblait l'attendre. Il n'y avait pas grand-chose à lire sur le rabat qu'il voyait de côté, mais il reconnut l'écriture des notes que la fille avait l'habitude de prendre, pages abandonnées sur le sol du studio où elles se couvraient d'empreintes de pas. Cette écriture irritante, enfantine, plus laborieuse que celle de Kay, ou même celle de Simon, une écriture de garçon, naturellement crispée.

Deb s'était redressée. Ses cheveux noirs épais tombaient en rideau sur ses épaules, des cheveux de poupée, bien lisses, avec cette petite vague familière laissée par le chignon qu'elle portait depuis l'enfance. Sorte de halo accentué par les yeux de libellules qui cerclaient sa tête d'une couronne.

« Que se passe-t-il ? »

Il s'exhorta à ignorer la boîte, comme pour la lui faire oublier.

Deb se massa les tempes et essaya de le regarder. Jack se tenait à mi-chemin entre la porte et le lit, les bras ballants, légèrement écartés, prêts à la recevoir. Elle se dit qu'il avait pris un ou deux kilos, qu'il n'avait jamais été beau à proprement parler mais qu'il était égal à lui-même, il avait toujours cette voix puissante, cette stature, l'arête saillante de son nez et ses boucles épaisses, grisonnantes à présent, virant au poivre et sel. Oui, pour les femmes, Jack était un homme extrêmement attirant. Maintenant plus que jamais.

Il remarqua à nouveau les fossettes, de chaque côté de sa bouche, qui se creusaient quand elle était soucieuse. Des fossettes enfantines qu'elle garderait toujours. Et ses yeux, posés sur lui de cette manière critique, comme trop souvent ces derniers mois.

« Dis-moi ce qui s'est passé, que je puisse…

– Te dire ? Te dire quoi ? Non, c'est à toi de me parler. Et puis, non, ce n'est même pas la peine…

– Tu as bu ?

– *Tu étais si sexy ce matin, à la galerie avec ces bottes provocantes* », lut-elle.

Une page qu'elle avait dégainée de nulle part, qu'elle gardait sous elle, comme une arme.

« *Demain je vais te baiser…*

– Deb.

– *Je vais te baiser et te montrer à quel point tu peux être sale.*

– S'il te plaît.

– *Je n'arrivais pas à m'endormir, hier soir, je n'arrêtais pas de bander en pensant à ce que j'avais eu pour le déjeuner : toi.* Je n'ai pas bu, connard.

– Je t'en prie, Deb. J'y ai déjà mis un terme.

– Bravo, dit-elle alors qu'il approchait. Bien joué !

– Laisse-moi voir ça. »

Il tendit la main.

« Pour quoi faire ? Pour savoir tout ce que tu dois avouer ? »

Elle se pencha, attrapa la boîte et l'éloigna, même s'il lui suffisait de tendre le bras pour l'atteindre.

« Tu penses qu'elle n'a pas tout mis ? Moi si, elle est très… *Hé !* »

Hé ! parce qu'il s'était emparé du carton. Elle avait déjà bondi pour le lui reprendre. Jack se replia sur lui-même, pour éviter les bras qui volaient dans tous les sens, et parce qu'il ne savait pas quoi faire. Il avait besoin de réfléchir, d'abord, alors il se réfugia dans la pièce la plus accessible : leur salle de bains. Il ferma le verrou.

« Bordel ! »

Deb donna un coup de pied dans la porte.

Il posa le carton à côté de la vasque et jeta les papiers dedans, un tas après l'autre.

« Jack ! »

C'étaient les trucs les plus crades qui l'inquiétaient. Des choses qu'il ne se souvenait plus d'avoir écrites, qui lui donnaient le sentiment d'être étranger à lui-même. *je veux jouir entre tes seins la prochaine fois*. Même si les mots lui semblaient familiers.

« Ouvre cette foutue porte ! »

Il ne songeait qu'à faire disparaître tout ça. Cette fille était plus dingue qu'il ne le croyait, et il serait impossible de parler à Deb avec cette chose entre eux, ce mur. Il jeta un œil à la corbeille, pas assez grande, et il serait facile de tout récupérer, et à la cuvette des WC, mais le papier boucherait la canalisation. Pourquoi n'avaient-ils pas d'allumettes, ici ? Il finit par ouvrir la petite fenêtre qui donnait sur la cour en gravier, la colonne d'air bénite de l'immeuble. Un geste sans aucune logique, les mains tendues par la fenêtre, pleines de papiers et tout lâcher. Il regarda les feuilles planer dans l'air, moucheter le bleu de la nuit d'ailes blanches, voletant et pirouettant de manière acrobatique ; une ou deux pages se faufilèrent même par des fenêtres ouvertes.

Elles se retournaient, comme feuilletées par une main invisible. C'est en entendant ce froissement de papier claquant dans l'air qu'il s'aperçut que, dans la chambre, Deb ne faisait plus aucun bruit.

Quand il ouvrit la porte, il ne vit que Travolta, le chat, qui reniflait le coin de drap tombé à terre.

Jack emporta la boîte vide au salon où les assiettes avaient été empilées et les spaghettis réunis en gros tas sur celle du haut. Debout au milieu de la pièce, Deb triturait la chaîne en argent d'où pendait son porte-bonheur, les yeux sur l'horloge du téléviseur. 12:44. 12:44. 12:44. 12:45.

« Je t'en prie… »

Une trace de sauce sanguine se détachait sur son cou. Il essaya de l'attirer contre lui, de poser les mains sur ses bras, comme toujours à la fin d'une dispute, comme pour dire, Hé, c'est moi, souviens-toi. Il ne faut pas l'oublier, jamais. Je veux te serrer contre moi et c'est ce que tu veux, toi aussi. Ce simple contact rappela à Deb qu'elle avait des bras, un corps. Qu'était-il arrivé à son corps ?

« Non. »

Elle le repoussa. C'était précisément la tentative d'approche qu'elle redoutait. Elle se mit à trembler, et songea, Très bien, qu'il me voie trembler. Elle aurait voulu que la pièce entière se mette à trembler pour lui montrer son erreur. Il suivit son regard posé sur la boîte, sur l'unique page collée au fond.

« Tu as trouvé le gros lot ?

– C'est du passé, Debby. De l'histoire ancienne », dit-il en secouant le carton.

La dernière feuille tomba à terre, comme un point final.

« Terminé.

– Que tu crois.

– C'était *déjà* terminé.

– Pauvre con. »

Elle parlait d'une voix douce mais serrait les dents.

« Tu sais qui me l'a donnée ? *Eux*. »

Jack tendit la main vers la feuille volante.

« Qui ça, *eux* ?

– Qui ça ? Des personnes que tu connais à peine. Tes enfants. »

Il resta accroupi, la tête baissée, le papier dans la main. Quand il se relèverait, tout serait différent. Ou tout était déjà différent d'ailleurs ; mais tant qu'il restait là, près du sol, de cette page, le temps était suspendu. *Tu pourrais acheter de quoi manger sur le chemin pour qu'on n'ait pas à ressortir.* La fille était arrivée avec une boîte de Pringles et une pastèque, comme si c'était la première fois qu'elle achetait de quoi déjeuner et qu'elle ignorait ce qu'était un sandwich. Il avait ri, en dépit de son agacement, et elle l'avait imité, même si elle aurait sans doute pleuré d'embarras s'il n'avait pas coincé deux chips entre ses lèvres pour faire le canard. C'était il y a longtemps. Les pastèques étaient encore de saison, alors. Et elles n'allaient pas tarder à réapparaître sur les étals. Une pastèque et un paquet de chips vieux d'un an, et il allait devoir payer maintenant, dès qu'il se serait relevé.

« Ne fais pas comme si tu n'entendais pas.

– Je t'entends. »

Il se redressa. Un réflexe, plus qu'une décision. Pour lui répondre, et parce que le moment était venu.

« Qui leur a dit d'ouvrir la boîte ? Est-ce que ça leur était adressé ?

– Quelle importance ? »

Elle passa devant lui, emportant la pile d'assiettes à la cuisine. Elle n'était pas éclairée mais elle n'avait pas besoin de lumière. Elle fit couler le robinet de l'évier. Ouvert au minimum, il émettait un son aigu : un sifflement ou un cri étouffé.

Jack alluma la lumière du plan de travail sur lequel le courrier s'accumulait.

« Qu'ont-ils dit ? »

Elle pressa un flacon en plastique qui cracha du savon liquide vert. Elle parla trop doucement pour qu'il entende sa réponse.

« Quoi ?

– Ils ne veulent pas te parler.

– Je ne t'entends pas », dit-il.

Sauf qu'il l'avait bien entendue, cette fois.

« J'ai dit qu'ils ne voulaient pas te parler. »

Elle récurait une casserole.

« Bon sang. Ça ne peut pas attendre ? Sans blague, c'est vraiment le moment ? »

Elle ferma le robinet et se replia vers la chambre, secouant ses doigts mouillés en chemin. C'était sans doute pour masquer ses larmes qu'elle lui dissimulait son visage, songea-t-il.

Travolta ressortit de leur chambre au petit trot, son ventre mou se balançant de droite à gauche. Deb regarda autour d'elle.

« Qu'est-ce que tu en as fait ? »

Elle se rendit à la salle de bains et remarqua la fenêtre ouverte.

« *Non.*

– Je ne savais pas quoi faire d'autre. Je ne sais pas quoi faire.

– Va les chercher. Quelqu'un pourrait tomber dessus. »

Il rétorqua qu'il s'en moquait, que n'importe lequel de leurs idiots de voisins pouvait bien tomber dessus.

« Je ne m'en moque pas, *moi.* Ce sont des gens que je croise tous les jours. Je prends l'ascenseur avec eux, je les rencontre à ce satané supermarché.

– D'accord, d'accord. Je vais les chercher et... les jeter à la poubelle.

– Tu peux en faire ce que tu veux. Ces pages ne disparaîtront jamais. »

J'espère que tu te trompes, eut-il envie de répondre. Mais il lui sembla plus sage de s'en abstenir.

« Je reviens... Deb ? Je reviens. »

Assise sur le lit, la tête entre les mains, elle ne daigna pas lui montrer si elle l'avait entendu ou non.

La cour se trouvait au bout d'un long couloir au sous-sol, derrière la chaufferie qui bourdonnait en continu, les machines à laver blanches éclairées au néon, la salle de jeux avec son château en plastique et son tapis alphabet en mousse. Comme dans l'ascenseur, Jack perdit le réseau, un temps, mais dès qu'il se retrouva dans la cour, son téléphone se remit en service. Il foula le gravier et, au milieu des ordures dont il était l'auteur, composa le numéro de la fille.

Il laissa sonner un moment. Il était tard, mais elle ne se couchait jamais de bonne heure. Il ne l'avait jamais crainte, et pourtant, à cet instant, alors qu'il attendait qu'elle réponde, il ressentait de la peur. Il avait peur de lui-même, de sa colère, de ce qu'il adviendrait s'il se laissait aller à l'exprimer.

Sa question demeura en suspens. Tout comme son appel. Il rassembla les pages refroidies par le sol de la cour, songeant que la soirée s'était rafraîchie.

je veux t'appliquer mon foutre sur la bouche, comme du rouge à lèvres, et je veux que tu te les lèches.

Dans un autre contexte, il aurait bandé en relisant ces mots. Si c'était à lui, et non à Deb, qu'elle avait renvoyé ces lettres, il l'aurait volontiers baisée une fois de plus. Mais ce n'était pas ce qu'elle recherchait – le sexe. Ça n'avait jamais été son but. Les femmes le trompaient toujours sur leurs intentions. Il n'était jamais à la hauteur de leurs attentes.

La pile était assez nette, juste un peu écornée par la lecture, peut-être. Il restait sûrement quelques pages, perchées sur le rebord d'une fenêtre. Tombées dans la salle de bains ou la chambre d'un voisin. Une jolie surprise à découvrir au réveil.

Jack leva la tête vers le carré de ciel qui surplombait la colonne d'air. Un ciel sans étoiles, à peine visible de l'immeuble, carré noir moucheté, imprimé sur ses pupilles qui redescendaient pourtant déjà le long du mur de briques flammées, chaleureux et réconfortant.

Il fredonna, pour lui-même, et pour la nuit. Tout finirait par s'arranger. Il s'en était toujours sorti ; il n'y avait pas de raison qu'il ne s'en sorte pas cette fois encore.

De retour à l'étage, les pages contre son cœur, Jack affronta l'instant qui précède les mots – l'échange de regards. Ou était-ce le moment qui suivait ? Quand tout ce qui peut être résolu par la parole a déjà été dit ?

« Connard. »

Erreur. Deb avait encore des paroles en réserve.

« Je pourrais te quitter pour ça. Pour moins que ça. »

Elle était encore perchée sur le lit et il n'osait pas s'asseoir près d'elle.

« Je sais que tu en es capable, dit-il, s'asseyant au bord du rocking-chair, pour l'empêcher de se balancer.

– Ou je pourrais rester. Si c'est bien ce que tu veux.

– Bien sûr que c'est ce que je veux.

– La ferme. Je ne te demande pas ton avis. J'envisage mes options, la plus simple et la plus difficile. Je ne sais même pas laquelle serait la plus difficile. Le divorce ? Tu imagines le cauchemar ? Et merde, j'ai *envie* d'être mariée, moi. Je me suis mariée parce que je voulais *être* mariée, Jack. Et toi ?

– Parce que je t'aime.

– Ce n'est pas le moment de m'aimer. Que tu puisses rester là à me dire que tu espères que je te pardonnerai, que, que…

– J'espère *sincèrement.*

– Si tu savais comme je te déteste de m'obliger à prononcer ces mots, ces clichés. Les gens disent vraiment ces choses-là ? »

Ils prononcèrent encore beaucoup de mots après ceux-là. Qui ne les menèrent nulle part. Parce que ce n'était pas un de ces problèmes que l'on résout en parlant. Rétrospectivement, ils ne garderaient pas le souvenir d'un échange logique, mais d'une suite interminable de répliques. À un moment, Deb eut cette phrase définitive : « Est-ce que tu as une idée de tout ce à quoi j'ai renoncé pour… ça ? » Un « ça » qui signifiait « toi ». Non, pour le meilleur ou pour le pire, personne ne le saurait jamais. Et plus tard, accablée par ses propres paroles : « J'ai du mal à croire que ça t'intéresse. » En réponse à la question : « Que veux-tu ? »

Il proposa d'aller dormir à l'atelier et elle refusa. Elle ne voulait pas de lui dans leur lit mais ne voulait pas non plus avoir à se demander où il était.

« Je vais dormir au salon. »

Cela ne leur était jamais arrivé, de dormir dans des chambres séparées, pas même l'hiver dernier, quand elle avait découvert l'existence de la fille. Jack choisit l'oreiller le plus piteux – il l'aurait traîné derrière lui s'il avait été assez long – et alla s'allonger sur le canapé.

Il faisait plus chaud que dans la cour, ici ; assez chaud pour dormir les fenêtres ouvertes. Des voix chantant *Joyeux anniversaire* parvenaient d'une terrasse ou d'un escalier de secours. L'écho distant d'une soirée. Des voix féminines, bien sûr, parce que, dès l'enfance, on apprenait aux hommes à se retenir de chanter en public, à se retenir de chanter tout court. L'écho traversait sans doute plusieurs rues pour atteindre le onzième étage de leur immeuble.

Leur rencontre. Dans une soirée. « J'ai failli partir de bonne heure, racontait-elle souvent. Et tu avais failli rester chez toi. » Est-ce que ça aurait changé quelque chose ? Se seraient-ils rencontrés ailleurs ? Il savait qu'elle aimait se poser la question. Le jour de leur rencontre. Les personnes qu'ils étaient alors. Il lui avait dit qu'il était marié. Sa femme n'était pas venue, non. Elle n'aimait pas les soirées. Deb s'était arquée vers lui et l'avait interrogé sur son travail. Robe noire à bretelles, peau veloutée, omoplates saillantes. Ils avaient partagé un taxi, rien de plus. Puis, debout sous un auvent d'un immeuble qui n'était pas le sien, elle avait attendu que la voiture reparte avant de sauter dans un métro pour regagner son quartier. Elle voulait tant faire le trajet avec lui.

Une semaine plus tard, elle l'avait appelé. Lui avait proposé de le retrouver quelque part. Juste pour discuter. Son mariage battait de l'aile. Il n'avait pas repoussé son genou pressé contre le sien, sous la table.

Elle avait fait un saut à son atelier en ville. Par curiosité. S'était déshabillée et avait posé pour lui. « Je suis marié », lui avait-il rappelé. Elle lui avait demandé de la sculpter avec ses mains.

Au début, ils se retrouvaient chez elle, l'après-midi. Il aimait sentir ses jeunes jambes musclées autour de lui, se dire qu'elles avaient le pouvoir de l'emprisonner là à jamais. Il y avait quelque chose de chevalin chez elle, dans un sens positif – ses belles dents, ses beaux cheveux, sa puissance physique. Ses seins pouvaient à peine remplir un verre de martini, mais ils suffisaient à ses mains, à sa bouche. Il lui demandait d'aller s'asseoir à l'autre bout de la pièce et de se toucher devant lui. Cela n'affectait en rien son travail. Il était impressionné par cette faculté qu'il avait à l'isoler du reste. Comme si la création occupait un plan supérieur de son existence. La tête entre ses cuisses, il pouvait songer à des courbes, inventer des formes.

Et il y avait eu ce fameux jour où il l'avait trouvée en larmes. Il n'avait aucune raison de penser qu'elle pleurait pour un motif particulier, cette fois-là. Et après l'avoir entendue, il avait pensé : N'est-ce pas ce que tu voulais ? Ou peut-être l'avait-il dit à voix haute, parce qu'elle avait crié, parce qu'il s'était entendu lui présenter des excuses, parce qu'il l'avait prise dans ses bras.

Simon était né sept mois plus tard.

Et voilà que cet être qu'il avait conçu, ce Simon-là, ne voulait plus lui adresser la parole. Deb n'avait pas menti à ce propos. Le lendemain, Jack attendit, en tee-shirt et caleçon, assis sur le canapé, un oreiller sur les cuisses. Et quand Simon finit par apparaître, au lieu de se diriger vers son père, il gagna la porte. Prêt à sortir, sac sur le dos, comme une carapace.

Deb le rattrapa.

« Tu es sûr que tu ne veux pas que je te les passe au micro-ondes ?

– Je les aime comme ça, répondit-il en écrasant un sachet en aluminium contre sa paume.

– Il est encore très tôt.

– Je te l'ai déjà dit, je dois retrouver un pote. On a un exposé à faire en première heure. »

De son canapé, Jack lui adressa un geste vague de la main, presque un salut, que son fils refusa de voir.

Deb suivit l'adolescent dehors, lui murmurant des paroles que Jack n'entendit pas. Elle attendit l'ascenseur avec lui. Il la vit lever deux bras raides pour s'étirer, croiser les mains sur sa nuque, coudes pointés vers l'avant, parlant toujours, semblait-il. Dans cette posture, même sa jupe longue paraissait indécente pour un couloir d'immeuble. La danse lui avait appris à se sentir bien dans son corps fin, moins long qu'on pouvait le penser. Parfois Jack se disait qu'elle ne perdrait rien à se montrer un peu plus réservée devant les enfants. Il n'aurait jamais osé se pavaner de la sorte sous leurs yeux. Encore une différence entre les hommes et les femmes.

Il entendit le carillon de l'ascenseur et le grincement signalant l'arrêt, puis la voix du liftier résonna, juste avant que les portes ne se referment. Il suivit Deb des yeux, tandis qu'elle regagnait la cuisine, sans espérer qu'elle s'arrêterait en chemin. Ce qu'elle fit, néanmoins.

« Je n'ai rien à te dire. »

C'était plutôt bon signe, d'une certaine manière. Ça ressemblait à un *Non, je ne t'entends pas* ou à un *Oui, je dors*. Jack ne put réprimer un petit sourire.

Elle se pencha, posant les mains sur ses genoux.

« Tu pleures ? »

Est-ce qu'il pleurait ? Il souriait un peu, et pleurait un peu, aussi. La découverte le prit au dépourvu. Il cligna des yeux jusqu'à ce qu'une larme jaillisse. Ce n'était pas si mal de pleurer. Le lieu et le moment s'y prêtaient bien – à peine moins qu'un enterrement. Il soutint son regard, le plus ouvertement possible, espérant qu'elle résoudrait l'énigme. S'il y avait un remède à cela, il était important qu'elle s'en croie l'auteur.

S'imaginant qu'elle attendait qu'il batte des paupières, il se retint de le faire. Les larmes s'accumulèrent aux coins de ses yeux. Elle lui déroba alors son regard et regagna la cuisine. Il enfila son pantalon et la rejoignit.

Kay se trouvait devant l'évier, le bas de son pyjama à motifs pingouins roulé jusqu'aux genoux, une cuiller naviguant dans un bol de porridge instantané. Deb cassait des œufs qu'elle tirait d'une boîte en polystyrène rose. Dans un mug. Fais-le plutôt dans un verre, aurait-il aimé lui dire. Ce sera plus facile de voir si tu as laissé de la coquille.

L'avenir tel qu'il le voyait, les prochaines semaines tout du moins : Sa femme continuerait de le défier, ou juste de lui crier dessus – à quoi bon lutter contre une chose inoffensive, difforme, bouffie de regrets, s'endormant recroquevillée sous des drapeaux blancs agités tels des essuie-glaces ? Et puis, elle en aurait assez de hurler, assez de pleurer. Kay et Simon pleureraient à leur tour en voyant les larmes de leur mère. Ils ne lui adresseraient la parole que lorsque sa présence physique constituerait une entrave. Pour lui demander de s'écarter du réfrigérateur. Avec une politesse excessive.

« Excuse-moi », dirait Kay.

Alors, il s'effacerait pour lui permettre d'attraper le lait.

Ils vivraient ainsi un certain temps.

De retour au salon, il enfonça ses pieds nus dans ses chaussures, puis passa la tête et les bras dans le même col et les mêmes manches que la veille. Lorsqu'il ferma la porte, il le fit le plus doucement possible. Il appuya sur le bouton de l'ascenseur et étudia son reflet dans le miroir du couloir. Il frotta ses joues, qu'il trouva poreuses et moites. Des petites peaux mortes grasses roulèrent sous ses doigts. Quand l'ascenseur arriva, il prit conscience du portefeuille qui gonflait sa poche arrière. Il éviterait d'être à la maison dans la journée. Deb voulait que Simon et Kay se lèvent et s'endorment dans un *territoire neutre*. La raison officielle. Mais il serait parti de toute façon. Parce qu'il n'arrivait pas à soutenir le regard de ses enfants.

Le cours de danse classique de niveau 3 démarrait à 13 heures 10 dans l'annexe de la salle de ballet du Barnard Hall. Face au miroir, Deb regardait les filles entrer par petits groupes, pouffant, bras dessus bras dessous. Depuis quelques semaines, elle savait prédire le moment exact de leur arrivée grâce au soleil : dès qu'un rayon traversait les grandes fenêtres pour aller réchauffer le parquet sombre, et rebondissait pour éclabousser les miroirs de l'angle. Certaines élèves portaient les restes de leur déjeuner, des salades dans des boîtes en plastique.

Elle mit le disque de Delibes.

« Jambes tendues, genoux vers l'extérieur », lança-t-elle, passant en revue la file de danseuses.

Elle se voyait apparaître et disparaître dans le miroir, à mesure qu'elle redressait un dos ou relevait un menton.

« Oui, c'est bien. »

Quelle blague. Tenter de mener de front l'université et le conservatoire de danse classique. L'université et la danse moderne, à la rigueur. Elle enseignait depuis cinq ans, et aucune de ses élèves diplômées ne dansait encore. Aucune de celles qui lui donnaient des nouvelles. Elle les aimait bien, ces petites ; de chic filles, même si elle ne les laissait jamais trop approcher. Elle avait le meilleur

CV de la fac – le City Ballet était synonyme de succès –, si bien que ses cours étaient toujours bondés. Mais elle connaissait aussi sa réputation : expérimentée, froide.

« Bien. N'oubliez pas. Genoux vers l'extérieur. Jambes tendues. Pas tordues. »

Elles l'interrogeaient sur Isabel Davey, parfois. La connaissait-elle ? Un peu.

Deb et Izzy avaient fait la SAB[1] ensemble. Elles avaient intégré le corps de ballet la même année, dansé dans les mêmes productions. Elles partageaient un appartement à Chelsea – à l'époque où c'était encore un quartier abordable –, et avaient gravi les échelons ensemble, même si Izzy était montée plus haut, plus vite et, à la différence de Deb, sans jamais flancher. Deb avait près de vingt-sept ans quand elle avait abandonné, *on abandonne toutes tôt ou tard*. Izzy dansait toujours. Elle avait déjà une grande carrière derrière elle ; aussi grande que Simon. C'était une star, à présent – son nom était écrit en grosses lettres.

« C'est bien, Hannah. Et arabesque. »

Ces filles-là manquaient de tenue, de discipline. Même les plus sérieuses – celles dont la grâce naturelle semblait très prometteuse en première année – se relâchaient au fil des mois. Raison pour laquelle Deb préférait garder ses distances. Elle replaçait leurs bras, resserrait leurs talons, mais ne cherchait guère à savoir d'où elles venaient, pendant les pauses – ni de quel internat, ni de quel État –, et c'était à peine si elle parvenait à soutenir leur regard quand ses élèves lui demandaient conseil. Les encourager n'aurait pas été honnête, parce qu'elle désapprouvait leur choix, parce qu'elle aurait voulu leur murmurer à l'oreille : *Arrête tout de suite*. Elles avaient moins à perdre en faculté d'économie, d'histoire, de médecine, de droit, de n'importe quoi. Les regarder s'échiner la déprimait. Elles étaient prêtes à tout sacrifier : leur famille, leur jeunesse, leur ambition. La vie les attendait, au-dehors. Alors

1. *School of American Ballet.*

que, lorsqu'elle avait rencontré Jack, Deb était encore assez vierge pour être fière de ne plus l'être.

Elle savait pour Jack depuis Noël, depuis leur séjour chez sa mère et son beau-père, à Houston. Le dernier jour, Charles montrait un train électrique à ses « presque » petits-enfants au grenier, et Phyllis ouvrait des boîtes de petits croissants dans la cuisine, quand Deb avait entendu des bribes de conversation à travers la porte de la salle de bains. Des bribes suffisantes. Elle avait frappé trois coups, violents, du plat de la main, comme un code morse, des *Bam* qui avaient longuement résonné sur le bois. Un silence avait suivi. Quand Jack avait ouvert la porte, Deb, les yeux brûlants, n'avait pas eu le temps de crier ni de prononcer un mot ; Phyllis accourait, alertée par le fracas, un torchon à la main.

Deb n'avait pas eu le courage de lui parler, à Houston. Sa colère était inexprimable dans cette maison où Jack était partout, en photo sur les murs, dans les miroirs. Elle s'était excusée pour le dîner, prétextant un mal de tête qui se manifesta sitôt mentionné : elle avait vraiment mal à la tête. Dans l'avion du retour, ils s'étaient assis dans des rangées séparées, occupant deux sièges chacun. Ce n'était qu'une fois à la maison qu'elle avait réussi à lui dire, d'une voix parfaitement calme, d'aller au diable.

Mais Jack avait eu tout le temps de se préparer, et il avait paré l'attaque avec brio, avec toute l'habileté qui le caractérisait. Il était plein de reconnaissance. Dieu merci, elle l'avait percé à jour, elle allait l'aider à se détourner de cette aventure qu'il regrettait déjà. Comme si elle l'attrapait au lasso alors qu'il chevauchait un animal sauvage. Merci de nous sauver, Deb.

Cette nuit-là, il avait répondu aux questions qu'elle aurait préféré ne pas avoir besoin de poser. Des questions qui donnaient le sentiment que les réponses pourraient faire la différence, à condition qu'il vise juste. Mais dans le fond, elle avait besoin de savoir. Aimes-tu cette femme ? (Non.) Depuis combien de temps tu la vois ? (Moins longtemps que tu ne l'imagines, mais trop longtemps.) Tu vas arrêter ? (Oui, je vais arrêter.) Comment ça a commencé ? (C'est une gamine, elle avait juste envie de parler.) Quand as-tu compris que tu irais plus loin ? (Je ne m'y attendais pas, honnêtement, ça n'était pas prémédité.)

Elle passa la langue au coin de ses lèvres, sur un bouton de fièvre naissant.

« Arabesque. On étire. »

Elle n'était qu'envie. Elle enviait Izzy, elle enviait ces filles qui lui coulaient des œillades obliques, agrippant la barre, les bras en quatrième position. Elles étaient loin de se douter qu'elles étaient déjà vieilles dans le monde de la danse ; tout comme Deb, à leur âge, ne se doutait pas de sa jeunesse dans le monde réel. Vingt-deux, vingt-trois ans, invitée à des soirées de gens ordinaires, des non-danseurs qui s'extasient à votre vue, comme à la vue d'un oiseau rare. L'image qu'ils ont de vous, la grâce incarnée, tout en muscles et os, tirée à quatre épingles de la racine des cheveux aux ongles des orteils. Alors que vous vous faites l'effet d'une imposture, parce que vous n'êtes qu'une goutte dans l'océan du corps de ballet. Parce que votre mère a besoin de jumelles pour vous reconnaître parmi les autres. Le seul endroit où Deb ne se sentait pas danseuse, c'était sur scène. Le choc brutal. Une tête d'épingle dans la foule, comme le disait son père.

« Bien, mesdemoiselles. Encore une fois. »

Elles avaient si peu en commun, et pourtant Deb était là, dans cette salle, avec elles.

Ça a commencé après une dispute ? Un soir où je t'ai dit que j'étais trop fatiguée ? (Non, Deb, non, ne te fais pas ça. Je ne sais plus.) Il y en a eu d'autres ? (Ça n'a plus aucune importance.) Combien ? (Peu importe.) Combien, un chiffre. (Je ne sais pas.) Que fais-tu avec elles que tu ne peux pas faire avec moi ? (Ce n'est pas ça, Deb. Il n'y a rien à comparer. Je ne les compare pas à toi. Oh, non… Deb, Debby, chuuut.)

La leçon s'était écoulée, malgré tout, et elle se terminait. Les filles se préparaient à sortir quand son téléphone sonna. Un numéro inconnu. Elle aurait préféré ne pas répondre : impossible quand on a des enfants.

« Je ne comprends pas, s'éleva une voix. Tu n'appelles jamais, tu n'écris jamais. Tu as reçu mon e-mail ?

– Comment vas-tu, Gary ? »

Le colocataire de Jack, à l'époque où ils étudiaient à la RISD[1].

Tout le monde connaissait l'histoire de leur rencontre en première année, au cours de cinéma expérimental. Gary avait donné un coup de coude à Jack, qui s'était endormi pendant le visionnage de *Mothlight* de Brakhage : une pellicule couverte d'ailes d'insectes collées. *Maintenant je sais à quoi ressemble la vie d'un électrocuteur d'insectes*, avait commenté Jack.

« Bien. Je vais bien. »

Gary allait toujours bien.

« J'étais en train de regarder mon agenda pour voir quand je pourrais faire un saut à Jamestown. »

Les deux amis avaient acheté une maison ensemble, à l'époque où ils pouvaient tous les deux peindre et où Gary pêchait. Depuis, Gary avait épousé une femme fortunée, puis une autre femme fortunée, et vivait essentiellement seul, essentiellement à Boston, où il vendait de l'immobilier bon gré mal gré. L'été, il essayait toujours de les attirer à Jamestown, pour partager avec eux ses éternelles vacances.

« C'est un peu la folie ces derniers temps.

– Je sais, je sais. C'est bientôt le vernissage de Jack ! »

Gary avait quitté le monde de l'art – ou le monde de l'art ne s'était pas ouvert à lui –, mais il aimait se tenir au courant.

« Il est nerveux ?

1. École de design de Rhode Island.

– Dis, est-ce que je pourrais te rappeler plus tard ? »

Dans son dos, les filles quittaient la salle, envoyaient des messages, mangeaient leur salade, enfournant des feuilles entières dans leurs bouches béantes, tels des brontosaures – ou des brachiosaures ?

« Attends une seconde… J'ai essayé ton mari.

– Ah ? »

Même s'il n'était pas rare que Jack ignore les appels de Gary, ces derniers temps. Le climat s'était rafraîchi à un moment.

« Je lui ai laissé un message. Je sais qu'il déteste ça. Bref, tu veux bien lui souhaiter bonne chance de ma part ? Pour l'expo.

– Pourquoi tu n'essaierais pas de le rappeler ? Il est sûrement à l'atelier. »

Jack possédait un grand canapé en cuir, à l'atelier. Pas de douche, mais un lavabo dans lequel il pouvait plonger les bras jusqu'aux aisselles. Quand son travail progressait bien, il restait enfermé là jour et nuit. Il lui était arrivé de s'endormir au petit matin sur son tabouret pivotant, la tête sur la table de dessin. Quand son cerveau et ses mains fonctionnaient à plein régime, il était impossible de l'attirer dehors.

Ça lui arrivait souvent à ses débuts. Quand il ne mangeait pas à sa faim et que tout était à construire. Pendant un temps, il avait vécu et travaillé comme l'artiste qu'il s'imaginait devenir alors qu'il étudiait à la RISD : cinq à dix pièces sur le feu en permanence. L'esprit foisonnant d'idées, il lui suffisait de sortir et de se retrouver au cœur du monde, parmi les dix milliers de choses, pour qu'elles jaillissent. Il percevait une symétrie singulière en chaque chose. Se faisait l'effet d'un voleur.

Plus récemment, il avait commencé à se demander pourquoi, et pour quoi. À se questionner, en tout cas. Il s'était retrouvé plusieurs fois debout, les bras ballants, au milieu des jerricans, des torches, des plaques de métal attendant d'être travaillées, le tout recouvert d'une épaisse couche de poussière.

Comme maintenant.

Il avança jusqu'à la grande fenêtre et la fit basculer le plus loin possible pour respirer l'air doux de la mi-journée. Non. Il ne travaillerait pas.

Ce serait aller contre les raisons pour lesquelles il s'était marié. La famille devait vous faciliter la vie. Il avait vu tant d'artistes – rivaux et amis – galérer quand ils étaient seuls. Oublier de manger. Vivre dans leur atelier, renoncer à leur appartement. Ou transformer leur appartement en atelier. Trop maigrir, trop grossir, trop tout. Boire, ne faire aucun exercice, sauf quand ils ramenaient des filles rencontrées lors d'expositions d'autres artistes, et même là ça ne durait guère plus d'une heure : deux missionnaires et la fille repoussait les deux bras lourds pour filer. Plus la drogue : ne jamais savoir quel jour on est. Un ami peintre, Richard, avait arrêté de suivre son traitement contre la calvitie, soit parce qu'il l'oubliait, soit parce qu'il était incompatible avec le Xanax, le Percocet, le Valium et le special K. Ces traitements-là, il ne les oubliait jamais. Richard prenait des antidépresseurs sans ordonnance depuis vingt ans. Ça lui coûtait le montant d'une assurance maladie.

Jack en avait soupé de cette vie de traîne-savate ; à quarante ans, il estimait en avoir fait le tour. La triste réalité sans paillettes que Richard et ses semblables ne percevaient pas, c'était qu'on ne gagnait rien à vivre comme l'art que l'on essayait de créer. L'art est un labeur. Qui nécessite de se lever de bonne heure, de travailler jusqu'à l'épuisement et plus encore, de s'entourer de tout ce qui vous permet de rester en bonne santé. Un cercle. Un emploi du temps à respecter. Voilà pourquoi Richard le peintre était chauve et Jack avait toujours une tignasse fournie.

Donc il ne travaillerait pas. De toute façon, il ne pourrait rien démarrer de nouveau tant qu'il n'aurait pas recueilli les réactions sur ce qu'il venait d'achever. Une autre chose à laquelle il s'était davantage consacré ces dernières années : sa réputation. Les articles qui parlaient de son travail étaient lus, à présent, et ça le rendait plus circonspect.

Le seul projet auquel il pouvait s'atteler, c'était cette commission d'une université de l'Ouest. La responsable des équipements du département d'arts plastiques lui avait quasiment donné carte blanche. Elle s'appelait Jolene, voulait qu'il l'appelle Jolie, et riait aux questions les plus banales comme s'il s'était agi de bonnes blagues. De cela, et de l'accent sirupeux qui teintait sa voix désincarnée, il avait déduit qu'elle était grosse et qu'elle rougissait facilement. Il lui avait confié le nom de l'œuvre à laquelle il réfléchissait actuellement : *Improvisation sculpturale*. Jolie avait ri : « Une pièce en bronze vieilli, ça paraît parfait. Parfait pour l'espace en question. »

Les commandes se multipliaient, des galeries plus importantes s'intéressaient à lui, selon une courbe ascendante, depuis neuf ou dix ans, en fait depuis la controverse provoquée par sa série de *Septembre*, en 2002. En bronze également. Tout le monde en avait entendu parler. Même les gens qui n'appartenaient pas au monde de l'art les connaissaient. Trois pièces. Un homme assis, penché en avant, les bras autour des genoux. Une femme accroupie, les yeux fermés, les bras tendus vers le vide. Et un autre homme, en chute libre, apparemment. La tête en bas, le cou tordu comme s'il heurtait une surface. Son costume en bronze était secoué par le vent, gonflé d'air métallique. Elles avaient été exposées à Bryant Park. Quatre jours plus tard, deux d'entre elles étaient vandalisées et durent être lavées. Au bout de six jours, on les avait recouvertes d'une bâche. Puis déplacées.

Jolie employait des formules telles que « art *in situ* » pour envisager la taille et la position d'*Improvisation sculpturale* dans son environnement. Jack imaginait déjà les brochures faisant observer au visiteur la manière dont l'œuvre de Shanley vous obligeait à « intégrer l'espace ». On parlerait de son mouvement, qu'il soit réel ou imaginaire. Parfois, avec ces grosses commandes, Jack avait l'impression de pisser çà et là pour marquer son territoire. Très peu de gens s'y connaissaient en art, et même ces rares-là n'y connaissaient pas grand-chose. Les étudiants l'utiliseraient comme point de rendez-vous. Ils s'assiéraient sur son socle au printemps, et abandonneraient leurs écharpes dessus en hiver. Peut-être qu'ils baiseraient dessus la veille de la remise des diplômes.

Il démarra la scie circulaire, il lui sembla entendre le téléphone et l'arrêta aussitôt. Il était pourtant impossible d'entendre une sonnerie derrière cette machine et à travers ses bouchons d'oreilles. Et néanmoins, il aurait juré qu'une sonnerie s'insinuait jusqu'à son tympan, telle une note fantôme.

La série de *Septembre* avait été le motif de sa rencontre avec la fille. Des années plus tard. Une étudiante en troisième cycle à NYU[1]. Elle voulait une interview. Pour sa thèse. La censure dans l'art. Qui ne serait sans doute jamais publiée, avait-elle précisé. « Je peux me déplacer. » Elle ne possédait pas de dictaphone, si bien qu'ils avaient enregistré leurs entretiens sur l'ordinateur de Jack. Il les lui envoyait par e-mail ensuite. Et puis, elle avait continué de venir et il avait arrêté de lui envoyer leurs entretiens. C'était le genre de fille à se balader toute la journée avec des boutons défaits sans s'en apercevoir. Elle avait continué de venir.

Il essaya de ne pas se souvenir de sa présence à l'atelier – difficile – ni du nombre de fois où il l'avait prise entre ces murs. Il s'exhorta au moins à ne pas se souvenir d'elle par son prénom.

Son premier mariage était voué à foirer dès le premier jour. Mais avec Deb, il ne s'était pas trompé, il avait épousé la femme qu'il lui fallait.

Épouser Deb, avoir les enfants : tout cela était juste. C'était lui qui avait déraillé, ou le monde. Ces dernières

1. New York University.

années, lui semblait-il. C'était lié à Internet, au djihad et à toutes ces catastrophes naturelles qui leur tombaient dessus : cet étrange bourdonnement dans l'air qui entravait votre progression, ce sentiment de vivre à une époque sans avenir. Et voilà que cette fille avait débarqué, avec ses corsages transparents et, dessous, ses seins doux, pointant comme de drôles de petites bestioles. Ses lèvres pleines, son cul rebondi, cette rondeur permanente quand tout le reste paraissait si dégonflé, quand…

Tout de même :

Ce n'est pas comme si j'avais tué quelqu'un.

Voilà, c'était sorti. Parce que, au bout du compte, il n'avait pas le sentiment d'avoir commis un crime si affreux. Il s'était appliqué à ne jamais rien promettre à la fille. Il l'avait même encouragée à sortir avec d'autres. Deb aurait sans doute besoin de temps et de patience pour lui pardonner, mais là, dans son atelier, au milieu de ses outils, Jack sentit qu'il était sur le point de se pardonner lui-même.

D'accord, c'était difficile pour les enfants, mais c'était la raison pour laquelle il voulait leur expliquer, leur expliquer qu'ils n'avaient absolument rien à voir avec ça. Peut-être était-ce le plus dur à accepter : que la vie de leurs parents ne se résumait pas à eux.

Cette fille lui avait permis d'être un homme meilleur à la maison. Comme un soldat : je fais ce qu'il faut au-dehors pour assurer la sécurité à l'intérieur. C'était ainsi qu'il ressentait les choses, la vérité qu'il lui fallait museler et enfouir en lui.

(Mais que peut-on enfouir à jamais ? Même les choses les plus lourdes finissent toujours par refaire surface – *surtout* les choses les plus lourdes – et alors, quand il apparut que Jack avait couché avec une femme qui n'était pas son épouse, pas une fois mais maintes fois, avec une femme qui l'aimait et croyait être aimée de lui, le monde entier le sut. Deb, les enfants, leur grand-mère. Même les voisins l'apprirent, à cause d'une réflexion de Simon dans l'ascenseur, à une voisine du dernier étage qui lui avait demandé où il en était ; au lieu de répondre qu'il allait tenter MNU[1] ou une prépa SAT[2], il avait déclaré que ses parents divorçaient et qu'ils allaient sans doute déménager.

Dans le fond, ce n'était pas si grave. En un sens, c'était pire, mais d'un autre côté, ce n'était pas entièrement la faute de Simon. Parce que, ce jour-là, sur le panneau d'affichage de l'ascenseur – à l'endroit où le syndic affichait ses bulletins et ses pétitions contre les chantiers de construction voisins, et où les locataires épinglaient les

1. Modélisation des Nations unies. Programme visant à former les futurs diplomates.

2. *Scholastic Assessment Test.* Test d'entrée à l'université.

chaussettes oubliées dans la laverie –, *là* une personne avait épinglé un bout de papier légèrement froissé, afin que tout le monde le voie.

En haut, écrits au stylo rouge, tel un commentaire sur un devoir raté, on pouvait lire les mots : *PRIÈRE de ne PAS jeter d'ORDURES dans la COUR.*

Simon ignorait comment la page était arrivée là, et qui l'avait trouvée, mais il savait plus ou moins ce qu'elle disait. Et plus ou moins en quels termes.

Inutile de l'étudier de près, à l'inverse de la mère de famille du 16B qui lui avait souri avant de se pencher sur le tableau en louchant. Elle s'était penchée encore un peu, dans son éternel pantalon stretch violet en velours fripé qui moulait son corps de manière embarrassante.

Simon était resté plaqué contre la paroi de la cabine, ses dix doigts serrant la main courante dans son dos, et avait regardé des rides se rassembler au centre de son visage. Sa petite taille et sa coupe à la garçonne lui donnaient des airs d'elfe. Comme le *Peter Pan* qu'ils avaient vu, un été, en vacances dans les monts Berkshire.

« Mon Dieu, avait-elle dit. Quelle abomination. Ils ne devraient pas afficher ce genre de choses ici. »

Elle avait poussé un soupir, les dents serrées, et tenté d'échanger une grimace complice avec lui.

L'air absent, Simon l'avait regardée se tortiller de gêne devant les mots avec lesquels elle se trouvait confinée, en compagnie d'un garçon – qui tenait plus de l'enfant que de l'homme. Elle avait guetté la porte, sachant pourtant qu'elle s'était refermée puisque la cabine s'ébranlait déjà sous leurs pieds.

« Alors, c'est fini l'école ?

– Presque.

– Je parie que tu es content.

– Hum-hum. »

Simon avait marqué une pause avant de reprendre :

« En fait, je n'ai pas encore eu le temps de réaliser, vu que mes parents se séparent. Je ne sais pas si vous… ?

Non, non, tout va très bien. Je veux dire que c'est un peu rude, mais c'est la vie. C'est mieux comme ça. »

La voisine avait glissé des « oh », « non, je », « non, je n'en avais aucune » et « bien », remplissant les blancs pour l'encourager à continuer. Elle n'aurait pas pu l'arrêter de toute façon, Simon était capable de remplir ses propres blancs. Ou de couler son propre navire – si c'était bien l'expression consacrée.

« Ça arrive, hein ? On va sans doute passer l'été à déménager, mais ce sera marrant. Je ne devais pas aller en camp de vacances de toute façon.

– Je suis désolée. »

Une nouvelle lumière avait éclairé son visage, celle du couloir. L'ascenseur s'était arrêté. Ils avaient atteint l'étage de Simon.

« J'écrirai à ta mère », avait-elle lancé au moment où, un pied déjà dehors, Simon s'était penché en arrière pour arracher la feuille du tableau, envoyant voler la punaise.

Il avait coulé un regard au visage du 16B, sidéré, et les portes s'étaient refermées. Il était peu probable que sa mère reçoive une lettre.

Dans le couloir, il avait relu le message inscrit en haut de la page, en cursives bien nettes. Le C de COUR était ce joli C majuscule avec des boucles. Et c'était futé d'avoir choisi le mot ORDURES, qui pouvait avoir deux sens. On s'était appliqué.

Simon avait emporté le papier dans sa chambre où il s'était enfermé, bien qu'il ne fût que 15 heures – il avait séché les deux dernières heures de cours –, et qu'il n'y ait encore personne à la maison. Les mots qui avaient embarrassé la dame du 16B : *Écarter. Seins. Jouir.* Et peut-être aussi : *Ouvrir. Doigts.*

Il l'avait plié en huit, puis encore en deux, et enfoui dans le tiroir qui contenait ses sous-vêtements. Difficile de comprendre pourquoi il l'avait arraché. Pas pour protéger ses parents ou leur vie privée. Aucune raison pour que les révélations de Simon au 16B prêtent à conséquence, aucune raison pour qu'ils provoquent de gros remous. Et pourtant, il sentait qu'il y aurait bel et bien des conséquences, que les voisins du onzième étage les prendraient suffisamment au sérieux pour se mettre à guetter les cartons de déménagement dans le couloir, et pour calculer les dimensions du nouveau salon qu'ils obtiendraient en réunissant les deux appartements.)

Dans la plupart d'entre eux Jerry et Elaine tombaient amoureux. Plus récemment, Elaine et George étaient tombés amoureux et les choses s'étaient compliquées. Elaine et Kramer ne tomberaient jamais amoureux. Kramer n'était pas un personnage très bien dessiné. Il n'était pas très *dimensionnel*, comme le disait parfois son père d'une œuvre d'art. Ellen, le deuxième prénom de Kay, était très proche d'Elaine – un fait que Kay trouvait plaisant.

Elle ignorait comment ça avait démarré, ce dont elle était certaine, c'est d'avoir su que ça comptait, quand elle avait découvert les forums. Et à ce moment-là, elle avait déjà vu tous les épisodes, qui passaient tous les jours après l'école, sur deux chaînes en même temps parfois ; et elle en avait déjà écrit quelques-uns elle-même, bien qu'elle ait récemment découvert que sa mise en forme n'était pas standard. Il faut dire qu'elle pensait l'avoir inventée. Et, d'une certaine manière, c'était ce qu'elle avait fait, non ? Inventée pour elle-même. Le meilleur dans tout ça, c'est qu'elle pouvait les écrire partout, chaque fois qu'elle s'ennuyait, et ça tuait son ennui.

Elle les écrivait, assise au dernier rang du cours de maths, ou au dernier rang du cours d'histoire, réfléchissait à de nouvelles intrigues dans le bus, la tête cognant contre la vitre et les genoux pressés contre le dossier en vinyle déchiré par endroits et rapiécé à l'adhésif.

Une fois dans sa chambre, après dîner, alors que son frère jouait à la Xbox dans le salon et que sa mère lavait la vaisselle, Kay jetait des idées en vrac sur un cahier normalement réservé aux devoirs.

- Kramer part à l'étranger (Turquie ?) et Jerry promet de laisser son appartement à Elaine et George. Dispute. Ou bien : Ils emménagent ensemble ? Amour ?
- Elaine achète une robe blanche vintage et ne comprend que c'est une robe de mariée que lorsqu'elle sort avec et que des passants lui demandent en plaisantant : Où est le marié ? Elle aime l'attention qu'elle suscite et pense que les garçons s'imaginent l'épouser. Ça finit par se retourner contre elle.
- Kramer meurt ?

Il y eut un fracas dans la cuisine, une assiette brisée, sans doute. « Zut ! » s'exclama sa mère.

- Elaine brise une assiette incassable, elle la rapporte à Bed Bath & Beyond. Le vendeur regarde le sac contenant les morceaux et lui dit qu'il ne peut pas la reprendre parce qu'elle l'a fait tomber sur un sol trop dur. Il dit : « Désolé, votre sol est trop dur. » Elaine prend un air genre : Quoi ?

Kay se coucha sans avoir terminé ses devoirs. Deb entra, comme tous les soirs depuis quelques jours, pour voir si elle pleurait, si elle devait s'asseoir auprès de sa fille pour la réconforter – ce qui était rarement le cas. Elle se couchait plus tôt, dernièrement, parce qu'elle mettait plus longtemps à s'endormir.

Pour sa mère, Kay avait toujours été la plus difficile parce qu'elle faisait tout son possible pour ne pas l'être, surtout. Elle ne disait pas les choses, comme Simon, il était impossible de savoir ce qu'elle pensait ou ressentait, ce qu'elle comprenait ou ne comprenait pas. Deb savait que les adultes sous-estimaient toujours la capacité de compréhension des enfants de onze ans, mais son adolescence était trop floue à présent pour qu'elle se souvienne à quel point.

Elle avait essayé. « Ça va aller », avait-elle dit le premier soir, après le départ de Simon, dont l'une des *prérogatives*, ces derniers temps, était d'être le premier à aller se coucher. Il arrivait qu'une personne mariée fasse une nouvelle rencontre, une rencontre agréable, ou excitante, et qu'elle commette une erreur. Ça arrivait à des tas de gens mariés, à des femmes aussi, mais surtout à des hommes.

« Mais ça n'est pas grave. Ça n'a rien à voir avec toi. »

Deb avait laissé sa fille s'endormir, ignorant qu'elle n'avait pas prononcé les bonnes paroles – c'est si facile de commettre une erreur quand on est parent. Ou plutôt qu'elle avait oublié un mot. Comment aurait-elle pu deviner ? Elle aurait dû dire : ce n'est pas *si* grave.

Mais elle avait dit « ce n'est pas grave », et, allongée dans son lit, Kay s'était mise à arracher les écailles de peinture du mur, éprouvant toutes les peines du monde à croire que son père n'avait rien fait de grave. Si c'était là le monde qui l'attendait, autant ouvrir les yeux tout de suite, laisser son corps s'adapter à ce futur, où il faisait froid et où elle n'avait pas envie d'être.

Tout le monde fait ce genre de choses.

Du coup, qui nous ment ? La télévision. *Seinfeld*, *Friends* et *Tout le monde aime Raymond*, où les pères mariés ne couchent pas avec d'autres femmes. Ou alors ils le font mais n'en parlent pas. Trop banal pour en faire un épisode.

Quand elle était petite, les histoires de Kay commençaient toutes de la même manière : des vieilles personnes dans une chambre qui criaient « Tu es *encore* petite ».

Mais quand elle était petite – il y avait quatre ans, peut-être –, Deb avait acheté un DVD de *La Petite Sirène* chez un revendeur de Battery Park. Une version différente de celle qu'elle connaissait. Dans cette version-là, Ariel était blonde et ne s'appelait pas Ariel mais Marina ; il n'y avait pas non plus de crabe Sébastien, mais un dauphin du nom de Fritz. Il s'agissait du conte original, celui de Hans Christian Andersen et non de Disney ; et, à la fin, Marina se transformait en écume, heureuse de se changer en belle écume fine et de pouvoir flotter, dériver et faire tout ce que faisait l'écume, pourvu qu'elle reste auprès de son Prince. Kay avait pleuré devant la télé : « Ils ne savent pas que des enfants vont voir ça ? » (Les adultes adoraient cette partie de l'histoire, que Kay ait pu dire ça).

Si on appelait ça un conte de fées, que pouvait être *Seinfeld* ? Elle savait que la télé n'était pas la vérité, mais elle n'imaginait pas non plus que ce qu'elle voyait à l'écran fût totalement étranger à la vérité. La vie n'avait rien à voir avec la télévision, mais fallait-il qu'elle soit différente à ce point ?

Il arrive des choses plus étranges. Bien plus étranges.

Bon, la fille ne répondait pas. Et alors ? Ça lui ressemblait de lâcher une bombe sans crier gare et de disparaître. Combien d'appels avait-il laissés sonner dans sa poche l'hiver dernier ? Combien de messages avait-il ignorés pendant des semaines, sans même les écouter, jusqu'à ce qu'il y en ait un qui concerne son travail, qui réponde à un besoin ? Alors seulement il avait fait défiler les précédents – les *treize* précédents –, n'écoutant que le début : « Salut, je… » « Je ne… » « Jamais tu ne… » « Qu'est-ce… » « Les gens d… » « ESPÈCE DE… » Comme le ton changeait ! Puis tout avait défilé dans l'autre sens, du dernier à « Salut ». L'ultime message était vierge, un « ………….. » Jack les avait écoutés sans les entendre, marchant dans la rue, sans but, comme s'il se contentait de se déplacer d'un endroit à un autre.

Et voilà qu'elle essayait de l'attirer dans ses filets : car c'était bien ce qu'elle faisait. Pas de problème si c'était ce qu'elle voulait. Une confrontation. Peut-être qu'il la désirait aussi. Regarde ce que tu as fait – à des *enfants*. Elle penserait être parvenue à ses fins. Elle le verrait par le judas de la porte et croirait avoir gagné. Que Deb l'avait quitté, qu'il revenait vers elle, voire qu'il avait besoin d'elle.

Il prit le métro pour Astor Place et coupa par St Mark's Place, tellement illuminée par les néons des boutiques et des bars qu'on se serait cru en plein jour si elle n'avait pas grouillé de vie et vibré de cette énergie nocturne que la lumière ne peut atténuer. Il était minuit passé mais il faisait encore chaud ; des touristes déambulaient avec leurs minuscules sacs à dos, des premières années de NYU qui commençaient déjà à s'enivrer jusqu'à la nausée, et toutes ces paires de jambes à l'air plantées sur des talons aiguilles démesurés.

Il passa devant la boutique de hot dogs avec son drôle de *speakeasy*. Cocktails à quinze dollars, pour qui ? Il ne restait plus rien de l'atmosphère décrite par Lou Reed. *Sally can't dance*. Ce n'était plus que la reconstitution d'une histoire révolue, vestige d'une vieille guerre, perdue et lointaine ; seulement, personne ne voulait accepter l'idée qu'elle était terminée. Parce que c'était une guerre sexy à laquelle on avait du mal à renoncer.

L'avenue C était plus calme. La fille vivait au sixième et dernier étage d'un immeuble sans ascenseur. Elle avait l'habitude de l'appeler, inquiète, sur le chemin de son appartement. Quelqu'un me suit. Reste en ligne jusqu'à ce qu'il s'en aille. Et puis : Attends que je sois rentrée, que je me sente mieux, c'est flippant ici quand on est seule, je fais du thé, reste encore un peu. Reste jusqu'à ce que.

Il appuya sur l'interphone du 6B, Garcia. Le nom du précédent locataire.

Il sonna une deuxième fois mais n'eut pas à attendre longtemps. Une femme au teint mat apparut dans le hall, traînant en laisse un vieux husky poussif. Elle maintint la porte ouverte et Jack entra, sans oublier de caresser le chien au passage.

« Il est tard pour une promenade », dit-il, les yeux sur l'animal.

Elle sourit.

« Je le pourris.

– Petit veinard. »

Elle s'éloigna, avec le sourire. La quarantaine. Jean moulant, cul étroit. Célibataire, sans doute.

Il grimpa les étages, marquant plusieurs arrêts. Il faisait bien mieux avant ; il était déjà essoufflé au quatrième. Encore deux. Il reprit son souffle un instant devant sa porte.

Frappa.

Sortie, endormie, ou ? Il vit un rai de lumière sous la porte.

Il se tournait vers le couloir, tentant de se souvenir où elle cachait sa clef de secours – sous le paillasson d'un autre appartement ? (moins évident, avait-elle répondu) – quand il entendit un bruit de chaîne.

C'était sa colocataire, une petite chose pesante en pantalon de yoga. « Arabella. » Son nom était facile à mémoriser tant il tranchait avec le reste de sa personnalité. « J'espère que je ne vous ai pas réveillée. »

Le problème avec ce pantalon, c'est qu'il se demandait toujours si c'était un pyjama.

Elle recula, bras croisés couverts de chair de poule sur le haut.

« Vous connaissez la maison. »

Toutes les lumières étaient allumées. Depuis longtemps, lui sembla-t-il. La télé aussi, sans le son, des pubs.

Tout le mobilier de la chambre de la fille était sombre, à l'exception de la lampe Ikea qu'il avait lui-même assemblée, et qui éclairait la surface d'une tasse pleine de café aussi trouble qu'un œil d'aveugle. Sa trousse de maquillage était renversée, le bureau était pailleté et des crayons de différentes couleurs avaient roulé vers le bord. Elle se maquillait davantage sur la fin. Il se souvenait de la dernière fois – la fois qu'il savait être la dernière, alors qu'elle l'ignorait encore. Il avait deviné qu'elle ne s'était pas lavée, en touchant ses cheveux ternes et rêches.

Le lit n'avait pas changé, mêmes draps fripés, même édredon en boule par terre. Au-dessus, le tableau, un de ces tableaux chinois qu'on trouvait chez les revendeurs de Times Square : son nom à l'aquarelle, en lettres formant des fleurs et des oiseaux. J*O*R*D*A*N. Un cadeau de ses parents le jour où ils étaient venus voir la vie qu'elle s'était construite à New York. Il détestait le côté kitsch et juvénile qu'il trahissait de sa personne. « Mais c'est joli », disait-elle. Elle aimait le regarder.

Le plafonnier s'alluma.

« Tu pourras lui dire que j'ai besoin du loyer de ce mois-ci et du prochain », lança Arabella dans son dos.

Il la dévisagea, comme pour savoir qui était le plus dingue des deux.

« Elle n'est pas là.

– Sans blague, Sherlock. »

Elle changea de pied d'appui.

« Elle est chez toi. Tu n'es pas venu pour récupérer ses affaires ? »

Il répondit non, et comprit que c'était une mauvaise réponse.

« Cette… connasse. »

Elle roulait et déroulait le haut de son pantalon.

« Je ne sais même pas. Elle m'a dit qu'elle allait chez le *véto*, lundi. »

Le cochon d'Inde n'était plus là non plus. La boule de fourrure albinos aux yeux rouges qui laissait des petits poils partout en dépit de ses tentatives pour la maintenir à distance avait éveillé la suspicion de Travolta dès le début.

« Écoute, tu fais erreur. »

Arabella se mit à transpirer sous ses yeux.

« Tu sais où elle est.

– Non. »

Il recula mais elle avança.

« Je suis le dernier… crois-moi, elle a encore moins envie de me parler qu'à… je suis la dernière personne à qui elle voudra parler. Tu ne penses tout de même pas qu'elle pourrait se faire du mal ? »

De nouvelles plaques rouges apparurent sur la poitrine et les joues de la fille.

« Je vais appeler la police.

– Oui, tu as raison. »

Il se replia vers le couloir, les bras croisés dans le dos.

« Il faut appeler la police.

– Oui. Je suis certaine qu'ils ne voudront pas *te* questionner. Le petit ami marié.

– Attends, une minute. »

Il vit le dos ses mains, remarqua qu'il les avait levées.

« Voyons si je peux te faciliter la tâche, d'accord ? À combien s'élève le loyer de sa chambre ? Six cents, six cent cinquante ? »

Il tâta ses poches.

« Neuf.

– *Neuf cents !* Sans blague. D'accord, attends. »

Il tira une liasse de billets de vingt de sa poche de derrière et quelques dollars fripés de sa poche revolver.

« Tiens… cent… cent trente… sept. Cent trente-sept dollars. Pour toi. Un cadeau. »

Elle lui fit la faveur de l'accepter.

Le lendemain matin, l'atelier de Jack ressemblait à un plateau de cinéma ou de télé ; il avait disposé les parties de la maison selon le plan prévu pour l'exposition. Les déménageurs devaient passer aujourd'hui prendre les murs. En réalité, il s'agissait de blocs mais Jack y pensait comme à des murs ; et une fois alignés dans la galerie, c'est à cela qu'ils ressembleraient. Il continuait de tout emballer dans du feutre et des bâches quand la sonnerie résonna en bas. Quatre types et deux chariots à matelas.

Quand tout fut chargé, il prit un taxi pour la galerie. Il aurait préféré s'installer à l'arrière du camion mais les gros bras avaient refusé – et si un bloc tombait ?

« C'est moi qui vous tomberai dessus », avait répondu Jack, tout en hélant un taxi.

Le personnel de la galerie le laissa tranquille pour tout installer. Il congédia même la petite réceptionniste, qui fit claquer ses talons en direction de la rue.

Il mélangea le plâtre et prépara les explosifs. Regardant aux quatre coins de la pièce, par les fenêtres percées dans les murs, il ajusta la position du mobilier. Il renversa une chaise qu'il avait lui-même soudée et jeta un plat en céramique par terre. Puis il alla chercher l'animal en peluche – un tigre découvert dans la salle de jeux du sous-sol, à côté de la buanderie de l'immeuble. Le seul objet découvert dans tout l'espace. D'un coup sec, il lui arracha une patte et laissa la garniture dépasser du moignon.

À l'heure du déjeuner, il s'acheta un falafel et l'emporta au parc, la sauce au tahini dégoulinant de l'emballage en alu. Il s'assit sur un banc près d'une aire de jeux envahie de cris d'écoliers. C'était une journée un peu fraîche pour jouer dehors, mais ils couraient, sautaient et se balançaient tant que leurs petits corps conservaient leur chaleur. Jack les observa, se demandant comment on pouvait encore douter que les humains descendaient des singes. En bas du toboggan, certains gamins escaladaient la pente pour refaire une descente.

Il avait toujours si clairement manifesté son refus d'avoir des enfants que Deb avait eu peur d'aborder le sujet au début. Et puis, la vie avait fait qu'elle s'était retrouvée enceinte, et qu'elle avait eu… qu'*ils* avaient eu un fils. Tous deux furent surpris par le changement qui s'opéra en lui. La plupart des adultères se produisent durant une grossesse, quand la femme se transforme en baleine et pleure tout le temps. Ce n'est peut-être pas exact, mais c'est ce qu'on raconte ; que le mari se tient à l'écart pendant les huit mois qui suivent. Ce ne fut pas le cas pour Jack. Il n'avait jamais autant aimé Deb qu'à l'époque où son corps était douloureux, gonflait, se ramollissait à des endroits où elle détestait être molle, lui donnait le sentiment d'être un tas de viande, et la remplissait de terreur.

Une jolie Mexicaine pas très grande le regardait depuis le banc voisin. Elle avait un angelot blond et replet sur les genoux. Les femmes de l'aire de jeux étaient toutes des baby-sitters. Certaines lui rappelaient la nounou lituanienne qu'ils avaient embauchée à la fin du congé de maternité de Deb, après la naissance de Kay, avant que Simon soit assez grand pour se débrouiller seul après l'école. Jack était fier qu'ils aient tenu si longtemps sans faire appel à une aide à domicile.

La jolie Mexicaine le dévisageait carrément, maintenant. Il fit une boule du papier alu et reprit le chemin de la galerie, se rappelant qu'il existait des lois qui réglementaient la présence d'hommes sans enfants dans les aires de jeux.

Nicky arriva à six heures.

« Quoi d'neuf, patron ? »

Nicky l'efflanqué, avec ses capuches et ses casquettes, son vidéaste de vingt-quatre ans, deux arrestations pour vandalisme, deux cautions payées par ses soins pour le faire sortir. Il portait une chemise qui clamait TEIAM PLAYER[1], dont Jack mit un certain temps à comprendre le sens, son matériel en bandoulière, un skate-board et un trépied dans les bras.

Nicky était un garçon timide et silencieux les trois quarts du temps. Des qualités que Jack savait être communes à beaucoup d'artistes de rue, au contraire de ce que pensaient la plupart des gens – leur art exigeait d'eux qu'ils soient invisibles. Et Nicky savait vraiment s'effacer derrière une caméra. C'était ce qu'il appréciait chez lui.

Nicky installa le trépied à l'endroit indiqué et dressa un pouce pour lui signifier qu'il tournait déjà. Jack leva le détonateur qu'il avait dans les mains.

« Bien, à vos marques. »

Il avait fait plusieurs essais à l'atelier mais rien ne garantissait que les murs se fendraient sur les lignes prévues et que l'impact n'en détruirait ni trop, ni trop peu.

Au début, il avait prévu de tout faire exploser lors du vernissage, mais les gars de la sécurité avaient exigé qu'il érige une paroi de protection en verre, ce qui en disait long sur leur ignorance.

Il y eut un léger décalage entre le moment où il appuya sur le détonateur et celui où le plâtre explosa. Des nuages

1. De *Team Playing* : jouer en équipe. On dit qu'il n'y a pas de *I* (je) qui tienne quand on joue en équipe. Ajouter un I à Team suggère l'inverse de l'expression traditionnelle.

de poussière s'infiltrèrent dans ses vêtements, dans ses poumons, et se seraient insinués dans ses yeux s'il n'avait pas porté de lunettes de protection. Heureusement qu'il en avait prévu une paire pour Nicky.

Ils passèrent en revue les pans de mur, s'arrêtant pour choisir l'angle de tournage de chaque plan.

Puis, ils attendirent que la poussière retombe.

Autour d'eux, l'air n'était qu'un tourbillon laiteux. Des particules de plâtre s'amassaient au sol. Les débris étaient sympas. Il les garderait. Les murs étaient tous tombés sans trop de problème. Un morceau du bloc 3, près de la fenêtre, n'avait pas totalement explosé mais ça rendait bien, peut-être même mieux que prévu. C'était ce qu'il aimait avec les explosions, elles laissaient la place à d'heureux hasards.

Malgré ses lunettes de protection, Jack avait les larmes aux yeux. Il gagna le hall pour respirer.

Là, il prit une feuille à en-tête sur le bureau de la réceptionniste et écrivit une note. PERSONNE NE DOIT TOUCHER AUX DÉBRIS. Il coinça la page entre les touches de son clavier.

Nicky était à la fenêtre, visionnant la bande à la lueur bleue de ce début de soirée.

Il s'approcha et regarda par-dessus son épaule.

« Qu'est-ce que t'en penses ? »

Nick fronça les sourcils.

« Comment tu veux projeter ça ?

– Quelques écrans dans le fond. En boucle. Mais personne ne doit voir le film avant d'avoir vu la maison. »

Ce jour-là, Jack avait bâti une maison entière de ses mains.

Le bouton de fièvre de Deb grossit et le reste de sa lèvre gerça. Pas une gerçure naturelle mais le genre de celles qu'on provoque à force de se mordiller les lèvres et de s'inquiéter, une habitude qu'elle gardait de l'adolescence – alors qu'elle avait cessé de se ronger les ongles et de faire craquer son dos. Elle avait mal, mais pas au point de s'en soucier. Les danseurs développaient une résistance à la douleur hors du commun.

« Ils sont totalement inaccessibles. Je ne sais pas quand ça a commencé, lança-t-elle depuis le canapé protégé d'une housse. Par exemple, si je leur dis sautez, ils me répondent juste *non*. Et ils s'allongent. »

Chez Ruth, elle n'avait d'autre choix que de faire face à ce qu'elle était : l'enfant de sa mère. Ruth vivait dans un studio d'étudiant, downtown, une résidence qui donnait l'impression d'être loin de tout. À chacune de ses visites, Deb s'étonnait du nombre de photos étalées partout : cet endroit ressemblait de plus en plus à un mausolée. Là, sur l'étagère la plus proche de la porte, Deb à l'âge de cinq ans, exécutant un équilibre stoïque contre le mur de leur maison à Tenafly, et Deb à neuf ans, dégustant une crème glacée sur la promenade de Point Pleasant, quand son père était encore en vie. Au-dessus de la télévision, une adolescente de seize ans en tutu rose, exécutant une figure, ses amies du corps de ballet trinquant au cidre avec des gobelets colorés devant une pizza, les yeux tartinés de l'horrible eyeliner bleu fluo de cette époque et les dents baguées. Sa carrière au City Ballet démarrait au-dessus du lecteur de CD – avec une Deb, en coulisses, rayonnante dans sa tenue rouge et bleu pour *Stars and Stripes*[1] – et s'achevait sur *Casse-Noisette* (avec la Danse des Mirlitons) dans le manège à photos entre les deux chaises en rotin. Juste à côté, un chariot à liqueurs en placage bois branlant était chargé non de bouteilles mais de Simon et de Kay de toutes tailles et de tous âges, en quantité suffisante pour en faire des *flip-books*.

« Tu devrais peut-être les envoyer voir quelqu'un, lança Ruth de la cuisine.

– Je pense que cette idée a pris l'eau. »

Simon avait vu un psychiatre un an plus tôt, après l'incident du Best Buy. À son retour, il s'était plaint que la vieille dame était à moitié sourde et empestait les vitamines. Elle lui avait expliqué qu'il pouvait parler de ce qu'il voulait, il avait opté pour les jeux vidéo.

« D'accord, ils n'aiment pas parler. »

Ruth revint avec un mug équipé d'un appuie-pouce et une poignée de pilules.

« Les chiens ne font pas des chats.

– Et c'est supposé vouloir dire ? » questionna Deb, tandis que Ruth portait la tasse à ses lèvres et avalait ses pilules, tête en arrière. « Vraiment, maman, tu es obligée de les avaler comme ça ?

– Et comment suis-je supposée m'y prendre ?

– De manière moins théâtrale.

– Deborah. »

Ruth leva une main tremblante, impuissante à lui opposer le moindre argument.

« Quel est le problème ? Dis-moi.

1. Ballet de George Balanchine créé en 1958.

– Je ne sais pas. Ça paraît ridicule tout à coup. Je *voulais* que ça marche. »

Ruth s'assit et posa son mug sur le genou de sa fille.

« Qu'est-ce qui a changé ?

– De lire tout ça. Je ne sais pas, d'y croire. Je *veux* que Kay parvienne à me dire ce qu'elle ressent. Je ne *veux* pas que Simon me voie comme celle qui a laissé tout ça arriver.

– Tu veux leur donner l'exemple. Mais tout est noir ou blanc à leur âge. Arrête de te mettre la pression. Tu vas te rendre dingue. Tout n'est pas noir ou blanc. »

Deb pensait : pourquoi pleure-t-on ? C'est stupide de pleurer, qu'est-ce que ça change ? Qu'est-ce que ça fait sortir ?

« Tu sais que je n'arrête pas de penser à ce que tu m'as dit quand je suis tombée enceinte. »

Elle voulait parler de la première grossesse, celle que sa mère lui avait conseillé de faire passer. Tu as vingt-six ans, Deborah. Je suis assez grande, avait-elle répondu. C'est un homme marié. Je m'en moque. Et la danse ? Qu'est-ce que ça peut faire ? C'est terminé.

« Qu'est-ce que j'ai dit ?

– Tu as dit : “Que feras-tu d'un enfant ? Tu ne sauras plus jamais quand tu auras raison d'être heureuse.”

– C'est vrai, dit Ruth, hochant sa petite tête blonde. C'est comme si ton cœur se baladait à l'extérieur de ton corps pour le restant de tes jours. »

Elle se leva et retourna à la cuisine.

« J'avais tort ?

– Non.

– Je ne t'entends pas.

– Non, tu avais raison », répéta Deb plus fort.

Elle l'entendit ouvrir le réfrigérateur dans un tintement de bouteilles.

« Alors, tu fais quoi ce soir ? Tu y vas ou pas ? »

Les enfants ne viendraient pas. Ce n'était pas la première fois qu'ils manquaient un vernissage de Jack, qu'elle les tenait à l'écart, en raison du contenu, des visions qu'elle préférait épargner à leurs jeunes yeux – nudité, suggestion du sang. Donc ce n'était pas nouveau. Ruth les appellerait vers 18 heures, pour s'assurer qu'ils ne manquaient de rien. Deb serait à la maison vers 20 heures.

Bien sûr, elle avait envisagé de ne pas y aller. Mais elle n'y allait pas pour lui. Elle y allait parce que la fille s'y trouverait peut-être.

Dans le hall de la galerie, une petite foule commençait à se former, corps en noir ou blanc. Gobelets de vin levés, rouge cerise et blond, attrapant la lumière. La chaleur avait pris tout le monde au dépourvu, la climatisation n'était pas assez puissante et l'on agitait les cartons d'invitation pour s'éventer. La réceptionniste se tenait à la porte, ses cheveux noirs tirés en arrière gardant l'empreinte nette des dents du peigne. De l'art, là encore.

Jack circulait parmi les invités.

« Je pensais que l'exposition s'intitulait "Bait[1]", avec un *i* », fit remarquer la critique de *Kiosk*.

Tous lui faisaient la même réflexion. Jack riait en leur touchant le coude s'il s'agissait de femmes, remplissait leur verre s'il s'agissait d'hommes. Il rit à nouveau, et jeta un coup d'œil vers la porte : elle n'était toujours pas là.

Deb sortit son téléphone, lut l'heure. Marcher prenait plus de temps qu'elle ne l'avait imaginé, mais elle n'était pas pressée. Qu'il cogite un peu. Elle savait dans quel état de tension il était avant un vernissage. Elle était même un peu surprise qu'il ait réussi à traverser ça seul, cette fois ; qu'il n'ait même pas essayé de l'entraîner là-dedans. S'il l'avait *osé*... S'il était venu la trouver avec ses angoisses... Elle se plut à imaginer ce qu'elle lui aurait dit. Désolée mon pote. Pas mon problemo. Tu aurais dû y penser avant. Elle aurait particulièrement savouré ce moment, cette opportunité de prononcer ces mots-là.

« Je suis terriblement désolé, lui dit Stanley, je sais que Deb est en retard, mais il faut qu'on commence. »

Stanley dirigeait déjà cette galerie quand ils s'étaient rencontrés, et ils se connaissaient depuis longtemps. Épaule contre épaule, ils regardaient dans deux directions opposées ; les yeux du galeriste glissaient sur les visages des visiteurs, pour en faire l'inventaire, estimer depuis combien de temps les plus importants d'entre eux attendaient.

« Bon, d'accord, répondit Jack. Bien sûr, pas de problème. »

Il pivota pour regagner la salle.

Pendant huit ou neuf minutes, se souviendrait-il plus tard (et il serait bien le seul), la performance fut bien reçue. « Bayt » était une maison située dans un pays indéterminé. Ce pouvait être autant une maison israélienne

1. Signifie « appât » en anglais.

qu'une maison palestinienne. Ce pouvait aussi être en Irak. Ou, ce que les gens mirent plus de temps à comprendre, en Amérique. Les livres tombés de la bibliothèque renversée étaient vierges, et les tableaux tombés des murs, les photos de champs que Jack avait prises à Houston des années auparavant, ne dénotaient aucune nationalité particulière. La maison était remplie d'objets pouvant venir de n'importe où. La cible se trouvait nulle part et partout, donc l'ennemi aussi.

Quand les gens découvrirent la maison, ils prirent un air recueilli, comme sur les lieux d'un drame. Ils s'approchèrent des fenêtres cassées et des béances dans les murs. Les plus hardis escaladèrent les ouvertures les plus larges pour explorer l'intérieur. Il laissa faire. D'autres suivirent. Cherchèrent des indices dans les motifs des tasses de thé. Il laissa faire.

Jack était près de la porte quand la dernière explosion retentit au fond de la pièce, un gros bang. Une femme hurla. Au début, il crut qu'une personne avait fait tomber quelque chose. Puis il remarqua la fumée, entendit un autre cri, et les vit sortir de la maison, se retenant de courir, et se rassembler autour d'une femme qui tenait son bras d'une manière étrange. Stanley fit signe à la sécurité. Les invités furent évacués. On appela une ambulance, et la femme – cinq ou huit ans de plus que Jack, cheveux grisonnants – s'assit par terre, serrant son bras en pleurant.

Il s'approcha et lui demanda :

« Qu'est-ce que c'était ? »

La réceptionniste arriva d'un pas chancelant, chargée d'une boîte à pharmacie.

« Qu'est-ce que vous avez *fait* ? insista-t-il.

– Peu importe, Jack », intervint Stanley, un bras autour des épaules de la femme.

Et peu importait que Jack lui dise qu'il avait compris d'où venait le problème, que c'était le bloc 3 qui n'avait pas totalement explosé. Peu importait qu'il lui assure qu'il s'agissait de l'ultime explosion, que tout le monde pouvait revenir en toute sécurité, maintenant. Plus rien n'importait pour personne d'autre que lui.

La galerie se trouvait plus à l'ouest, près du fleuve, et Deb était encore à une centaine de mètres quand les premiers cartons d'invitation commencèrent à moucheter le trottoir, telles des miettes de pain. Elle en ramassa un, le soulevant du bout de l'ongle, les majuscules massives du mot BAYT dansant devant ses yeux. En caractères plus petits : le même mot en hébreu et en arabe, et juste au-dessous, la traduction anglaise : *Maison.*

Une voiture de police la dépassa. Pas de sirène mais la vision – moins menaçante – d'un gyrophare virant du rouge au bleu, couleur bonbon, dans le soir naissant.

La police se gara devant un petit attroupement. Il y avait une ambulance aussi, une femme âgée était assise à l'arrière, entre les portières ouvertes.

Stanley parlait à un agent, près de l'entrée. Il gesticulait, faisait des moulinets avec ses bras, les doigts écartés.

Elle traversa le hall et sa foule, interpellée par quelques connaissances au passage. Les portes de la salle d'exposition s'ouvrirent et elle respira une légère odeur de fumée, les prémices ou les restes d'un feu. Une assistante de Stanley l'arrêta d'une main.

« Je suis mariée à l'artiste », dit Deb.

La fille la laissa passer, mais cette étrange déclaration, cette intimation qui imposait à cette autre personne de la laisser passer, résonnait encore dans ses oreilles. Elle se retrouva dans une salle barrée d'un cordon de sécurité, et vit Jack, bras croisés, replié sur lui-même comme un enfant en pleine crise. Une posture qui contrastait étrangement avec sa grande taille. Plus grand que nature, comme il aimait le dire, la plaquant de tout son poids sur leur matelas.

« Ils ne veulent rien entendre. »

Il se frotta le visage.

Elle aurait pu tendre la main, lui toucher l'épaule, mais ne fit rien. Et puis, il s'éloigna et fut hors de sa portée. Il enjamba le cordon.

« Jack. »

Il toucha le mur du bout des doigts, plaqua sa paume dessus. Deb l'observa aller et venir, s'accroupir, tendre la main, la faire courir sur les décombres comme s'il cherchait un fil à tirer. Il entra dans la maison, tâtant toujours les objets, et elle s'imagina passant sous le cordon et entrant par le trou derrière lequel il avait disparu.

Elle s'imagina le faire, puis le fit. Elle ramassa l'un des livres qu'il avait fabriqués, avec sa reliure en cuir et ses pages vierges blanc cassé. Elle songea que ç'aurait fait un bon journal intime pour Kay, une fois nettoyé.

Jack était assis sur sa chaise artisanale, posée sur un tapis qu'il avait fait tisser. Il y avait une seconde chaise que Deb aurait pu tourner un peu vers la droite pour s'asseoir à côté de lui, prendre sa main. Mais elle remarqua un jouet, par terre, le Tigre borgne de Simon, qu'elle pensait avoir perdu ou jeté. Il avait une patte déchirée. Elle se demanda où il l'avait trouvé.

Elle se redressa et pivota lentement vers la sortie.

« Deb ? »

Elle n'aimait pas sentir ces éclats de verre sous ses chaussures, n'aimait pas respirer cet air. Elle ne pouvait pas davantage réparer le Tigre que le reste, et n'était plus certaine de le vouloir.

Ce que voulait Deb, c'était retrouver sa maison et ses enfants ; mais elle trouva l'appartement plongé dans l'obscurité, seul un voyant vert fluo, par terre, dans le salon : la Xbox que Simon laissait toujours allumée. Elle l'appela sur son portable.

« Bonjour », lui répondait invariablement son fils d'une voix sobre, sans jamais trahir s'il connaissait l'identité de son interlocuteur. C'était une question qu'elle avait toujours voulu lui poser : pourquoi jamais « Salut maman », ou juste « Salut », comme elle l'avait entendu répondre à ses amis ?

« Où êtes-vous ? » demanda-t-elle d'une voix qu'elle voulut enjouée.

Il y avait beaucoup de bruit en arrière-fond.

« Tout va bien.

– Super, mais tout va bien *où* ? »

Elle déposa son sac sur le plan de travail de la cuisine et alluma la lumière.

« Au restau. »

Des assiettes tintaient autour de lui.

« Avec grand-mère. »

Et non plus Ommy, le petit nom que Simon avait cessé de donner à Ruth, peu à peu, le prononçant moins souvent d'abord, ou à voix basse, avant d'arrêter tout bonnement. Kay n'avait pas tardé à imiter son frère, et Ommy avait été remplacé par le générique.

« Super, répéta Deb, ouvrant le frigo. Et vous pensez y rester encore combien de temps ?

– Ben, on vient de s'asseoir.

– Quel restau ?

– On a déjà commandé. »

La porte du frigo se referma sur son joint magnétique avec un bruit mat.

« Je veux dire, au cas où tu voudrais nous rejoindre.

– Nan, je vous attends ici.

– On peut te rapporter un truc…

– Non, pas la peine, il y a tout ce qu'il faut à la maison. »

Simon s'adressa à une personne. Il lui sembla reconnaître la voix de sa mère.

« J'ai encore les brocolis frais et les avocats d'hier.

– Attends. Grand-mère veut te parler.

– Dis-lui… que je l'appelle demain matin. Et que je vais me coucher tôt, ce n'est pas la peine qu'elle vienne.

– OK.

– Je t'aime. Dis à Kay que je l'aime.

– Hé, maman t'aime », répéta Simon sans cérémonie. Puis : « Ouais, elle t'aime aussi.

– OK, je vous aime tous les trois. »

Simon raccrocha, et, comme s'il pouvait la voir, Deb posa une casserole d'eau sur la cuisinière et entreprit de réchauffer ce dont elle avait prétendu pouvoir se contenter au téléphone. Elle extirpa un avocat d'un sachet froissé et le trancha dans le sens de la longueur, le faisant tourner dans le creux de sa main. Elle ficha la lame du couteau dans son noyau et le délogea sans mal ; une astuce qu'elle tenait de Jack.

Elle ne se coucherait pas de bonne heure. Et elle appellerait Stanley pour savoir ce qui était arrivé à cette pauvre femme, dans un moment. Jack risquait-il d'être poursuivi ? Pour voie de fait ?

Elle regrettait que les enfants ne soient pas là. Elle aurait aimé les trouver à la maison à son retour, les faire manger, les regarder lire, jouer ou bougonner devant leurs devoirs. Elle aurait tellement mieux fait de choisir Simon et Kay au salon plutôt que Jack, la galerie et les débris. Sa mère en faisait toujours trop. Deb lui avait demandé de passer les voir, pas de les emmener. Et voilà qu'elle se retrouvait seule ici, avec ce carton qui l'attendait sur son rocking-chair, au fond de la chambre à coucher.

C'est cette boîte qu'elle voyait quand elle coupa l'avocat en lamelles, et quand elle entendit une clef tourner dans la serrure.

Ils avaient passé commande comme s'ils prenaient leur dernier repas, mais aucun d'eux ne réussit à manger. Simon des pommes gaufrettes, Kay des gaufres sucrées ; et ils avaient opté pour un milk-shake chacun alors qu'un seul des grands gobelets en métal givré aurait suffi pour deux. Leur grand-mère avait commandé un bol de soupe avec une boulette de matza, tranché la grosse boule de matza en deux, et déposé la part la plus grosse dans l'assiette de son petit-fils. Ruth mesurait un mètre soixante sans poussière et était si menue qu'ils avaient parfois du mal à la considérer comme leur protectrice, surtout depuis que Kay l'avait dépassée.

Ruth était apparue vers 17 heures 30, prétendant qu'elle faisait des courses dans le quartier quand elle avait été prise d'une envie subite d'aller aux toilettes. Elle s'était postée devant le miroir du salon et avait passé des petits coups de peigne dans son carré blond. Assis sur le canapé, Simon et Kay avaient écouté le crissement des dents du peigne dans ses cheveux laqués décolorés. Elle n'était pas au courant, semblait-il. L'espace d'un terrible instant, chacun avait redouté que l'autre lui raconte tout, mais ils avaient tous deux tenu bon ; et une fois installés dans le box en vinyle mauve du restaurant, leur crainte s'était envolée. Ils étaient désormais convaincus que leur grand-mère ignorait tout de la situation. Elle n'avait jamais eu besoin de prétexte pour les gâter. Elle adorait être Ommy et semer la joie partout où elle allait, essentiellement sous la forme de chocolat et de gâteaux.

Petits, ils passaient toujours la nuit du réveillon chez elle afin que leurs parents puissent se rendre ici ou là. Ommy achetait des bombes à confettis, des chapeaux en plastique et ces cookies arc-en-ciel, et ils regardaient la boule de Times Square descendre. La première fois que Simon leur avait fait faux bond pour aller à une fête de son côté, Kay avait promis à sa grand-mère qu'elles réveillonneraient toujours ensemble, toutes les deux. Ommy avait répondu : « Non. Toi aussi, tu voudras être avec tes amis, un jour. » Devant ses protestations, elle avait ajouté : « C'est naturel, il *faut* que tu ailles avec tes amis. » Kay s'était juré en secret qu'elle ne le ferait jamais. Et néanmoins, cette année, elle avait passé le réveillon chez Racky, avec les autres filles, à boire du cidre dans des flûtes à champagne en plastique, à jouer à Cranium et à se dire des messes basses les unes sur les autres.

« Fantastique », marmonna leur grand-mère en entendant un enfant geindre à une table voisine.

Elle se couvrit les oreilles. Ruth adorait les enfants tant qu'il s'agissait des siens – ou de ceux des siens. Mais les pleurs de bébé, la foule, les passants qui marchaient du mauvais côté de la rue – *sauve qui peut.*

« Oh non. Pas ça. Mais pourquoi les emmènent-ils au restaurant ?

– Au *restaurant* », répéta Simon, moqueur.

Il se voulait drôle (n'est-ce pas ?), mais sa réflexion se révéla juste grossière et cruelle.

Personne ne fit de commentaire. Kay avait du sirop d'érable plein les doigts et les collants incrustés dans le vinyle de la banquette. De l'autre côté de la salle, l'enfant hurlait toujours.

Jack était agenouillé sur le carrelage de la salle de bains où Deb s'était réfugiée pour lui échapper. Il mesurait un bon mètre quatre-vingt-cinq, était massif et se mouvait lentement ; le sol n'était pas son élément naturel. Il se couvrit le visage. Elle détestait le voir pleurer, espéra qu'il lui épargnerait ce spectacle, ou qu'elle aurait le temps de s'esquiver une fois de plus avant qu'il ne baisse les mains. L'endroit était mal choisi pour une scène. Trop de lumière. C'était dans cette salle de bains qu'ils enfermaient Travolta quand elle était si petite qu'elle risquait sans cesse de se perdre ou de se retrouver coincée sous un meuble. Ils lui laissaient de quoi manger et boire, une couverture, une litière, et s'assuraient toujours d'avoir rabaissé l'abattant des WC avant de sortir. Ils se relayaient pour lui tenir compagnie, pour l'habituer à leur contact, à l'odeur de leur peau et aux revers de leurs jeans.

« Deb. Deb Deb Deb Deb Deb. »

Un nouvel animal habitait cet espace, à présent. Deb détourna la tête, le regarda, ferma les yeux, puis fixa l'ampoule nue au-dessus du lavabo, jusqu'à ce que son empreinte sur ses pupilles se désagrège. Elle devait intégrer ce nouvel élément dans le tableau du reste de leurs vies, certains souvenirs. Il fallait qu'elle décide ce qu'elle était en mesure de conserver, ce qui pourrait cadrer, même en faisant des ajustements.

« Comment va la dame ? Ils l'ont emmenée à l'hôpital ?

– Elle va bien. »

Jack inspira, et soupira dans ses mains, un mélange d'air et de morve.

« Son bras… peu importe. Je m'en moque.

– Ne fais pas l'idiot. Tu as intérêt à t'en soucier.

– Deb.

– Quoi.

– Je suis allé au parc.

– Maintenant ?

– Hier. J'ai regardé les enfants grimper partout. Je me suis rappelé le temps où nous les emmenions là-bas. Ils étaient si petits.

– Les enfants sont petits. »

Ils se disputèrent encore, et se retrouvèrent au même point qu'avant. Combien de fois dois-je le répéter ? Tout ce que je fais tourne mal, je ne sais pas pourquoi. C'est allé tellement plus loin que je ne m'y attendais. Je suis désolé. C'est allé plus loin et ça s'est aggravé, aussi. C'était comme si j'étais somnambule, comme si j'étais double et qu'une version de moi était morte, ou avait oublié l'autre. Les enfants étaient si petits, tu étais si vieux, et *alors*, Jack, tu étais jaloux d'eux ? Quelle heure est-il ? Je suis désolé. Je t'aime, tu me crois quand je dis que je t'aime ? Mon dieu, déjà presque 10 heures. Je suis désolé. Je suis désolé. Je suis désolé. À mi-chemin entre sa bouche et l'oreille de Deb, le mot avait perdu son sens – pour eux deux, soupçonnait-elle. Désolé, désolé, désolé. Comme un truc qu'on enroule autour de soi... un sari ? Un voile qui recouvre tout.

« Relève-toi », dit-elle plus fort qu'elle ne l'avait voulu.

Elle ne voulait pas de toute cette désolation dans sa vie, dans sa salle de bains, dans sa chambre à coucher, ni dans celles de ses enfants. Elle grimpa dans la baignoire et appuya sa tête contre le mur. Il y avait de longs cheveux – les siens – collés contre la paroi émaillée. Elle ne nettoyait jamais la bonde et Jack ne disait jamais rien. Voyez ? Ce n'était pas facile non plus de vivre avec elle.

Quand elle était enceinte, il lui avait lavé les cheveux dans cette baignoire. Il avait changé à un million d'égards, mais ce dont elle se souvenait, là, c'était qu'à un stade de sa grossesse, les deux fois, Jack grimpait dans la baignoire pour lui laver les cheveux, une main sur son front pour empêcher la mousse de lui piquer les yeux. Elle avait du mal à se le représenter dans cette posture, à présent : lui derrière elle, la douchette frôlant la surface de l'eau – deux corps au-dessus de la ligne de flottaison – le clapotis de l'eau, ses mains découvrant la forme de son crâne.

« Les enfants me traitent comme un étranger. »

Il était toujours à terre.

« Il faut dire que tu ne les as pas aidés à se sentir proches de toi.

– J'ai tout gâché », dit-il d'une voix atone.

Il avait commis tant d'erreurs. Peut-être que celle de Deb était de penser au passé, ou peut-être ne devait-on jamais écarter le passé. Mais elle se sentait faiblir. Elle se débrouillait bien quand elle était seule. Et même mieux que bien. Ce n'était qu'après sa rencontre avec Jack qu'elle avait découvert la solitude. Allongée dans les affreux lits jumeaux de leur premier appartement, alors qu'il dormait à côté d'elle depuis près d'une heure, elle avait songé pour la première fois qu'elle avait commis une terrible erreur en tombant amoureuse. Elle avait eu envie de se brosser les dents, mais l'idée de se lever du lit, de quitter ce corps chaud, l'en avait dissuadée.

Elle réfléchit aux mots qu'elle allait prononcer. Lui tendre un peu la main.

« Mais, avec un peu de chance, ils s'en remettront. »

Jack acquiesça, il se disait la même chose, ils étaient encore jeunes, encore ouverts, il était encore temps pour lui de se faire pardonner.

« Et toi ? »

Deb était dans la baignoire, un bateau, Jack par terre, dans l'océan, et il fallait qu'elle décide si elle allait le laisser se noyer ou le hisser à bord. Ou peut-être. Se montrer pragmatique. Lui faire laver le pont. Il y avait tellement de cheveux dans la bonde.

Ruth leur fit parcourir la courte distance qui séparait le restaurant de la maison en taxi. Quand la voiture s'arrêta devant l'immeuble, elle glissa la main dans le col de son chemisier, fit apparaître un Kleenex roulé, comme par magie, l'ouvrit et révéla un petit rouleau de billets. Elle donna deux billets de dix dollars à chacun, qu'ils fourrèrent dans leur poche de pantalon tandis qu'elle glissait le mouchoir dans la pochette zippée extérieure de son sac.

Simon aurait voulu l'embrasser, lui murmurer qu'il était désolé, désolé pour son comportement lamentable au restau, mais Kay se dressait entre eux, l'empêchant d'approcher de leur grand-mère et de lui parler d'une voix assez basse pour être entendu. Ce n'était pas seulement sa générosité – il savait que ses parents l'aidaient financièrement, bien qu'il fût supposé l'ignorer –, c'était de savoir qu'elle avait caché ce rouleau de billets de dix, enveloppé d'un Kleenex, quand elle s'était habillée, cet après-midi, pour venir les voir, et qu'elle l'avait gardé là, toute la soirée, même lorsqu'il s'était montré cruel. Et pourquoi ? Pour les leur offrir de cette manière, afin de ne pas avoir l'air de les tirer d'un endroit aussi vulgaire qu'un portefeuille, mais de son cœur.

« Appelez-moi quand vous serez en haut pour que je sache qu'elle est à la maison.

– Elle est à la maison, dit-il.

– Vous n'avez rien mangé, tous les deux. »

C'était la personne la plus minuscule du monde, et sans doute la meilleure ; la plus grande concentration de bonté en un seul être. Et elle l'aimait. Sa mère aussi l'aimait de cet amour franc et impétueux qu'elle tenait sans doute de Ruth, mais l'amour de sa mère l'embarrassait, lui donnait le sentiment d'être un gamin pathétique.

« Je n'arrête pas… c'est dingue mais je n'arrête pas de me demander ce que ça ferait d'avoir un autre bébé avec toi.

– Pas ça.

– Oui, je sais, c'est juste que. Ça me manque. »

Elle fut presque déçue de le voir renoncer si vite, parce qu'elle comprenait de quel manque il parlait. Elle le ressentait aussi. Pas au point d'envisager sérieusement de le combler – ce serait une tentative trop claire de tromper le malaise, de transformer un miroir en fenêtre pour ne pas se refléter dedans.

Il y avait déjà un peu de cela, la première fois. Le moment n'aurait pas pu être plus mal choisi pour tomber enceinte – elle le disait, on le lui disait – mais au fond, elle savait aussi que le moment était très bien choisi. C'était l'été qui avait suivi la promotion d'Izzy au rang de soliste ; tout le monde progressait ou avançait d'une manière ou d'une autre ; certains quittaient le Sud pour l'Ouest, d'autres fondaient une famille ou rejoignaient de petites troupes. Deb avait enchaîné sept saisons dans le corps de ballet sans voir venir la moindre perspective de progression, elle était excitée à l'idée de ne plus avoir à y remettre les pieds, de savoir que son passeport pour la liberté grandissait en elle.

Les enfants amenèrent de nouveaux problèmes, mais qui les aidèrent à oublier les anciens et les rendirent plus tendres l'un envers l'autre. Ce fut le cas après la naissance de Simon, et encore après celle de Kay – dans une moindre mesure. Il se pouvait que le bénéfice du troisième enfant se révèle plus faible encore, que cette règle soit soumise à la loi des effets décroissants. Et si cette dernière chance se soldait par un échec, il n'y aurait plus rien à faire.

« Tu devrais peut-être t'intéresser davantage aux enfants que tu as déjà, dit-elle. Quel intérêt d'en faire un troisième quand on en a déjà gâché deux ?

– Ne dis pas ça, Deb. Ne dis pas que c'est ce que j'ai fait. »

L'avocat avait noirci, il était bon à jeter. Simon et Kay furent surpris de trouver leur père dans la chambre, assis sur son côté du lit ; surpris qu'il garde la tête baissée quand ils l'observèrent du couloir. Deb sortit de la salle de bains le visage et les mains humides, et les repoussa vers la cuisine.

« Hé. Votre père aimerait passer la nuit ici, j'aimerais savoir ce que *vous* en pensez », leur dit-elle dans un murmure.

Elle était sincère. Elle ne voulait pas endosser la responsabilité d'une mauvaise décision, et celle de ses enfants serait nécessairement juste.

« Hum ? »

Elle se baissa, plaçant sa tête entre celles de Simon et Kay.

« Le choix vous revient, vraiment. Il a son atelier, il va tout à fait bien. Ça ne me pose aucun problème de l'y renvoyer. »

Elle fit claquer ses doigts – *comme ça* – mais ils ne firent aucun bruit.

« S'il part, il recommencera.

– Simon.

– Quoi, j'ai tort ? Tu ne crois pas qu'il va recommencer ? »

Deb le dévisagea.

« Non, je ne crois pas.

– Ouais, mais tu n'as rien vu venir de toute façon, alors tu peux toujours penser ce que tu veux. »

Deb hésita un peu. Toute cette colère en leur fils, et c'étaient eux les responsables. Jack, principalement, mais elle aussi. Que dirait-il si elle lui avouait qu'elle était au courant, depuis des mois, et qu'elle n'avait rien fait ? Qu'elle s'était contentée d'occulter tout ça ? Sans doute qu'elle était faible et stupide. Et s'il apprenait les circonstances dans lesquelles ses parents s'étaient mariés ? Il dirait sans doute qu'elle était dégoûtante. Et qu'elle méritait ce qui lui arrivait.

« Si c'est ton sentiment. Il dormira sur le canapé. D'accord ? »

Simon acquiesça. Le visage de sa mère était encore luisant de l'eau dont elle venait de l'asperger et il distinguait les pores de ses joues à la lumière de la fenêtre. Une fois de plus, il s'était montré cruel.

La conversation s'acheva sans que Kay ait eu l'occasion de prononcer un mot. S'il n'avait tenu qu'à elle, son père aurait dormi à l'atelier. Pour qu'elle n'ait pas à craindre de tomber sur lui en entrant dans la cuisine ou en sortant de la salle de bains, qu'il essaie de lui parler. La maison semblait un lieu tellement plus sûr quand ils n'étaient que tous les trois. À la différence de son frère, elle n'avait pas songé un seul instant à la possibilité que leur père recommence, elle n'avait pas cette tournure d'esprit, alors c'était aussi bien que lui seul ait répondu.

Il était tard mais personne n'avait vraiment mangé, ils commandèrent des plats chinois. Trop. Assez pour six ou sept personnes, mais surtout assez pour quatre. Simon, Kay et leur mère vinrent dans le salon, leur assiette à la main, pour s'asseoir devant la télé. Deb laissa les boîtes et une assiette propre sur le plan de travail – sorte de souricière –, et bientôt, Jack émergea discrètement du fin fond de l'appartement où il avait passé la dernière demi-heure dans une quarantaine auto-infligée mais bienvenue. Il occupa la dernière place vacante du canapé, juste derrière Simon, étalé par terre. Ni lui ni sa sœur n'autorisèrent leur regard à s'écarter de la ligne invisible qui reliait la télé à leur poulet Tao.

Jack mangeait voûté, avalant d'énormes bouchées, tel un animal affamé qui a peur qu'on lui vole sa pitance. Sans pouvoir s'expliquer pourquoi, Deb trouvait la taille de ses portions offensante, et se surprit à grimacer. Sa colère monta d'un cran quand elle remarqua qu'il regardait la télévision avec la même voracité envahissante. Encore trop furieuse pour le supporter, elle regretta instantanément cette trêve. Ou du moins la regretta jusqu'à ce que, dès la première pub, Simon ramasse son assiette presque intacte, et quitte la pièce sans prêter attention à quiconque, sans même s'arrêter lorsqu'elle l'appela. La colère de son fils étouffait la sienne, comme s'il en était désormais le dépositaire, et Deb se sentit à nouveau triste pour Jack.

Cette nuit-là, les enfants évitèrent le couloir et la longue procession solitaire de leur père, allant de la chambre au salon, et Deb se coucha avec les pages froissées, les mots de son mari.

Les passages salaces la dérangeaient moins que les mots tendres – un sentiment sans doute légitime. Avant un week-end à D.C., la fille lui écrivait qu'elle n'aimait pas Washington, que tout bourdonnait là-bas. Jack répondait *Hummmmmmmmmm. Ai pensé à toi toute la journée.*

Le cœur de Deb s'emballait chaque fois qu'elle surprenait son nom sur une page : elle remontait en haut du paragraphe, qu'elle lisait lentement jusqu'à ce qu'elle retombe dessus de manière naturelle. *Deb s'est endormie de bonne heure. Je suis tout seul dans le salon, seul tout l'après-midi.* Elle se demandait si elle agissait ainsi par superstition, ou parce qu'elle prenait un plaisir pervers à retarder sa lecture, à s'obliger à patienter. Elle faisait la même chose lorsqu'elle tombait sur les noms des enfants. *Ai promis d'aller voir la pièce de Kay vendredi.* C'était au mois de novembre, et ce n'était pas une pièce mais un spectacle de danse.

On frappa à la porte, Jack entra en traînant les pieds pour fouiller dans le placard où ils rangeaient les draps.

« J'aimerais bien que tu arrêtes de lire ces trucs. »

Une couverture grise tomba à terre – l'une de ces couvertures en polaire dont personne n'aime le contact –, il se hissa sur la pointe des pieds pour tâter plus haut. Elle le regarda tirer le coin d'une autre couverture au bas d'une pile. Tout dégringola.

« Désolé, dit-il, se baissant pour ramasser un édredon fin jaunâtre qui avait sans doute été blanc à l'origine.

– J'ai vu que Kay avait une sortie avec l'école, sur le calendrier.

– Et alors ?

– Ça ne te dérangerait pas que je l'emmène ? »

La couverture qu'il avait dans les mains était celle du premier lit de Simon, quand il avait quitté son berceau ; elle se demanda s'il l'avait reconnue, si c'était pour cette raison qu'il l'avait choisie. Sans doute pas.

« Fais ce que tu veux. »

Il acquiesça, brandissant la couverture, et retourna au salon.

Je veux que tu viennes poser pour moi demain vers midi. Apporte la ceinture que tu portais la dernière fois. Je n'aurai que deux heures mais je pense que ça suffira largement.

Quatre-vingt-douze pour cent des Américains condamnent les relations extraconjugales. Deb avait fait des recherches. Soixante-quatre pour cent d'entre eux ne pardonneraient pas l'infidélité de leur conjoint, soixante-deux pour cent demanderaient le divorce. Le site ne parlait pas des deux pour cent restants qui ne pardonneraient pas mais ne divorceraient pas. Des catholiques. Des catholiques ou, éventuellement, des veuves noires.

Elle avait suivi le conseil de son ami avocat. Elle avait attendu. Le temps, l'astuce que tout le monde connaissait déjà. Laisser passer assez de temps pour que la pesanteur se dissipe et que l'air s'assèche, il ne semblait pas y avoir grand-chose à faire de plus. Jack avait cinquante-cinq ans – quatorze de plus qu'elle – et il avait déjà l'expérience de cette attente-là.

« Accorde-moi une faveur, lui avait demandé Ruth, tandis que les enfants allumaient les ampoules de sa menora. Ne lui dis rien tant que tu ne seras pas sûre de toi. »

Dans l'intervalle, qu'était-il supposé se passer ? Sexuellement, il y avait du mieux. Ou plutôt ils avaient recommencé à avoir des relations, plus rudes et plus longues, même s'il lui arrivait parfois d'avoir envie de le gifler quand il la pinçait. Deb avait opéré des changements, mais uniquement intérieurs, en accord avec sa décision de s'employer à être heureuse.

C'était Jack qui la rendait heureuse, avant. Vingt-six ans quand elle l'avait rencontrée, et si jeune pour son âge. Il fallait choisir entre danser et vivre, et jusque-là elle n'avait pas vécu. Ses rares petits amis travaillaient dans des bureaux, occupés à des transactions financières incompréhensibles. Ils aimaient l'exhiber, n'aimaient pas qu'elle rentre de bonne heure. Ne savaient comment la toucher, craignant de la briser ou pire, le désirant. Jack ne s'était jamais comporté ainsi, il n'en éprouvait pas le besoin ; c'était ce qui l'avait encouragée à se donner à lui sans réserve, à abandonner la danse au moment où, à ses yeux, elle commençait à représenter un échec ; et c'était peut-être trop demander à un homme que d'accepter de devenir le centre de votre monde. Elle avait le sentiment de comprendre son travail, un art assez semblable au sien, sauf qu'il durait, qu'il ne s'effaçait pas derrière un rideau. Le mieux que pouvait accomplir une danseuse était de donner vie aux pas d'une autre. Jack ne suivait aucun chemin. Il inventait ses propres pas. Il ne semblait rien exister de supérieur, de plus pur, qu'un artiste. À côté de lui, son existence lui paraissait minuscule ; elle, la fille d'un vendeur et d'une secrétaire. Elle n'avait pas encore appris à faire la distinction entre ce que l'on faisait et ce que l'on était. Ignorait même que ce n'était pas la même chose.

On dit souvent que tout vous apparaît sous un jour meilleur le matin, et c'est peut-être vrai, pour la plupart des gens. Jack, lui, préférait la nuit, quand tout semblait enfin toucher à son terme. Il était dans le salon, certes, mais il était chez lui et la journée était terminée – le cauchemar était terminé, pensait-il. Terminées, l'expo, la carrière. La vie. Je ne parlerai plus jamais à personne, ni au type de *Voice*, ni à la femme de *Kiosk*, ni à Stanley, ou même à Nicky. Mais dormir, au moins.

Et puis, le matin revint, et, au lieu de ne plus jamais parler à Stanley, Jack lui parlait à l'instant. Parce qu'il voulait faire taire le bourdonnement incessant dans sa tête, éteindre l'alarme ; mais l'alarme parlait, à présent, et sa voix ressemblait beaucoup à celle de Stanley.

En plus dure. Plus froide. Stanley l'homme d'affaires.

« La femme a l'air mieux mais elle veut porter plainte.

– Elle a dit ça ? »

Jack roula sur le côté, posa la tête dans sa main et plissa les yeux face à la lumière du matin. Des rideaux auraient gâché les fenêtres panoramiques.

« Elle ne le fera pas dans l'immédiat, elle a dit *très certainement*, et elle a fait venir un avocat à l'hôpital.

– Elle est toujours à l'hôpital ?

– Je crois qu'elle a besoin d'un scanner…
– Ils devraient l'envoyer en psy.
– Je pense que ça aiderait que tu publies une déclaration. On peut le faire à ta place, mais…
– On rouvre, si je fais une déclaration ? »
Il y eut un silence, un soupir.
« Ce que tu ne comprends pas, Jack, c'est que toutes les personnes présentes à la galerie, hier soir, auraient une raison de t'attaquer. Et qu'elles ne vont pas le faire.
– Et toi, Stan, pourquoi tu ne le ferais pas ?
– Sois sérieux.
– D'accord, tu n'as qu'à dire ce que tu veux, rédige ton petit communiqué et je le signerai, c'est bon ?
– On n'a pas besoin que tu le signes…
– Tu sais quoi, je n'ai pas le temps pour ces conneries, fais ce que tu veux. Arrange-toi juste pour que ça s'arrête. »
Stanley raccrocha. Jack garda le combiné contre son oreille. Il jeta un coup d'œil à l'horloge sous la télé. Pas encore sept heures. Stanley était l'un de ses plus vieux amis – quel genre d'ami ? Bien, il s'était débarrassé de lui, seulement, il n'avait pas fini de parler, alors il appela Nicky.
« Nicolo ! T'es réveillé ? tonna Jack, détectant un vague signe de vie à l'autre bout du fil. Je suis content que tu sois là. On se retrouve à l'atelier ? Je peux y être dans une heure.
– Je travaille.
– Ah, oui, c'est vrai. Merde. Où, au fait ?
– S'il te plaît, mec, ne te pointe pas encore à mon boulot.
– Hein ? Et si j'avais envie d'un Frappuccino ? »

Jack était au café d'Astor Place à 9 heures 30. Il commanda un Americano.
« Quelle taille ?
– Grand, peu importe.

– Allez, patron, tu connais les tailles.

– Venti. Bon, je vois bien que tu as passé les quinze dernières heures à hiberner, Nicky, mais à un moment, quand tu vas émerger pour respirer un coup, tu vas apprendre ce qui s'est passé hier soir. »

Une file d'attente se formait derrière lui.

« Envoie un de ces biscotti, aussi.

– La vidéo n'était pas bien ?

– On n'est pas arrivés jusque-là. »

Il pêcha sa carte de crédit dans la poche arrière de son pantalon.

« Tu te souviens de cette fille, Jordan Esberg ? »

Au mois d'octobre de l'année précédente, quand Jack avait commencé à trouver que ça devenait trop sérieux entre eux, il avait fait mine de se demander tout haut pourquoi elle ne s'était jamais intéressée à Nicky. Avait suggéré qu'ils devraient tenter le coup. Ils avaient à peu près le même âge. La fille l'avait dévisagé. Il avait souri. Ben quoi ? Il voulait juste que tout le monde soit heureux.

« Tu penses que tu pourrais la contacter pour moi ?

– Je pense pas avoir gardé son numéro. »

Le soir d'Halloween, tandis que Jack et Deb distribuaient des barres chocolatées à des fantômes et autres pirates en herbe, Nicky et la fille s'étaient rendus à une soirée déguisée.

« Tu ne peux pas l'appeler toi-même ?

– Elle ne répond pas à mes appels.

– Si elle ne veut pas te parler, il y a fort à parier qu'elle ne voudra pas me parler non plus. Je ne comprends pas, pourquoi elle refuse de répondre à *tes* appels ? »

Un autre employé apparut derrière la caisse ; le manager, avec sa visière verte franchisée.

« Un ami, Nick ?

– Un client », répondit Jack, secouant son biscotti.

Nicky lui tendit sa carte de crédit avec le reçu.

« Votre boisson vous attendra au bar, monsieur. »

Jack mangea son biscuit au comptoir. Il était rassis. Les miettes tombèrent sur le clavier de son téléphone. Le lendemain de sa soirée avec la fille, le jour de la Toussaint, Nicky avait débarqué à l'atelier avec la paire d'ailes noires luisantes qu'elle avait oubliée chez lui quand elle s'était éclipsée sur la pointe des pieds le matin alors qu'il dormait encore. Quelques heures plus tard, elle était allée voir Jack, et il l'avait taquinée, s'était moqué de sa tentative grossière de le rendre jaloux. Elle s'était mise en colère, et il l'avait amadouée, relevant ses manches courtes pour baiser ses épaules rondes, l'arête saillante à la base de son cou ; jusqu'à ce qu'elle finisse par sourire et lui raconter sa nuit, tout en se déshabillant pour passer les ailes noires pailletées avant de l'entraîner jusqu'au canapé, tel un ange du destin.

L'épreuve du dîner n'avait pas été une catastrophe totale, elle l'avait aidée à prendre sa décision, et le lendemain, sur le chemin de la station de métro de Simon et de l'arrêt de bus de Kay, Deb se glissa entre ses enfants pour parler de l'Après. Une fois encore, elle se retrancha derrière les vieux poncifs, des clichés du style *les gens commettent parfois des erreurs* ; elle se demanda s'ils les identifieraient pour tels, ou s'ils étaient encore assez jeunes pour qu'elle s'en tire à bon compte. Assez jeunes pour ignorer que ses propos étaient éculés.

« Ce que votre père a fait n'a rien à voir avec vous, dit-elle, les retenant avant le carrefour, le temps de regarder des deux côtés. Ça n'a aucun rapport avec vous, ni même avec moi, dans le fond, ajouta-t-elle. (Est-ce qu'elle y croyait vraiment ?) C'est une histoire entre lui et lui, surtout.

– OK, dit Simon, repoussant son bras pour sauter du trottoir.

– Votre père et moi sommes mariés depuis longtemps. Les gens commettent des erreurs.

– Tu l'as déjà dit », lui fit remarquer Kay.

Voilà. C'était un cliché, maintenant.

Simon s'arrêta net devant le kiosque à journaux, de l'autre côté de la rue.

« Aucun souci si vous voulez divorcer, dit-il, ouvrant la porte du réfrigérateur vitré. Je peux avoir de l'eau ? »

Il secoua la bouteille couverte de condensation et examina les journaux.

« Merci de me donner ta permission, répondit Deb.

– Les parents de Donald ont divorcé et c'est pas comme si son père avait fait quelque chose de mal, lui.

– Arrête ça, tu veux ? Tu n'es pas obligé d'être aussi insensible. » Deb passa un bras autour des épaules de sa fille. « Tu veux quelque chose, ma chérie ? Un Snickers ?

– Je peux avoir des chewing-gums ? »

Simon brandit un *Post*.

« Et moi, je peux prendre ça ? Pour lire dans le train.

– Je vais t'acheter le *Times*.

– Mais celui-ci est moins cher.

– Je préfère que tu lises le *Times*.

– Mais il y a des grilles de sudoku dans celui-ci. »

Elle céda.

« D'accord. »

Nous avons fait deux petits citadins, songea-t-elle. C'étaient bien Jack et elle – un gars du Sud et une fille de banlieue – qui avaient élevé ces créatures urbaines, si différentes d'eux. L'art et la danse les avaient poussés vers la ville, mais ce qui les y avait retenus – Deb tout du moins –, c'était le sentiment que tout arrivait pour la première fois avant de se diffuser à travers le pays, pareils à des cercles concentriques à la surface de l'eau, des copies de plus en plus pâles ; comme ces tournées des spectacles de Broadway qui n'étaient qu'un vague écho de ceux qui s'étaient joués ici. Elle n'avait jamais posé de regard blasé sur New York, mais n'avait jamais été liée à cette ville comme ses enfants. Une paroi de verre s'était toujours dressée entre elle et cet endroit, une vitre qui lui renvoyait son reflet lorsqu'elle se trouvait dans ses zones sombres et que la peur montait. Comment aurait-elle pu deviner ce qui effrayait ses enfants ? Avaient-ils seulement peur ?

Simon commençait à descendre les marches du métro quand elle l'appela.

« Attends. » Elle posa la main sur la bandoulière de son sac. « Je ne connais pas l'histoire des parents de Donald. Je sais que ton père est désolé, et qu'il faut du temps pour régler ce genre de situation. Et il le sait aussi.

– Alors, quoi, il va continuer de dormir sur le canapé ?

– Ça vous poserait un problème ?

– C'est juste que Donald vient dormir à la maison ce soir. »

Il roula et déroula son *Post.*

C'était si difficile de savoir quoi faire et si important de donner l'impression inverse.

« Dans ce cas, ton père dormira dans notre chambre. »

Et, pour Simon, l'affaire fut entendue. Jack était autorisé à regagner le lit conjugal à la faveur d'un jugement rendu par un gamin de quinze ans répondant au nom de Donald.

(Si Simon voulait garder Donald hors de ça, il s'était tout de même débrouillé pour y mêler le reste du monde, grâce à sa petite sortie dans l'ascenseur ; depuis, plusieurs résidents de l'immeuble, des mères pour la plupart, lui coulaient de drôles de regards. Les mêmes qu'à ses parents et à Kay, sauf que le reste de sa famille, tiens donc, les remarquait à peine.

Quand il prenait l'ascenseur l'après-midi, acculé par leurs regards, leurs sacs de provisions et leurs paniers de linge propre, il se tournait vers le hublot grillagé derrière lequel les étages défilaient. Déglutissant malaisément.

Elles le regardaient en se disant, Pauvre gosse.

Elles se regardaient en se disant, Avec un mari pareil, pas étonnant. Nul besoin d'être chercheur en physique nucléaire. Ou Freud.

Elles jetaient un coup d'œil à leur montre, 14 heures 30, pourquoi tu n'es pas à l'école ?

Seule celle du 16B lui posait des questions. À la manière d'une médium à un fantôme.

« Comment allons-nous ? » *Nous*.

Et il y avait les dictons aussi, comme « Vivre au jour le jour ». Ce genre de choses. Lancées comme des paroles en l'air.

Après tout, n'était-ce pas ce qu'il avait voulu : attirer l'attention ? D'une certaine manière. Mais pas plus qu'il voulait à présent leur faire comprendre qu'il n'en avait vraiment pas besoin. Il s'en sortait bien ; sans l'aide de sa sœur trop petite, de sa mère trop idiote et de son père, le problème. Et sans la 16B. Parce qu'il connaissait déjà l'histoire pour l'avoir vue dans les soap operas du soir, chez lui ou chez des amis. Il savait ce qui suivait et il voulait montrer à tout le monde, aux gens de l'immeuble, à la terre entière, qu'il était prêt. Divorce !)

Jerry et Elaine sont mariés et vivent dans l'appartement de Jerry avec George pour voisin à la place de Kramer. George ouvre par erreur la lettre d'une femme qui entretient une liaison avec Jerry. Il se rend au café Monk's pour le dire à Elaine qui répond juste, Et alors ? George dit : « Mais elle dit qu'elle couche avec ton mari ! Jerry ! » Et Elaine fait, Ouais, et alors ? RIRES. George dit : « Elle a dit qu'elle voulait qu'il lui lèche les tétons ! » Elaine pose la main sur la table, comme sur le point de partir, et dit : « Écoute, Peterman m'a demandé d'écrire un truc sur les cravaches d'agrément. J'ai pas le temps, là. » George hurle : « Elle a dit qu'elle voulait le sucer jusqu'à ce qu'il jouisse et qu'elle allait tout avaler et que c'était bon et qu'après il pourrait la baiser violemment contre le mur ! » Tous les autres clients du Monk's les dévisagent. Elaine dit : « Je ne comprends pas pourquoi tu cries comme ça, George. » RIRES.

« Qu'est-ce que tu écris ? »

Kay revint aussitôt dans le bus jaune moutarde qui brinqueballait en descendant Riverside Drive pour déposer sa classe au planétarium. Deux nattes pendaient au-dessus de sa tête : Chloe Haber essayait de lire ce qu'elle écrivait.

Kay secoua la tête – rien –, elle tournait la page quand, curieuse, Brett Haber apparut à son tour. Elle fit un signe à sa sœur qui attrapa le cahier d'un geste vif.

« Arrête », cria Kay.

Elle s'agenouilla à l'envers sur son siège.

« Arrêtez, vous deux, rendez-le-moi. »

À l'avant du bus, dos à la route, M. O'Toole comptait les têtes des enfants. Il portait les cheveux longs pour un homme. C'était son visage qui s'imposait à elle chaque fois qu'on mentionnait le nom de Shakespeare.

Kay s'affala dans son siège pour ne pas les voir lire son cahier. L'année précédente, pour son anniversaire, ils avaient emmené les jumelles à Six Flags. Il restait deux places à l'arrière de la voiture de location que devait conduire sa mère (son père, qui s'était blessé à l'épaule et qui de toute façon n'aimait pas voyager, devait rester à la maison pour préparer le gâteau et les cotillons). Elle avait invité Chloe et Brett parce qu'à l'époque il lui semblait possible qu'elles deviennent ses meilleures amies, toutes les deux – ou qu'elle devienne leur triplée. Mais, c'était pas facile de trouver sa place entre des jumelles habituées à parler leur propre langage depuis la naissance, qu'elles utilisaient encore parfois, et notamment lors de longs trajets en voiture. Un langage ponctué d'éclats de rire dont elles vous assuraient qu'ils n'étaient pas provoqués par vous mais par votre frère, muet sur le siège à l'avant, sans doute effrayé par leur duo.

Elle attendit, toujours incapable de les regarder. La regardaient-elles en ce moment ? Le bus roulait en direction du sud, le long de Riverside Drive ; ils étaient si près de chez elle, maintenant, que Kay se prit à espérer qu'elles la laisseraient partir sans rien dire.

Ou peut-être qu'elles pourraient l'aider ? Il y avait des trucs qu'elle n'avait pas compris, dans la boîte. Chloe et Brett sauraient peut-être lui expliquer ce que voulait dire jouir, par exemple ? Jouir de quoi ? Et avaler, aussi – avaler quoi ?

Ils traversèrent Amsterdam, Columbus, et tournèrent à droite au niveau du parc. Le bus suivit la file réservée aux groupes et M. O'Toole, brandissant un sac-poubelle, haussa le ton pour les enjoindre à y jeter leurs détritus.

Les jumelles se dressèrent alors devant elle. Kay les dévisagea, mais pas moyen de deviner.

« Vous avez…

– Ne nous parle plus jamais.

– Perverse. »

Bon, d'accord. C'était clair. Chloe remonta l'allée, poussant sa sœur devant elle tout en la retenant par la main pour lui chuchoter quelque chose à l'oreille. Kay se retourna et remarqua son cahier abandonné sur le siège de derrière. Les sœurs Haber en parlèrent à Chelsea, qui en parla à Jesse, qui en parla à Racky, ce qui signifiait que bientôt tout le monde saurait, tout le monde la traiterait de tordue, de perverse, de crado ; et le pire, c'est qu'elle était peut-être vraiment tout ça.

Au moment où les élèves de M. O'Toole prenaient place dans le planétarium, pour observer la transformation des supernovae en trous noirs sous l'immense dôme plongé dans l'obscurité, Deb longeait la fontaine du Lincoln Center, tour liquide blanche dans la lumière du jour.

Les gardes lui sourirent et l'autorisèrent à entrer d'un hochement de tête. Ils étaient vieux à l'époque et l'étaient aujourd'hui encore plus. Elle traversa le hall et descendit au vestiaire, circulant à travers le labyrinthe de couloirs déserts. Elle ne venait plus aussi souvent qu'avant, même si, quand Simon était bébé, elle l'amenait parfois aux filles, qui se précipitaient sur le petit prince. Aucune d'elles n'avait d'enfants – elles n'étaient encore que des enfants. Il y avait tant de nouveaux visages à présent, trop pour avancer la tête haute ; certains ne la reconnaissaient même pas. Et ceux qui lui étaient familiers avaient beaucoup changé.

« Assieds-toi, cinq minutes », lança Izzy par-dessus son épaule en entendant la porte s'ouvrir.

Cinq minutes, ça paraissait peu considérant qu'elle était en brassière et sous-vêtements. Elle semblait avoir rapetissé. À l'époque où elles dansaient ensemble, Deb était la plus mince des deux.

Leur déjeuner avait été maintenu parce que toutes deux avaient attendu de l'autre qu'elle l'annule. Un de ces rendez-vous que l'on ne prenait que pour l'annuler : leur manière de rester en contact. *Il n'y a qu'avec toi que je m'autorise à reporter un rendez-vous sans me sentir coupable,* lui avait dit un jour Izzy, *parce que tu es comme moi, alors je sais que ça ne te dérange pas.* La comparaison l'avait flattée, et c'était vrai qu'elle aimait se découvrir soudain libérée d'une obligation, se voir déchargée de toute contrainte.

Mais, cette fois, Deb n'avait pas annulé. Elle pensait que ça lui ferait du bien de parler avec Izzy, qui l'avait connue quand...

« Quand vas-tu à Saratoga ?

– Oh, j'y vais, j'y vais », répondit son amie, comme si Deb voulait l'y traîner de force.

Seize ans plus tôt, presque jour pour jour, elle aussi était allée à Saratoga – pour répéter *Sérénade.* Elle avait eu le vertige quand elle avait quitté le studio et descendu la colline pour gagner le drugstore familial du coin. Il y avait des tests de grossesse dans sa trousse Love Pharmacy sous le lavabo de la salle de bains, à New York – elle avait souvent des retards – mais elle n'avait pas eu l'idée d'en glisser un dans ses bagages. Elle avait bu un demi-litre d'eau, pissé dans des toilettes publiques et attendu dans la cabine, toujours nauséeuse, jusqu'à ce que les lignes apparaissent nettement. Les cinq heures de bus pour regagner Port Authority, un voyage à la fois interminable et fulgurant, parce que l'instant d'après elle était à la maison, elle appelait Jack, et encore un instant plus tard il était là, prêt à écouter ce qu'elle avait à lui dire. Lui dire quoi ? Qu'est-ce qu'elle voulait lui dire ? Elle savait déjà ce qu'elle voulait, le savait sans doute depuis un moment ; la question était de savoir si l'univers la laisserait avoir ce qu'elle voulait, si Jack réagirait comme elle l'espérait. (Oui, et oui. Ne pas oublier : Deb avait eu ce qu'elle voulait.)

« On danse *Diamonds*, dit Izzy, perchée sur une chaise ployant sous les vêtements sales. Le pauvre Ash a dû danser avec Naomi toute la semaine à cause de cette maudite jambe.

– Je n'ai pas vu Naomi sur scène. Elle est un peu raide, non ?

– Raide ? C'est un mastodonte. Moi aussi j'ai des muscles, mais on ne les voit *pas*. »

Deb s'adossa au mur en briques blanches et la regarda dans le miroir éclairé.

« On les voit un peu.

– Ouais, je sais, je ne peux pas les camoufler. De toute façon, il y a le gala, samedi. J'ai juste envie de rester à la maison avec les chiens.

– C'est pourtant sympa de faire la fête.

– C'est si barbant, il n'y aura que des vieux. Je me vois d'ici hurler à la mort. »

Elle soupira et fixa des pinces dans ses cheveux.

« Et c'est surtout dans ces moments-là – quand je reste debout sans bouger toute une soirée – que cette tendinite me fait vraiment souffrir. »

Seize ans auparavant, Deb était retournée à Saratoga pour clore sa saison estivale ; et pour la première fois elle avait enfin eu l'impression de sortir du lot : elle était la seule danseuse qui serait bientôt deux. Elle n'avait jamais été une meneuse, mais au cours des quelques semaines qui avaient suivi, elle l'était presque devenue, par la grâce de ce bonheur éclatant, *cette aura*, qu'elle avait, selon eux. Quitter la compagnie lui avait rendu ce qu'elle avait perdu : l'amour et le plaisir de la danse. Elle avait cessé de se soucier des pas pour devenir la partie d'un tout. La musique avait retrouvé sa fraîcheur. Et à son retour à New York, le Lincoln Center aussi était différent. Chagall et ses anges flottant sur les cieux rougeoyants. Les cratères de sa façade de pierre, qui semblait avoir été taillée dans la lune.

« Mon Dieu, j'oubliais : comment vont les bébés ? demanda Izzy, dessinant des petits cercles sur son visage avec une lingette humide.

– Ils sont immenses. Adultes. J'aimerais bien qu'ils soient encore bébés.

– L'horreur... » Elle se pencha vers le miroir et examina ses pores invisibles. « Rien que l'idée de mettre au monde une chose qui va devoir affronter la *puberté*. »

Izzy et Isabel Davey étaient deux personnes totalement différentes. La bécasse et la diva ; à elles deux, elles pouvaient soulever une salle entière. Deb s'était toujours entendu dire qu'elle n'avait ni peps, ni présence sur scène – rien d'une actrice. Un joli visage, certes, mais trop timide, trop sérieux. Elle n'y pouvait rien si elle *pensait*. S'il lui manquait cette sorte d'effronterie, cette qualité mystérieuse qui permettait à Izzy de jouer à faire semblant devant des milliers de spectateurs, soir après soir. Année après année, on lui avait dit de ne pas se formaliser, que ces choses-là étaient souvent politiques. Elle savait pourtant qu'elle ne réussirait jamais à faire tourner la politique en sa faveur. Elle n'était pas de ces filles-là, elle ne savait pas intriguer.

« C'était le vernissage de Jack, hier, dit-elle, effleurant juste le sujet, tout en sentant que ça pouvait la mener loin, qu'elle était capable de tout lui confesser.

– Zut ! Je suis désolée de l'avoir manqué, si j'avais su que je serais en ville...

– Ce n'est vraiment pas... à vrai dire, c'est un peu tendu en ce moment, avec Jack.

– Ça, je suis certaine que tu ne t'ennuies pas. Dieu que ton grand bohème de mari me manque. C'était si futé de ta part d'épouser un homme qui appartient à un monde totalement différent du tien. J'en ai vraiment ma claque. Ce n'est pas un service à rendre à ses proches que de les traîner là-dedans. C'est ce que dit Ash, et il a raison. Bien sûr, il reste, lui ; et je suis loin d'aimer l'idée qu'il va passer ses journées ici avec Marina Connassova.

– Qu'est-ce que tu vas faire ?

– Grossir ! Pondre quelques mouflets, peut-être. »

En l'entendant parler ainsi, Deb sentit des portes claquer en elle.

« Et ce livre, je regrette déjà.

– Quel livre ?

– Allons, je t'en ai parlé. »

Elle gratta un bouton imaginaire sur sa joue lisse.

« C'est ma… pas vraiment une biographie, disons… un peu comme des mémoires. Je les écris avec l'aide d'une éditrice. Ash veut monter *L'Oiseau de feu* au printemps, pour la parution.

– Un livre ! C'est magnifique, Iz.

– Hum. » Une pince à cheveux au coin des lèvres.

Deb se regarda dans le miroir.

« Tu veux des enfants ?

– Oh, qui sait ? Si l'occasion se présente, répondit-elle les mains dans les cheveux. Mais ce sont des paroles en l'air, n'écoute pas ce que je dis. »

Dans l'après-midi, Deb composa le numéro du portable de Jack, qui sonna dans l'atelier désert où il l'avait oublié. Il avait passé la journée à travailler, l'esprit ailleurs, et ne s'était aperçu de son oubli qu'une fois dans le métro. Ignorant qu'il était un peu en avance, il monta l'escalier et s'élança à grandes enjambées vers le planétarium, énorme sphère en aluminium blanc cassé qui semblait en suspension dans son cube de verre plus gigantesque encore. Il avait été rénové dix ans auparavant par la famille dont il portait le nom, celle-là même qui possédait la moitié de New York – le complexe d'appartements de sa belle-mère inclus – et avait offert le même traitement à la Bibliothèque municipale et au Lincoln Center. Le bâtiment original en briques brunes ressemblait un peu à un lycée ; Jack se souvenait avoir nourri l'espoir de ne jamais aimer le nouveau, mais il lui plaisait. C'était parfait pour un planétarium : l'Étoile de la Mort momifiée.

Jack attendit devant l'arc-en-ciel de sacs à dos, dans le hall où les groupes scolaires étaient supposés se rassembler. Des sacs d'une grosseur comique, remplis à bloc, un jour où les manuels n'étaient pas nécessaires. Des sacs aux couleurs fluo, avec des réflecteurs sur les poches extérieures, pour traverser la nuit. Certains étaient brodés des initiales JSR, ASB et même SAD.

Une bande de filles jouait à quelques pas de là. C'était le tour de Kay de tourner sur elle-même pendant qu'une blonde aux bras fins lui couvrait les yeux. Il fallut que sa fille trébuche sur sa propre jambe pour que Jack s'aperçoive que c'était la blonde qui entraînait Kay : sa jupe plissée se soulevait trop haut et son corps semblait avoir du mal à suivre la tête. Un jeu pour s'étourdir, elle riait apparemment. Difficile de distinguer les rires des larmes, parfois.

Jack essaya d'exhumer le sac de sa fille du lot ; il ne portait pas d'initiales mais il savait qu'il était rose. Ou rouge. Quand il le découvrit, il glissa les doigts dans la boucle du haut et jeta un coup d'œil vers le groupe.

« On y va mon chou », lança une mère (avec un long manteau noir, bien qu'on fût pratiquement en été), l'air bien plus à l'aise que lui dans son rôle de parent.

Encore un « mon chou », et la blonde minuscule libéra Kay pour galoper vers la femme.

« Dépêche-toi, on a le karaté et ton frère. »

Soudain, l'enfant pivota, ses cheveux balayant l'air tel un éventail, et pointa le doigt sur lui.

« Il a mon sac. »

Le manteau noir marcha droit sur lui, suivi de Kay. La blondinette resta à l'écart, comme une fillette timide – ce qu'elle n'était visiblement pas.

« Je suis désolé, je pensais que c'était le sien », dit-il en désignant sa fille.

Le sien résonna bizarrement – comme s'il ignorait son prénom.

La mère de la blondinette attrapa le sac par une sangle et l'envoya sur son épaule – contraste incongru avec son manteau.

« Comment va Deborah ? demanda-t-elle, suggérant qu'elles se connaissaient.

– Bien. Très bien. Et vous ? »

Elle hocha la tête.

« C'était un plaisir de recevoir Kay à la maison. Nous adorons avoir les filles. »

Par quoi elle entendait : j'ai gavé votre fille de pizza et de gaufres, je lui ai loué des films, l'ai collée dans un lit chaud ou dans un sac de couchage, et vous, est-ce que vous connaissez seulement le nom de ma fille ? Par quoi elle entendait aussi *nous* : mon mari et moi, *nous* : heureux en ménage, et *toutes les filles* : nous possédons une maison avec plusieurs chambres à coucher et sommes très appréciés aux réunions de parents d'élèves.

« Merci, oui, ce sont de chouettes petites », répondit Jack, se disant que ç'aurait aussi bien pu être des monstres – comment aurait-il pu le savoir ?

« Rappelle-moi le prénom de ton amie ? demanda-t-il à Kay après le départ du manteau noir et de la blondinette.

– Racky.

– Et la mère ?

– Arlene. Maman ne l'aime pas. »

Kay ramassa son sac. Violet. Un singe violet pendait de sa fermeture Éclair.

Elle sortit du bâtiment la tête baissée, sans un au revoir. Il se retint de lui ébouriffer les cheveux, de peur qu'elle n'esquive son geste.

« Alors, qu'est-ce que vous avez vu au planétarium ? »

Elle haussa les épaules en guise de réponse.

« C'est pas Robert Redford qui fait la voix off ?

– Je ne sais pas. »

Une lumière dorée enveloppait l'après-midi : le soleil filtrait à travers les arbres. Ils approchaient du parc.

« Hé microbe, ce sont les vacances d'été. Tu veux aller au parc ? Je veux dire, voir l'étang ? Nourrir les canards ? »

Elle fixait ses pieds, s'appliquant à les faire tenir dans les pavés octogonaux.

« Y a pas le feu, pas vrai ? »

Il avait envie qu'ils passent un bon moment ensemble.

« Il y a le stand de glaces, là-bas.

– Non », dit-elle, même si, dans le fond, elle en avait envie.

Elle avait peur d'éclater en sanglots si elle prononçait plus d'un mot à la fois. Elle revoyait la journée par séquences : la manière dont ses amies l'avaient tenue à l'écart durant la visite, le moment où elles avaient disparu dans les toilettes avec son cahier, pendant la pause-déjeuner. Et plus tard, vers la fin de la visite, quand Racky l'avait immobilisée de ses deux bras, avec toute la force de sa fureur, comme si elle voulait se venger d'une chose que Kay ignorait.

Ils passaient devant la façade rose du Muséum d'histoire naturelle quand Jack tenta :

« Entrons une minute, pour voir l'Ours Brun. »

Kay regrettait de ne pas avoir dit oui à la glace, mais elle savait qu'elle n'aurait pas pu la manger devant lui. Elle ne voulait pas lui offrir le plaisir de satisfaire une de ses envies.

« Allez, viens, on n'est pas allés le voir depuis si longtemps, c'est peut-être l'Ours Gris, à l'heure qu'il est. »

À cet instant, elle s'en voulut d'aimer ses blagues balourdes.

« Ou l'Ours Gâteux. »

Il la sentit céder.

« L'Ours Retraité. »

Jack avait commencé à recevoir des tracts provenant d'associations de retraités, dernièrement.

Un sourire se dessina sur ses lèvres, bien qu'elle n'ait vraiment pas envie de sourire. Ce n'était pas un sourire sincère.

« Je parie qu'ils lui ont donné une canne.

– D'accord, peu importe », dit-elle pour qu'il arrête.

Elle l'attendit sur un banc en bois dominé par le *Barosaurus* pendant qu'il achetait les tickets et prenait un plan.

Un plan plus que nécessaire : ils n'étaient pas venus depuis des lustres. Ils progressèrent sans un mot dans le pavillon des mammifères nord-américains. Jack espionnait sa fille du coin de l'œil.

On avait l'impression d'évoluer sous l'eau avec ces lumières tout juste assez puissantes pour éclairer le sol en pierre verte. La seule véritable source lumineuse était les dioramas, mises en scènes d'animaux d'une époque lointaine dans des régions reculées. Le mouflon canadien dominant une vallée, du haut de son pic rocheux. Deux loups bondissant dans un paysage enneigé. Un paysage nocturne, un monde bleu fluo.

L'Ours Brun était le véritable ours d'Alaska. En réalité, ils étaient deux : l'un debout sur ses pattes arrière, l'autre à quatre pattes. C'était l'ours dressé qu'ils venaient voir, à cause de la manière dont il les regardait, son air intéressé, presque humain, tandis que son compagnon dévorait un poisson.

L'Ours Brun avait réellement changé, sans avoir vieilli pour autant. C'était Kay qui avait grandi, elle regardait l'ours autrement. Ses griffes – qui avaient toujours été noires et longues – paraissaient encore plus longues et plus noires, et d'une épaisseur dérangeante. Il avait l'air bien plus réel que dans son souvenir, moins nounours, et pourtant moins vivant aussi ; comme si son imagination ne parvenait plus à l'animer. Ne la regardait-il pas droit dans les yeux, avant ? À présent, son regard s'arrêtait à mi-distance, quelque part entre eux deux. Et elle avait le sentiment qu'elle pourrait le renverser d'une pichenette.

« Toujours le même Ours Brun, commenta Jack. Tu penses qu'ils lui ont injecté du Botox ? »

Elle répugnait à se montrer intéressée, mais demanda néanmoins comment il était à l'intérieur, et s'il était lourd.

« Pas très, j'imagine. Tu sais qu'ils leur enlèvent tous leurs organes – on t'a appris ce qu'est la taxidermie ? Ils enlèvent le sang, les organes et le reste. Ils le remplissent de formaldéhyde pour qu'il soit toujours beau. Le formaldéhyde, c'est un peu comme du Botox. Ensuite, ils utilisent un moule pour qu'il paraisse tout à fait réel. Tu vois comme ses yeux brillent ?

– Ce sont de vrais yeux ?

– Non, ils sont en verre. »

Elle se baissa pour toucher les lettres en relief, ALASKA.

« Alors, ça ressemble à ce que tu fais.

– Un peu, répondit-il, pas certain d'avoir envie d'approuver. Un petit peu. Et comme ça, il ne changera jamais. »

Jack se pencha pour étudier le poisson, l'aspect iridescent de ses arêtes.

Les yeux de l'Ours Brun avaient toujours été en verre, bien que ce fût une découverte pour Kay, ce n'étaient pas ces yeux-là qui avaient changé, mais les siens. Elle regarda son père : lui aussi avait changé. Elle ignorait pourquoi ce qu'il avait fait la blessait, elle savait juste que la douleur était bien là ; et pourtant, à le voir ainsi, elle pouvait croire qu'il n'avait pas voulu la blesser, et que cela avait son importance. Elle avait onze ans et ce n'était pas facile d'avoir onze ans. Elle savait aussi que c'était peu, onze ans. Si ça pouvait rester en suspens, les années, comme pour l'ours, ça ne la dérangerait pas, vraiment.

Une exposition de papillons vivants occupait une autre salle du musée ; ils quittèrent l'Ours Brun pour aller y jeter un coup d'œil. Ils traversèrent la salle de gemmes et pierres précieuses, Kay voulut regarder les petites choses étincelantes dans leur boîte, collant ses empreintes sur les améthystes, les émeraudes et des diamants jaunes, comme devant la vitrine de Tiffany's.

« Laquelle veux-tu emporter à la maison ? Choisis », dit Jack.

Elle craignit d'avoir été trop transparente.

« Je prends ça, moi. »

Il désigna le point le plus haut de la salle, un rocher marron et bleu qui trônait en haut d'un escalier recouvert de moquette. Les effets du temps sur le cuivre, une surface assez rugueuse pour vous écorcher vilainement s'il vous prenait l'envie de l'escalader.

« C'est moche, dit Kay, avec une grimace.

– Dans ce cas, tu ne l'auras pas. »

Elle choisit l'Étoile des Indes, un saphir d'un bleu laiteux dont le cœur scintillait comme une étoile.

« Cinq cent soixante-trois carats », lut Jack.

Il siffla. La pierre donnait l'impression d'être chaude.

Ils passèrent rapidement devant les météores – autres cailloux qu'il aurait bien emportés –, les premiers hommes singes honteusement nus, et la collection Indiens d'Amérique, ses totems et ses sinistres petits masques en bois sculpté.

Enfin, ils aboutirent à la serre aux papillons avec ses lampes solaires qui pendaient du plafond. Leurs yeux mirent du temps à s'accoutumer aux couleurs vives, fleurs en boutons magenta et violet, et tant de nuances de feuilles vertes satinées ; puis soudain les papillons s'élevèrent autour d'eux – ou ils furent enfin capables de les distinguer. Ailes blanches aux contours découpés papillonnant de plante en plante, tels des bouts de tissu. Un monarque, comme statufié, perché sur un rond en plastique fixé à une sorte de filet.

« Il mange, expliqua Kay. Ils mangent avec leurs pattes.

– Comment tu sais ça ?

– On les a étudiés à l'école. »

À côté d'une pancarte *Ne pas déranger les papillons qui s'alimentent,* un spécimen marron et noir déroulait son espèce de trompe vers une tranche d'orange. Ses ailes étaient bordées de bandes blanches et de pointillés orange.

« Tu sais que certaines personnes les encadrent pour les accrocher au mur, fit remarquer Jack, devant un papillon évoquant un vitrail bleu aux nervures noires. Pas besoin de taxidermiste, pour ça. »

Il n'était pas sûr qu'elle l'ait entendu.

Elle avait les deux mains sur la bouche. Jack se demanda ce qui n'allait pas, elle semblait éviter son regard. Il suivit la trajectoire des yeux de sa fille. Le monarque était là, délicatement amarré sur le bouton du col de sa chemise, comme un nœud papillon. Ouvrant et refermant les ailes. D'autres visiteurs s'approchèrent, certains avec leurs téléphones, pour prendre des photos. Jack se tint aussi immobile que possible, un sourire fier aux lèvres, un sourire idiot pour les photos, parce qu'il devinait que sa fille souriait, elle aussi, derrière ses mains.

Ils avaient fini par partager un bon moment au musée, même si leur retour dans les rues éroda beaucoup de cette complicité retrouvée. La journée commençait nettement à décliner, ils avaient tous deux conscience que la douleur qui s'était installée en Kay depuis le dimanche précédent, la distance qu'elle avait instaurée entre eux, tout remontait à la surface à mesure qu'ils approchaient du cadre familier de leur appartement.

Appartement à l'intérieur duquel Deb faisait ses bagages et où Simon criait.

« C'est pas *juste*. Ça se *fait* pas.

– Simon, si tu te dépêches de faire ta valise, Donald aura encore le temps de passer, il ne pourra pas dormir ici, c'est tout. »

Deb était agenouillée, le haut du corps disparaissant dans le placard de l'entrée où ils rangeaient les bagages et les manteaux chauds mais moches. Les cours étant terminés, pour elle comme pour les enfants, elle avait décidé de les emmener à Rhode Island. Dans la petite maison de Jamestown que Jack avait achetée avec Gary. Il leur arrivait de la louer, mais elle était libre cet été.

Elle avait reçu un appel, à peine deux heures plus tôt, de Susan Haber, la mère de ces affreuses jumelles. Elles avaient rapporté quelque chose de l'école, une chose écrite par Kay. Un texte d'une nature dérangeante, avait-elle dit. De quelle nature ?

« Sexuelle, avait répondu Susan. Tout à fait inconvenante.

– Ça ne lui ressemble pas. »

La mère Haber lui en avait lu un passage – « Jerry veut qu'Elaine le lui montre. Elaine dit, "Oh, mon dieu, je suis si..." » – et avait toussoté. Deb avait reconnu les mots.

Elle avait opté pour Rhode Island dans un accès de panique (passager) au cours duquel elle avait attendu le retour de Jack et Kay, regardant l'heure sous la télé passer de quatre à cinq et de cinq à six, tout en tentant mentalement de persuader tout le monde. Izzy lui avait demandé où ils comptaient passer l'été. Et alors ? C'était l'été, non ? C'était bien là-bas qu'ils étaient supposés passer leurs vacances chaque année. Et alors ? La dernière fois qu'ils y avaient séjourné, elle allaitait encore Kay. Où en étaient la plomberie, le gaz et l'électricité (le gaz ou l'électricité, elle n'était pas sûre, les deux peut-être) ? Et les interrupteurs ? Zut. J'embaucherai quelqu'un ! J'embaucherai quelqu'un !

Elle acheta trois billets pour le train du matin.

Le pauvre Simon avait fait son entrée à ce moment-là, dans cette atmosphère électrique. Après une journée de merde, qui plus est. Donald et lui s'étaient arrêtés au *diner* pour avaler un burger en quittant le lycée. Avec la fin des cours, il était encore plus bondé que d'habitude ; ils avaient dû s'installer au comptoir. Simon avait coulé des regards aussi discrets que possible à Jared et Elena, assis dans un box assez grand pour quatre ; box dans lequel ils les auraient sans doute invités à les rejoindre si leur exposé sur le confucianisme n'avait pas si mal tourné. M. Dionisio leur avait donné un B : une mauvaise note pour un exposé. Ce n'était pas tant la note qui ennuyait Jared (il était déjà accepté à Emory) que le développement aride et embarrassant de leur exposé. Un groupe qui avait rendu 108 pages blanches sur le bouddhisme zen avait récolté un A.

Dans le train du retour, Simon avait apprécié pour la première fois le talent de soliloque de son ami, qui, ce jour-là, s'était contenté d'exprimer son opinion sur un échantillon de films de super héros. Dieu merci, il n'avait pas pipé mot de ce qui s'était passé avec Elena : depuis ce fameux lundi, c'était comme si elle ne l'avait jamais vu. Une chose courante, au lycée, ce genre d'amnésie sociale sélective, surtout chez les jolies filles. Donald était descendu deux stations avant la sienne pour aller chercher son jeu de basket 2K ; il devait retrouver Simon chez lui plus tard.

Un projet remis en cause par sa mère, et auquel il refusait de renoncer.

« Pour quoi *faire* ? Il n'y a *rien* à Rhode Island !

– Il y a la campagne. Il y a l'eau et les arbres. »

Elle tira un sac polochon poussiéreux qui dépassait derrière deux rouleaux de papier cadeau.

« Et des phares. Ça te va ?

– Tu ne m'*écoutes* pas ! »

Il donna un coup de poing dans le vide derrière sa mère – ce qu'elle ne vit pas –, et tapa des pieds – ce qu'elle entendit.

« Simon, je t'en prie ! »

Elle se releva pour lui faire face, époussetant ses vêtements.

« Tu ne me cèdes jamais *rien*. Tu ne trouves pas que j'en supporte assez comme ça ?

– On part, un point c'est tout. »

Elle ne cria pas, mais elle n'en avait pas besoin. La sévérité était un choc suffisant.

« *Putain* de m…

– Arrête ça.

– Putain, c'est pas juste, *putain*.

– *Arrête*. »

Voilà, elle criait maintenant. Et elle saisit son bras et le serra, fort, jusqu'à ce qu'il se libère.

« Aïe. »

Il fila dans sa chambre. Quand elle le rejoignit, quelques minutes plus tard, il faisait sa valise. Elle recouvra sa voix douce.

« Chéri ? Simon ? Tu peux quand même inviter Donald à passer la soirée ici, tu sais ? Il faudra juste qu'il rentre dormir chez lui.

– C'est bon, je n'ai plus envie qu'il vienne.

– Mais vous pourriez quand même…

– Je lui ai déjà dit non, d'accord ? »

Il ramassait des brassées de vêtements et les jetait dans la valise à roulettes qu'ils lui avaient achetée quelques années auparavant. Les étiquettes de l'aéroport pendaient de sa poignée depuis leur dernier voyage à Londres.

« Bien. Mais tu peux encore changer d'avis.

– Je pense toujours que c'est une idée de merde. »

Elle retourna au salon, pour glisser les produits de toilette dans des sachets à zip et continuer de fixer l'horloge du décodeur jusqu'au retour de Jack et Kay, qui arrivèrent dix minutes plus tard. Deb observa sa fille : elle avait le même visage que ce matin – aucune trace de ces mots qu'elle avait écrits. Elle ne voulait pas l'embarrasser, il fallait qu'elle réfléchisse à la bonne manière d'aborder le sujet. Quand elle annonça sa décision, Jack souleva toutes les objections prévues.

« Tu y vas en voiture ?

– Nous n'aurons pas besoin de voiture.

– Et en cas d'urgence ?

– Ils ont des taxis là-bas aussi.

– Tu sais la somme de travail que demande cette maison ?

– Je sais, les toiles d'araignées ! Je me débrouillerai.

– Et la tuyauterie ? Si quelque chose éclate ? Restez ici, je vous laisserai tranquilles.

– Simon est trop grand pour les camps de vacances et Kay n'aime pas vraiment ça, pas vrai ? »

Kay saisit la perche : « Pas vraiment.

– Et je déteste cette ville, ajouta Deb retournant faire ses bagages.

– C'est faux. »

Il la suivit dans la chambre et ferma la porte.

« Pourquoi ? questionna-t-il.

– Parce que, je ne peux pas... ça devient trop perturbant. »

Elle ouvrit le placard à la volée et disparut derrière le miroir qui refléta le lit refait et la bibliothèque, derrière.

« *Pourquoi* c'est perturbant ?

– Arrête.

– Je dis juste que le fait que tu sois perturbée, ce n'est pas anodin. Tu ne penses pas que c'est bon signe que ce ne soit pas anodin ?

– Je ne pense pas qu'on puisse y voir le moindre signe.

– Mais on devrait régler ça ensemble.

– Je ne prendrais pas la bonne décision si je te répondais oui, rétorqua-t-elle, repoussant encore la porte du placard, de sorte que Jack se retrouva face à son reflet.

– Comment sais-tu quelle est la bonne décision ? »

Il s'approcha du miroir.

« Il n'y a rien de mal à ce que *le fait d'être avec moi* puisse t'influencer.

– Tu ne peux pas m'obliger.

– Qui parle de t'y obliger ? Qui ? »

Il avait haussé la voix sans s'en rendre compte. N'était-il pas plus calme que ça ? N'était-il pas beaucoup, beaucoup plus calme qu'il n'en avait l'air en ce moment ?

« S'il te plaît, je sais. Ne pars pas. Ne va pas là-bas toute seule. »

Deb le dévisagea les bras chargés de lainages douillets.

« Nous ne serons pas tout à fait seuls. Il y aura Gary. »

Elle ne comptait pas mêler Gary à ça. Elle était sortie des rails.

« Tu n'en sais rien.

– Si, je le sais, on s'est parlé », répondit-elle, ressortant dans le couloir.

L'épouse de Jack et son pote de fac s'étaient parlé. Encore un de ces petits détails, de plus en plus nombreux, qui l'excluaient de sa propre vie, comme les meubles déplacés en son absence. Comme la fois où la boutique de bagels du coin avait fermé sans prévenir. Et qu'elle avait été remplacée par un magasin de chapeaux, puis par cette boutique d'accessoires pour animaux de compagnie où l'on pouvait acheter des pulls cylindriques minuscules et des laisses en or.

Il se sentait oblitéré, avait le sentiment d'être un de ces personnages que l'on crée pour regarder le monde, pour voir la vie se dérouler après sa mort.

Une table de cuisine ne disparaît pas sous prétexte que tout le monde est parti, que les portes sont fermées, et que la vie des autres continue en votre absence.

D'accord. D'accord, sauf que, dans son coin, Kay était en train de réfléchir à ce qu'elle voulait dire. Au musée, elle avait dû affronter l'idée qu'aimer son père revenait à trahir sa mère. Elle l'avait affrontée et elle avait découvert qu'elle n'était pas obligée de l'accepter. L'espace d'un instant, elle avait entrevu le moyen de surmonter tout ça, comme on entrevoit la lumière au bout d'une paille tordue. Maintenant elle ne voyait plus rien – l'impression s'était dissipée sur le chemin du retour – mais elle était certaine de l'avoir ressenti quand ils se trouvaient avec l'Ours Brun.

Une chose que sa mère ne pouvait pas voir, que son frère n'essaierait même pas de voir ; mais elle n'était pas comme Simon, elle était capable de renoncement. Les entrailles nouées par l'angoisse, elle finit par gagner sa chambre, où elle fit ses bagages et enfila son pyjama. Un silence inquiet s'était abattu en elle. Allongée sur son lit, elle écouta les bruits de sa famille.

La cuisinière qu'on allume. Des grains de riz qui dégringolent d'une boîte en carton. Une imprimante dans la chambre du fond. Et le carillon d'un texto, de l'autre côté du mur.

La fourchette de son père tintant contre son assiette dans le salon. Difficile d'attraper les miettes récalcitrantes. Sa mère, marchant jusqu'au frigo pour coincer une feuille de papier sous un aimant. Dans la chambre de Simon, de moins en moins d'amis à qui écrire. L'heure de se coucher.

Sa mère au téléphone avec Ommy.

Son père feuilletant un journal.

Son frère, parlant du bout des doigts, jusque tard dans la nuit.

Kay eut l'impression de ne pas avoir dormi, et il faisait jour. Dans la cuisine, sa mère était habillée, prête à partir, et Simon, assis sous un nuage noir.

Ils attendaient l'ascenseur, son père leur adressait le plus triste des au revoir depuis la porte, quand Kay lâcha sa valise à terre et demanda à rester.

Non. Elle ne fit rien de tel. Mais elle aurait pu.

La vie aurait pu prendre un autre tour, une des mille manières possibles de tout faire voler en éclats ; de donner naissance à une nouvelle branche, qui sait, ou même à un arbre – s'ils étaient restés, ou si Jack les avait accompagnés. S'ils n'étaient partis que le lendemain, la semaine suivante. Même si Kay avait pu parler et si Deb ne l'avait pas écoutée, ç'aurait signifié quelque chose. Mais, à l'image de sa mère, Kay avait besoin de temps pour prendre ses décisions. Elle ne se fiait jamais à son propre jugement, avait trop peur de se tromper.

Voilà pourquoi Kay resta figée dans le couloir avec sa valise. Valise qu'elle ne lâcha même pas dans le taxi, assise sur la petite butte du milieu, flanquée de sa mère, ses billets électroniques imprimés sagement pliés sous le code-barres, et de son frère, renfrogné, tourné vers la vitre. Les vibrations de la radio emplissaient le silence, et pourtant Kay était toujours dans le couloir, en train de dire non, les cils mouillés de larmes, une veine battant au milieu du front, la robe retroussée par ses poings qu'elle serrait sur ses hanches. Elle avait l'impression que le taxi filait à toute allure vers downtown, mais dehors, tout semblait évoluer au ralenti. La voiture effectua un virage abrupt pour s'engager dans la Septième. À un carrefour, un homme traversa, son gobelet de café brandi telle une torche. Le chauffeur s'appelait Mamadou. Et Kay était toujours dans le couloir, son frère retenait les portes de l'ascenseur tandis qu'elle saisissait le visage de sa mère entre ses deux mains et lui disait, *Écoute-moi.*

DEUXIÈME PARTIE

Cette année-là et celles qui suivirent

Ils partirent. Ils furent absents deux semaines.

Jack partit à son tour, un jour ou deux jours plus tard, mais pas pour les rejoindre. Il déposa la chatte chez Ruth, où elle miaula tristement et se fit les griffes sur le mur, au fond du placard à manteaux.

Pendant dix-huit jours, l'appartement resta vide. Des particules de poussière et de pollen s'agglutinèrent sur les fenêtres et les miroirs qui ne reflétaient personne. Rien n'entra ni ne sortit du circuit fermé. Seule la wi-fi continua de fonctionner, complexifiant l'atmosphère de manière invisible.

Les plis se creusèrent sur les lits presque tous faits. Les taches persistèrent dans les paniers à linge, les tiroirs des commodes. Dans la cuisine, une cuiller engluée de lait se colla à son bol et des aimants glissèrent lentement au bas du réfrigérateur.

Puis ils retrouvèrent la maison, le tas de courrier retenu par un élastique que Ruth avait déposé sur la table de la cuisine, et le reste – les tranches des livres, les rosettes sur le tapis du salon – tout leur parut d'une immobilité suspecte.

Durant la troisième semaine de juillet, la climatisation ne souffla plus que de l'air chaud et ils se réfugièrent devant des ventilateurs.

Jack emménagea dans son atelier, puis dans un appartement plus vaste à Sunnyside, dans le Queens, assez spacieux pour qu'il y travaille, y vive et y reçoive ses enfants, quand ils en avaient envie.

Deb aussi déménagea : elle poussa le lit contre le mur opposé et disposa les oreillers de l'autre côté.

Ils passèrent onze heures du mois d'août avec des grands sacs en caoutchouc remplis de glaçons, à attendre que l'ouragan passe.

Simon et Kay firent un saut à l'Empire 25 où ils visionnèrent tous les films catastrophe de l'été.

Jack et Deb cessèrent d'être mariés l'un à l'autre.

Cet automne-là, Kay intégra l'équipe de hockey du lycée et passa la saison assise sur le banc à côté de la glacière, à creuser des trous dans la mousse de ses jambières. Simon devint de plus en plus comme (ça). Il emporta ses jeux vidéo dans sa chambre et remonta de la cave la vieille télé d'étudiant de Jack.

Un nouvel an, et une nouvelle année.

À Sunnyside, Jack se mit à travailler avec de la fumée. Il tendit des bandes de papier au plafond, tels des auvents, et entreprit de brûler tout ce qui lui tombait sous la main et qui se consumait bien afin d'apprendre à modeler les volutes de fumée bleutée selon son désir. Il fabriqua la ligne d'horizon de Manhattan vue d'un parc de Vernon Boulevard, le pont de la 59e Rue vu du dessous, dont le quadrillage d'acier cousait une fermeture Éclair sur le ciel. Puis, le parking du Shea Stadium, et le nouveau terrain de base-ball portant le nom d'une banque. Il levait les objets en flammes pour dessiner des marques plus sombres sur le papier, et les inclinait vers le sol pour imprimer des anneaux roux, pareils à des taches de café. Les enfants passèrent un week-end sur des millions chez lui ; les saucisses et les pâtes qu'il leur prépara au dîner avaient un goût de brûlé.

Vint le printemps et personne ne remplit les bacs à glaçons. L'horloge verte fluo du four retardait d'une heure.

Le livre d'Isabel Davey parut. Impossible pour Deb de trouver une tenue pour la soirée de lancement quand elle vit la photo de l'auteur : Izzy en noir et blanc très contrasté, épaules enserrées dans une sorte de col bateau.

Deb ? C'est moi. J'ai essayé ton portable.

Il est dans l'autre chambre. Dans mon sac.

Qu'est-ce que tu regardes ?

Jon Stewart.

C'est bien ?

Hmm. Je ne suis pas très concentrée.

Ma connexion est merdique, je ne peux rien regarder en streaming.

Tu devrais faire venir quelqu'un.

Il va falloir que je rappelle le type. Mais c'est à cause de ces murs, il y a du béton là-dedans.

Dis. Je ne peux pas vraiment te parler, là.

Oh, j'appelle au mauvais moment…

Non, ce n'est pas ça… Jack. Allô ? Ce n'est pas ça.

OK, d'accord. Et zut.

Halloween. Des papiers de bonbons orange et argenté jonchaient les rues telles des feuilles mortes. Ruth accompagna Kay au vernissage de la nouvelle exposition de Jack dans une galerie de Brooklyn, où l'on ne servait que du vin, et où elles ne trouvèrent aucune personne de leurs âges.

Dans la cuisine, l'horloge du four avait rattrapé son retard et Simon regardait ses Pop-Tarts lever dans la lumière jaune. « Tu pourrais peut-être faire moins de soirées pyjama », lui suggéra Deb. « Des *soirées pyjama*, vraiment, maman ? » Il rit, secoua la tête et dit OK. Elle lui demanda des nouvelles de Donald. Cette fois, il éclata franchement de rire. « Ce pédé. » Deb dit : « S'il te plaît, ne reste pas collé au micro-ondes. »

Jack s'acheta un sapin de Noël et le tira seul jusqu'à la maison, une main glissée dans un trou du filet en plastique. Il arriva chez lui couvert d'ampoules (pas de gants).

Nouvelle année. Les flocons ressemblaient à des petits squelettes de créatures étranges.

L'horloge du four retarda à nouveau. Quelqu'un finit par la remettre à l'heure, de sorte qu'au mois de novembre suivant elle avançait d'une heure. Kay passa une audition pour jouer dans la pièce de théâtre du lycée, *Notre ville*[1]. Elle auditionna pour le rôle d'Emily et fut prise pour le rôle d'une des mères.

Ruth mourut. Jack assista aux funérailles, en retrait à l'arrière, et ne parla presque à personne. Kay demanda ce que signifiait *levayah*. Deb la fit taire. Ça veut dire *accompagner*, lui répondit Simon, tournant vers elle la face lumineuse de son téléphone.

Deb se réveillait de plus en plus tôt. À 6 heures, 5 heures 30 du matin. En passant, elle tournait le bouton de la porte de Simon : si elle était fermée, c'est qu'il était rentré à la maison. Quand elle mettait ses sweat-shirts à capuche à laver, ils empestaient le chewing-gum à la menthe, le fauve et les feuilles brûlées.

Des petits tas de papier toilette commencèrent à apparaître sur le tapis aux endroits où Travolta s'oubliait. Kay

1. *Our Town*, pièce de Thornton Wilder, lauréate du prix Pulitzer en 1938.

remplit un formulaire sur Internet, et, onze semaines plus tard, reçut l'affiche, d'un mètre vingt sur un mètre quatre-vingts, d'une émission de télé qu'on venait d'annuler.

Tout le monde mit trop longtemps à comprendre que Simon ne travaillait pas.

« Tes notes ont baissé, non ? s'étonna Deb devant son bulletin.

– Parce que j'ai déjà eu des bonnes notes ? » rétorqua-t-il.

À l'issue de sa dernière année, Jack et Deb se mirent d'accord pour l'envoyer dans un camp pour adolescents en difficulté, en Virginie.

« Nous ne pouvons pas le prendre s'il se drogue, les informa le directeur du centre, dans les locaux illuminés de leur antenne de Manhattan.

– Nous pensons qu'il fume juste de l'herbe, répondit Deb.

– Néanmoins, si c'était ne serait-ce qu'un peu plus sérieux, nous ne serions pas équipés pour y faire face. Si vous êtes intéressés, il existe un autre centre en Utah…

– Qui parle de drogue ? dit Jack. Il fume un peu d'herbe, ça va. »

Pendant sept semaines, Simon et huit autres garçons allumèrent des feux de camp, se nourrirent de sachets de pâtes déshydratées et ne s'appelèrent que par les surnoms inspirés par la nature qu'on leur avait demandé de choisir le soir de leur arrivée. Le Vent, pour Simon.

La nuit recouvrit les cieux violacés. Le monde cligna des yeux et les réverbères s'allumèrent. Travolta mourut dans la salle de bains, à quelques mètres de sa litière.

Nouvelle année nouvelle année nouvelle année. La balle jetée en l'air retombe plus vite. Les chiffres deviennent trop gros, détachés de tout ce qui évoque le temps ou ses repères. 1998 était une année. 2015, 2020, des visions. Les calendriers et le *Times* étaient devenus les accessoires d'un space opera. Tout le monde inscrivait toujours la mauvaise date en haut à droite.

Jack eut très peu de vernissages new-yorkais – zéro, en fait – après la fermeture de la galerie de Stanley. Ses œuvres avaient rapetissé, vraiment rapetissé, depuis qu'il n'avait plus assez de place dans son appartement du Queens – qui ne lui paraissait plus aussi spacieux qu'avant –, et depuis qu'elles n'avaient plus leur place ailleurs ; plus de place dans ce monde devenu gigantesque. Une école d'Arizona l'avait invité à enseigner, et il avait quitté New York pour de bon. Pour toujours, du moins.

Les portes automatiques des nouveaux drugstores s'ouvraient devant chaque passant. Personne n'utilisait plus de carnet d'adresses, et pourtant, quelque part, des compagnies en fabriquaient toujours. Kay fut élue Fille la plus Sympa de l'annuaire de son école, même si, en réalité, Kay était surtout la Fille la plus Discrète. Simon fit un détour pour emprunter une rue pavée parce qu'il avait entendu dire que c'était bon pour les pieds – il avait oublié que c'était Jack qui le lui avait dit. Il traversa la rue, cheveux trop longs, ongles trop longs, dents de sagesse sur le point de percer.

Deb continua d'enseigner à l'université, ateliers et histoire de la danse, et elle commença à sortir avec Eli, un ex-danseur reconverti en physiothérapeute, divorcé lui aussi. Elle suivait des cours matinaux à Steps[1], s'attachait à nouveau les cheveux et se penchait devant le miroir du vestiaire pour arracher les petits cheveux blancs qui pointaient autour de son visage.

Kay partit étudier dans une université de Californie ; quand elle revint, elle s'appelait Katherine.

Simon continua d'être Simon dans une université du coin.

1. École de danse de Broadway.

Sur sa carte d'enseignant, Jack ne souriait pas. La photo avait été prise à son insu avec une webcam – sans flash, sans *souriez*. Son visage à demi masqué par l'hologramme semblait boursouflé comme celui d'un gars qui sort de chez le dentiste. Ou un écureuil, une joue pleine de noisettes pour l'hiver, avait-il fait remarquer à la fille qui l'avait photographié.

De moins en moins de personnes répondaient aux annonces sans photo sur Craigslist[1]. Simon se trouva un appartement à Crown Heights, dans un *brownstone*. Chaque matin, des moineaux duveteux voletaient en piaillant autour de l'échelle de secours, pas moyen de les faire taire.

Deb emménagea dans le loft d'Eli à Tribeca. Le marché de l'immobilier ou d'autres raisons la dissuadèrent de vendre l'appartement d'uptown.

À Palo Alto, Katherine décrocha un boulot dans une start-up, un de ces pôles technologiques de recherche qui, dans l'imaginaire collectif, s'apparentent à des parcs d'attractions.

Ils écrivaient avec des stylos fabriqués à partir de bouteilles recyclées, ou ils n'écrivaient pas.

Tous leurs écrans obéissaient au toucher humain.

Un grain de beauté sur le visage de Deb se révéla malin, de stade un seulement. Un peu de chirurgie plastique et la cicatrice devint à peine perceptible. Elle entra dans la cabine de sauna de sa salle de gym, la porte en bois voilée claqua derrière elle, et elle eut soudain l'impression de se retrouver en cale sèche.

Comment peut-on se remettre de quoi que ce soit dans des endroits où le temps ne varie jamais ? Comment se remettre de la perte de quelqu'un ou de quelque chose dans un lieu où les saisons se ressemblent toutes ?

1. Site de petites annonces américain.

Quand ses enfants lui rendaient visite, elle avait envie de leur préparer tant de repas différents. Je n'avais jamais lavé un légume de ma vie avant d'avoir à vous nourrir, tous les deux.

Les années passèrent et les gens exprimaient leur surprise d'apprendre que Jack avait vécu à New York. Il avait repris son accent chaloupé, ce timbre qu'il ne devait pas tant à Houston qu'à son enfance auprès de sa mère. Il avait l'allure d'un charpentier, ou d'un homme des bois, avec ses parkas sans manches, en flanelle ou fourrées. Il avait toujours porté ce genre de vêtements, mais ici la fonction avait pris le pas sur le style. Quelle ironie, quand on songeait que c'était à New York qu'il s'était essayé aux rudes labeurs de charpentier, de métallurgiste, et même de souffleur de verre de temps en temps, et que c'était ici que son art était devenu de plus en plus fin et précis, dans ce studio plus vaste que nécessaire.

Il taillait des silhouettes couleur menthe, lavande et rose bonbon, dans ces grosses craies faites pour dessiner sur le trottoir, vendues en seau au bazar du centre-ville.

L'avantage avec le centre médical de l'université, c'était qu'on pouvait prendre rendez-vous via Internet sans parler à quiconque.

Katherine envoya à Deb une invitation pour la visite de l'un des sites de sa boîte qui offrait aux usagers de créer des maisons virtuelles au format JPEG et de les décorer avec des meubles virtuels qu'ils ne pourraient jamais s'offrir dans la vie réelle. Deb ouvrit un compte mais n'en fit rien. Elle commença à recevoir des newsletters dans lesquelles Votre Décorateur Virtuel lui présentait la chaise longue la plus populaire de la semaine. Les messages faisaient sonner sa boîte de réception à 5 heures du matin, heure à laquelle elle était généralement réveillée. Elle avait cliqué sur le lien « se désabonner » au bas de la page. Elle ne savait pas comment arrêter ça.

Vous pouviez aussi annuler vos rendez-vous au centre médical de l'université via Internet. Sous *motif de l'annulation*, on pouvait cocher la case « maladie », il n'y avait pas de case « peur ».

Quelques jours après son soixante-sixième anniversaire, le vice-doyen de l'université, qui était également sa petite amie, lui apporta un bouquet de ballons argentés dans lesquels son visage se reflétait. Ils glissèrent du plafond et stagnèrent à hauteur de ses yeux dans l'entrée. Le lendemain matin, il ouvrit la fenêtre et les libéra.

Les ballons évoquaient des poumons en alu au milieu des branches dénudées.

Quand il se mit à perdre du poids, il eut d'abord meilleure mine avant de paraître malade.

Il avait le sentiment de passer beaucoup de temps à regarder ses mains dans la salle des professeurs.

L'école changea tous les passes d'accès afin qu'ils n'aient plus qu'à présenter leur carte devant le truc au lieu de la glisser dans une fente, si bien que tout le monde eut droit à une nouvelle photo. Sur sa seconde carte, il souriait mais paraissait défait, un peu indisposé.

Juste avant sa mort, parmi ses nombreux dossiers à soufflets, Jack découvrit un portfolio d'esquisses qu'il ne reconnut pas. Deux de Katherine, quand elle avait une dizaine d'années, et quelques natures mortes inoffensives – notamment un œuf brisé dont le jaune s'écoulait – sans doute du cours d'arts plastiques dans lequel Simon n'avait pas brillé.

Une douleur intense aux os commença à le réveiller la nuit. Du sang apparut dans ses selles.

Tu vas bien ?
Génial
Tu as eu mon message ?
Vu que tu en avais laissé un
Tu n'es pas obligé de l'écouter. C'était juste bon anniversaire. Je t'ai envoyé quelque chose par la poste
Où ça ?
Chez ta mère
OK, pcq j'ai pas de portier
C'est une enveloppe
Une enveloppe pour moi
Aucune surprise à six chiffres. Joyeux en retard
Je t'aime Simon
Je t'aime fort

Les bruits conjugués de la canne sur le sol et de la valise à roulettes évoquaient un attelage tiré par un cheval.

Parfois un souvenir se révélait n'être qu'une vieille photo vue dans un album, une image à laquelle son cerveau l'avait induit à croire.

Et pourquoi entendait-on toujours des bips quand quelqu'un raccrochait dans les films ? Était-ce du réalisme magique ?

Finalement, c'est une masse située au niveau de son pelvis qui le tua, une masse de la taille d'un grain de raisin.

La fin n'est jamais une surprise. Les gens disent, Ne me raconte rien, Ne me gâche pas le plaisir, puis, plus tard, ils disent, Si j'avais su. Des nuits passées dans de vieux salons, sur des canapés-lits non dépliés, la lumière qui se réfléchit sur le miroir qui vous surprend toujours. Nous pensons vivre notre vie dans un entre-deux, après ceci et avant cela, mais c'est l'entre-deux qui a duré.

TROISIÈME PARTIE

Jamestown, puis l'Ouest, début juin

Il y a des toiles d'araignées dans les buissons. On les voit, là, en fin d'après-midi, quand le soleil couchant tisse d'or leurs fils collants.

À Jamestown, il fallait un peu de temps pour apprendre à regarder la nature. En promenade, Kay marchait quelques pas derrière sa mère, observant l'endroit où les trottoirs de galets s'ouvraient béants pour laisser passer les racines des arbres. Elles faisaient le tour de l'île par le haut, en direction de l'est, pour redescendre vers les quais plus paisibles de l'ouest.

« Le périphérique », plaisanta sa mère.

Elle plaisantait beaucoup. Et elle ne cessait de répéter : « On a de la chance. » Ils avaient eu de la chance dès le premier jour, quand ils trouvèrent l'unique taxi rouge local conduit par une femme devant la gare bardée de bois de Kingston, même si Simon venait de perdre un dollar dans le distributeur. Ils avaient encore eu de la chance dans la voiture, quand ils pensaient s'être trompés de direction et que le bon panneau avait jailli de nulle part, donnant du sens à tous les panneaux qui suivirent. Il n'avait jamais été facile de repérer la rue avant de l'avoir passée, tant le lotissement était minuscule – juste quatre ou cinq maisons accrochées tant bien que mal à une colline.

Deb avait décidé d'être en veine, et en veine ils seraient.

Au cours des trois heures et demie de train, la lecture avait cédé la place à la réflexion. Ils quittaient à peine Stamford quand son attention avait glissé du livre à la vitre. Ses yeux rebondissant d'un poteau électrique à l'autre, glissant le long du câble qui les reliait, elle avait regretté de ne pas avoir emporté de musique, Joni Mitchell, une voix puissante et des paroles tristes, pour mieux s'abandonner au sentiment d'être le personnage principal d'une histoire qui commençait.

Elle avait si souvent eu l'impression de vivre sa propre histoire. De cinq à vingt-cinq ans, chacun de ses vœux – lorsqu'elle voyait un cheval blanc, tapait sa joue pour faire tomber un cil, ou soufflait de fines bougies plantées dans le glaçage d'un gâteau – n'avait concerné qu'un seul et même rêve. Être acceptée dans la bonne école, dans la bonne compagnie, dans le bon casting, année après année. Je vous en prie, accordez-moi encore ça. Le ballet et Jack avaient été les deux clefs de voûte de sa vie. La maternité était un chapitre d'un autre genre, sans auditions. Il aurait pu y en avoir. Les enfants étaient les seules Grandes Choses qu'elle avait pu obtenir sans travailler, et elle ne s'était pas attendue à vouloir comme avant. Maintenant, elle voyait une autre voûte possible, ou même deux. Qui pouvait dire que ce n'était pas le premier jour d'autre chose – mon dieu, pas du reste de sa vie, pas ça –, de quelque chose de bien peut-être ?

Elle avait laissé retomber ses paupières et un voile vert avait brouillé le jour.

À première vue, la maison ressemblait davantage à une plante qu'à une maison, mais derrière la glycine et les volubilis se dressaient deux étages surmontés d'une bordure blanche écaillée et d'un toit dont les bardeaux déclinaient toutes les teintes de gris. Il y avait une terrasse, un auvent ployait en son milieu et une moustiquaire à moitié arrachée devant la porte. Et des chiures d'oiseaux, aussi, assorties au ravalement. Ils n'étaient même pas certains d'être arrivés à bon port au début : la haie était si haute qu'on ne voyait pas la boîte aux lettres.

« Oh. » Deb avait passé la tête par la vitre de la voiture, prenant soin de ne pas abîmer le cœur en verre qu'elle portait autour du cou.

« Là ? Oui, c'est ici.

– Comment tu le *sais* ? » Simon daignait parler à sa grande surprise, la voix éraillée par des heures de silence.

Deb avait donné un gros pourboire au chauffeur, qui leur avait parlé de ses enfants (des garçons) durant tout le trajet.

« Je vous jure, vous n'avez qu'à leur dire une chose pour qu'ils fassent le contraire. Et moi qui ai toujours rêvé d'avoir une fille pour bien l'habiller.

– C'est vrai qu'elles sont plutôt chouettes », avait rétorqué Deb, adressant un clin d'œil à Kay – qu'elle n'avait pourtant jamais bien habillée.

Kay trouva la maison délabrée. À l'intérieur, les meubles suffoquaient sous leurs lourdes housses en plastique. Les lumières étaient éteintes mais il y avait un mot de Gary sur la table de la cuisine. *Suis monté visiter une propriété à Boston. Reviens bientôt. Faites comme chez VOUS !!* Kay n'avait aucun souvenir de Gary, ce quasi-oncle Gary qui t'offrait des jouets pour ton anniversaire, tu te souviens ? – Quels jouets ? – Et, soit Deb ne pouvait les nommer, soit – « Je ne sais pas, cette chose qui faisait nanoo nanoo, le Furby » – Et si Kay se souvenait bien du Furby, elle ne se souvenait pas de la personne qui le lui avait offert.

« Cette maison a *cent ans* », déclara Deb comme pour les impressionner, posant son sac polochon dans l'entrée.

« Est-ce qu'elle est solide au moins ? »

Simon les dépassa, sa valise perchée au-dessus de la tête.

Arrivé à l'étage, il la laissa tomber sur le palier et se balança en prenant appui sur les deux rampes.

« Bien sûr qu'elle est solide.

– Il pourrait y avoir un tremblement de terre.

– Simon… je t'en prie. »

Kay regarda sa mère qui filait déjà chercher le reste de leurs bagages. Les marches de l'escalier en bois étaient arrondies sur les bords, sans tapis, ni antidérapant comme au lycée. Elle pivota et se retrouva face à la paume noire de poussière de Simon.

À vrai dire, la maison était dans un état bien pire que Deb ne s'y attendait. Gary – qui ne l'utilisait que lorsqu'il voulait pêcher ou peindre – n'avait pas mentionné de dégât des eaux, mais du bas de l'escalier, déjà, elle avait remarqué les taches brunes qui s'élargissaient sur le plafond de l'étage : silhouettes de choses mortes sous le toit.

Vue de la terrasse, l'eau était grise, pailletée par les derniers rayons du soleil qui disparaissaient derrière. La rue résonnait des préparatifs du dîner, cliquetis d'argenterie et de vaisselle, conversations s'envolant par les fenêtres ouvertes pour se mêler aux stridulations des criquets. Deb trouvait un peu embarrassant d'être témoin de ce rituel, le bruit et les odeurs des familles réunies autour de la table.

Il ne leur resta rien de mieux à faire que manger aussi.

Elle emmena les enfants dîner dehors, à quelques rues de la promenade, dans un restaurant de fruits de mer dont la terrasse était décorée de guirlandes de Noël. Ils se postèrent devant le menu ; moules et homard à trente dollars. Le meilleur restau de la ville, mais quasi désert à quelques semaines de la haute saison.

« Et si on allait plutôt au chinois », proposa Simon, désignant une façade en briques orange.

Deb plissa les yeux.

« Je crois que c'est une banque. »

Puis elle remarqua la pancarte sur le trottoir :

PEKIN EMPIRE

L'Empire n'occupait qu'un angle de l'immeuble à l'aspect plutôt *corporate*. À l'entrée, un congélateur fermé, et un panneau faisant la réclame de cônes glacés. Des photos des plats étaient suspendues au-dessus de la caisse, éclairées par-derrière – Délice de Fruits de Mer, Menu Spécial Famille –, identiques à celles des endroits les plus cheap de New York.

« Ça vous dit qu'on prenne à emporter pour manger au bord de l'eau ?

– Je peux manger ici », dit Simon.

Kay acquiesça, oui, ici.

Ils s'installèrent donc dans la salle, même si, à en juger par l'unique table et les planches contreplaquées jaunes qui recouvraient tout, les plats étaient destinés à être emportés. Des glands rouges pendaient mollement sous un téléviseur muet fixé près du plafond. L'image n'était pas nette mais ils essayèrent de reconnaître le film. Le repas fut digne de ce qu'on pouvait se faire livrer à domicile, raison pour laquelle il plut à Simon et Kay, apparemment.

Ils ressortirent dans la semi-obscurité du début de soirée avec des glaces à l'eau en forme de personnages de BD avec des yeux en boules de chewing-gum. Pour Simon, ils avaient quitté le vaisseau mère, les nouilles sautées et le Coca-Cola, le confort du foyer. Il emporta deux canettes de soda, de crainte qu'il n'y ait que l'eau du robinet à boire à la maison. L'une d'elles lui échappa des mains alors qu'ils tournaient à un coin de rue. Elle explosa, éclaboussant le trottoir, les haies et sa chemise.

« Oups, fit sa mère d'humeur badine. Et une de moins. »

La maison comptait seulement trois chambres, les enfants se partageraient celle avec les lits jumeaux. L'ampoule du plafonnier était grillée, mais la chance frappa encore, Deb trouva deux lampes torches dans le placard sous l'escalier, dont une avec des piles qui fonctionnaient.

Simon et Kay n'avaient jamais eu à partager la même chambre, et sitôt qu'ils pénétrèrent dans la pièce, il sembla qu'il leur faudrait la partager avec une autre créature, plus massive celle-là : le monceau de vêtements de Simon abandonné sur un des lits. Avant le dîner, il avait retourné sa valise, comme on retourne un seau plein de sable sur la plage.

Il se traîna jusqu'à l'autre lit, se disant qu'il était vraiment stupide d'avoir envoyé ce message à Elena avant de partir ; à présent, son téléphone ne captait plus, et on ne pouvait même pas se connecter dans cette stupide maison. *Essayons de vivre comme des pionniers pendant un petit moment*, avait proposé leur mère.

Kay éclaira la nuque de son frère avec la lampe torche.

« Où tu vas dormir ?

– Je m'en fous.

– Il faut que tu choisisses un lit.

– Je choisis les deux.

– *Simooon.*

– Je ne peux pas dormir sur deux lits, Kay, ça paraît clair, non ? »

Il sauta sur ses pieds et lui prit la lampe des mains pour éclairer son tas de vêtements, preuve géologique du soin qu'il avait pris à faire sa valise. Dans un coin, une commode en chêne semblait prête à imprégner toutes ses affaires de sa vilaine odeur de moisi. Il avait envie de tout laisser tel quel, d'extirper des chaussettes et des sous-vêtements du tas chaque matin, sans rien déranger, et de reposer sa valise ouverte dessus, comme un couvercle, dès que ces vacances en famille seraient enfin terminées.

Au lieu de quoi, il envoya le tas par terre. Puis, pendant que sa sœur se changeait dans le couloir, il prit les draps que sa mère avait déposés sur le matelas, et les étala grossièrement. Quand Kay revint, il était allongé sous les couvertures dans les vêtements qu'il avait enfilés le matin à New York et se remémorait le message envoyé à Elena. Il l'avait vue la veille, assise sur la bande de terre à côté du gymnase, en compagnie de Jared qui venait de terminer l'épreuve de géométrie.

Il avait écrit :

hé. quoi de neuf ?

« Simon ?

– Quoi ?

– À quoi tu penses ?

– C'est pas tes affaires. À rien. »

hé. quoi de neuf ? survécu aux exams ? keske tu fais cet été ? je pars un peu, toi ? Trop de questions.

« Simon ?

– Quoi, Kay ? J'essaie de dormir. »

Il l'entendit lui tourner le dos.

« Je ne sais pas ce que tu veux », lança-t-il à voix haute.

Même si, en réalité, il le savait. Elle voulait parler de leurs parents, seulement il ne voyait pas ce qu'on pouvait en dire. Il ne pouvait pas lui expliquer pourquoi il s'en moquait, qu'il y avait quelque chose de bancal dans toute cette histoire qui paraissait si réelle à sa sœur. Il ne pouvait pas lui expliquer que c'était comme s'ils n'étaient même pas là. Que sa vraie vie c'était ses amis, l'école. Il éteignit la lampe torche. Quelques minutes plus tard, il la ralluma et la posa par terre, entre les deux lits, pointée vers le plafond, où elle resta jusqu'au matin.

Le jour de leur départ, quand il ne parvint plus à entendre le bruit de l'ascenseur et de sa famille qui s'éloignait de lui, Jack se prépara un bol de céréales et regarda les émissions du matin, comme s'il avait l'appartement à lui tout seul pour une heure ou deux. À un moment, dans le couloir, il avait voulu se tourner vers sa fille. Juste la serrer dans ses bras. Craignant la réaction de Deb, il ne l'avait pas fait. Elle l'aurait accusé de, de quoi ? D'abus d'influence physique ? Un truc de ce genre. D'intimidation par proxi.

Il était encore temps de tout arranger, bien sûr. Ils resteraient là-bas, quoi, une semaine ? Max. Peut-être même qu'ils l'appelleraient pour lui demander de les rejoindre. Deb appellerait sûrement ce soir.

Il ramassa le journal de la veille et relut l'article sur son expo. « N'entrez pas dans le ventre de la Bayt. » Très malin. Bravo. Et on disait que le journalisme volait au ras des pâquerettes. « *Nous regrettons sincèrement cet incident. L'artiste nous avait assuré que toutes les charges avaient explosé et été dénombrées bien avant l'ouverture ; nous essayons de comprendre ce qui a pu se passer.* » Stanley, espèce de nigaud. C'est ça, jette-moi sous les roues du bus. *L'artiste.* D'accord.

Il aspira le lait de sa cuiller et reposa les Cheerios fossilisés dans le bol. Ils passaient cette émission avec des femmes, toutes blanches à l'exception d'une noire, toutes libérales à l'exception d'une conservatrice, toutes ménopausées sauf une. Elles parlaient de la dépression post-partum, dont Jack savait qu'elle n'avait rien à voir avec la grossesse, puisqu'il en faisait une chaque fois qu'il finissait un projet.

Il se rendit à la cuisine, ajouta du lait dans son bol et retourna s'allonger au salon. Peut-être que c'était le lait qui l'endormait, ou bien les voix de ces femmes. Ou la tristesse.

Quoi qu'il en soit, il s'endormit.

Stanley travaillait toujours à la galerie le dimanche matin, et c'est là que Jack alla le trouver, de bonne heure, pile à l'ouverture.

« S'il te plaît, Jack, pas avant mon café.

– Une dernière chance. Quelques semaines. *Une semaine.*

– Dieu du ciel, pas avant ma vodka soda, alors.

– Les gens viendront », insista Jack, abattant sa main sur les briques chaudes. Le soleil ne les rendait pas plus agréables. « Stanny.

– Les gens viendraient, oui, mais pas pour les bonnes raisons. » Stanley secoua son trousseau de clefs. « Les curieux. Ça te tente ?

– Je ferai avec les curieux.

– Mais pas mes avocats, répondit le galeriste, faisant coulisser la lourde porte. Pas tant que nous ne serons pas certains que cette femme renoncera à sa plainte. »

Il ne faisait pas plus frais à l'intérieur.

« Nom de dieu, tu as même décommandé l'air ? »

Stanley tira de sa poche un mouchoir plié en triangle.

« Tout est organisé pour moi, maintenant. Emily est en vacances.

– Emily qui ? »

Il tamponna son front luisant.

« Tu sais qu'aucun être vivant n'utilise plus ce genre de truc. Tu les repasses toi-même ?

– Je vais à Venise. Pour la biennale, dit Stanley, grimpant l'escalier tournant blanc à toute vitesse.

– Hé, Emily qui ? répéta Jack, faisant glisser sa main sur le bureau de la réceptionniste, avec sa tasse en argent et ses stylos en plastique.

– Tu *sais*, Emily. »

La clim se mit en marche, à l'étage.

« Tu l'as rencontrée des centaines de fois. Mon assistante, Emily. »

L'air frais descendait déjà.

« Ah, oui, bien sûr », marmonna Jack.

C'était le bureau d'*Emily*, là. Sa note de la veille était encore coincée sous la souris. PERSONNE NE DOIT TOUCHER AUX DÉBRIS.

« Je décolle jeudi soir. »

La partie inférieure de Stanley réapparut dans l'escalier – jusqu'aux genoux.

« Tu sais quoi, Jack ? Tu ferais peut-être bien de prendre des vacances toi aussi.

– La biènâleuuu ? Non merci.

– Ou n'importe quoi d'autre. Vous avez une maison de campagne, non ? Prends les enfants et vas-y. Cette ville est une étuve l'été. Il fait déjà chaud à crever. »

Pauvre Stanley. Il luisait à nouveau, regardant autour de lui comme s'il cherchait quoi ajouter. Jack baissa les yeux sur le bureau.

« Ouais, merci, Stanny. »

Il secoua la souris jusqu'à ce que l'ordinateur revienne à la vie, plage et palmiers en fond d'écran.

« Merci, je pense que c'est exactement ce que nous allons faire. »

Le premier matin à Jamestown, tout le monde se leva de bonne heure, sans réveil. Difficile de dormir dans des lieux nouveaux.

C'était Jack qui avait posé le carrelage de la salle de bains – des minuscules hexagones blancs avec des joints noirs qui donnaient à l'ensemble un aspect vertigineux et spartiate à la fois. Deb renoua avec les excentricités de la douche, qui couvrit le miroir et les robinets d'un voile de buée. Dégoulinante d'eau, elle examina sa silhouette floue dans le miroir. Les creux et les bosses semblaient toujours aux bons endroits. Elle essuya son reflet, se cambra et jeta un coup d'œil à la longue chute par-dessus son épaule. Oui, peut-être avait-elle enfin fait ce qu'il fallait en venant ici avec les enfants. Elle l'espérait. Elle releva sa chevelure des deux mains, se demandant combien de temps ils resteraient.

Elle emmena Simon et Kay (non douchés) prendre le petit déjeuner dans un restau agréable où l'on proposait des jus aux couleurs vives et profondes, dont un cranberry-orange si lumineux qu'il semblait éclairé de l'intérieur.

« Je me disais qu'on pourrait descendre jusqu'à la plage, cet après-midi. Explorer les environs.

– C'est magnifique, par là-bas », confirma la serveuse lestée de deux cafetières à anses orange et noir. Sa peau avait l'aspect duveteux que confèrent l'âge et le maquillage ; deux pastilles de poudre rose se détachaient sur ses joues. « Vous êtes déjà allée à Newport ?

– Oh, il y a des années. Mais pas eux, dit Deb.

– Il faut absolument aller voir les manoirs. Et l'église de la Trinité, elle vaut le détour, un truc vraiment historique.

– Nous n'avons pas encore eu l'occasion de voir grand-chose pour le moment. »

Simon et Kay s'étaient murés dans un silence ostensible. La serveuse les dévisagea.

« Ah, oui, pardon. Que désirez-vous prendre ? »

Ils commandèrent tous trois des omelettes, puis Kay demanda un stylo à sa mère.

« Je n'ai aucune envie d'aller visiter des églises, déclara Simon, quand la serveuse fut assez loin.

– C'est surtout Rose Island que *j'aimerais* vous montrer », répondit Deb.

Les îles, c'était ce qu'elle aimait le plus dans cette baie ; toutes ces petites taches de terre inhabitée dont les noms romantiques semblaient tirés de romans des Brontë : Patience, Espoir, Prudence. Désespoir. Ils s'étaient rendus là-bas, leur premier été à Jamestown, quand Simon était encore bébé. Dans un bateau de location marron et or dont le moteur crachotait ; l'homme qui s'occupait du désherbage les avait laissés faire un tour. *Attention aux mouettes. Elles attaquent quand elles couvent.* Deb se souvenait de leur promenade sur le pourtour de l'île qui ressemblait vraiment à une rose. À un moment, une mouette était descendue sur eux et Simon, bébé de cinq mois niché dans ses bras, avait crié.

Elle se pencha sur la table ; son fils regardait sa sœur surligner les dessins de cocktails sur son set de table en papier.

« Tu es déjà allé à Rose Island, toi, lui dit-elle, d'un air confidentiel, comme si elle lui révélait un secret, une rumeur sur une personnalité célèbre.

– Ce n'est pas comme ça qu'on fait les ombres », dit Simon à Kay.

Il étala du doigt le gros trait qu'elle venait de tracer autour d'un Tom Collins.

« Comme ça, on dirait que le soleil arrive de deux directions opposées. »

Il tendit la main vers son stylo. Kay s'écarta de lui.

« *Arrête.* Ce ne sont pas des ombres. »

Puis les omelettes occupèrent les sets de table, interrompant la dispute sur les ombres.

Qui fut bientôt suivie par une dispute devant les arrosoirs de la quincaillerie, puis les aimants de frigo, et encore devant les horribles pulls en laine polaire de la boutique de souvenirs. Prends-le, il fait froid le soir. Tu crois vraiment que tu porteras ça ? Je suis sûr qu'il y en a déjà dans la maison. Où sont les nouvelles polaires énergétiques, celles qui ont l'air entortillées comme des câbles téléphoniques ? Mais c'est celle-là que je veux. Elle est moche. Repose-la. Ce n'est pas un concours de mode, tu risques d'avoir froid. Non. J'ai dit non, ça suffit.

Dans une librairie proposant des fontaines électriques miniatures, des jardins zen miniatures à ratisser et même quelques livres – des petites éditions sur les phares locaux et les randonnées pédestres, essentiellement, mais aussi des romans, à l'arrière du magasin –, Deb leur proposa de se choisir un bouquin pour l'été.

Simon réapparut avec un gros livre de poche.

« Tu es sûr ?

– Pourquoi pas ? »

Il le lui tendit.

Elle était sur le point de lui expliquer pourquoi quand son regard se posa sur Kay qui étudiait le joli présentoir de marque-pages en acier, près de la caisse, et en avait déjà tout un éventail dans la main.

« Bien, donne », dit-elle, ajoutant le livre de Simon à sa pile.

Le ciel s'était chargé de nuages, mais ils avaient encore le temps de se réfugier dans le supermarché situé à l'autre bout d'un long parking clairsemé de berlines et d'un pick-up rouge à bâche bleue. Un minicentre commercial, avec son vidéoclub et sa boutique d'enseignes personnalisées faisant la publicité de lettres en or pour les yachts.

« Restez près de moi », dit Deb.

Ils eurent du mal à trouver leur chemin dans les allées froides et trop lumineuses du supermarché. Ses enfants derrière elle, Deb se sentit soudain seule à l'idée qu'ils constituaient plus une charge qu'une compagnie. Elle poussait laborieusement son caddie d'un rayon à l'autre, feuilletant un dépliant abandonné à l'intérieur. Chaque fois qu'elle les entraînait dans une mauvaise allée, elle essayait d'y trouver un produit qui pourrait leur servir. Ne sachant que choisir, elle fourra des fruits dans des sacs et acheta la promotion de la semaine : une eau de Seltz dont elle n'avait jamais entendu parler. Les supermarchés des petites villes gaspillaient tellement de place entre chaque allée. Un jour, avant l'ère des téléphones portables, elle avait perdu la mère de Jack dans un Sam's Club de Houston ; elle l'avait fait appeler par une caissière pendant vingt minutes avant de la voir arriver.

Le montant qui s'afficha sur la caisse était bien moins élevé qu'à New York. Un adolescent avec des mèches folles châtaines et un épi sur le sourcil empaqueta leurs courses.

« Attendez, lui lança Deb, une canette de Sprite dans la main. Tu veux la boire tout de suite, minus ? »

Simon secoua la tête et se détourna de la caissière qui demanda :

« Voulez-vous qu'on porte tout ça à votre voiture ?

– Non merci. »

Ils avaient quatre sacs de provisions, un autre de la quincaillerie et une pochette en papier remplie de livres. Elle était contente que les enfants aient omis de préciser qu'ils n'avaient pas de voiture.

Sur le parking, le jour avait retrouvé son éclat jaune naturel. Deb aurait voulu attirer leur attention sur la beauté de la lumière mais ils ne se promenaient plus : ils portaient. Toujours pas de pluie, mais à présent le vent gonflait la bâche de la camionnette rouge. Étrange ce bruit de tonnerre qu'elle produisait en claquant.

Jack aperçut sa belle-mère dès qu'il poussa la porte à tambour de l'immeuble – ou, plutôt, l'éclat de son casque de cheveux blond pâle par-dessus le dossier d'un fauteuil en cuir, au bout du hall d'entrée en marbre. Après Stanley, il n'avait pas pu se résoudre à rentrer à la maison, sachant qu'il n'aurait rien à y faire, qu'il n'y ferait rien de mieux que se vautrer dans le canapé, manger, et regarder la télé en attendant un appel de Deb qui ne viendrait pas. À la place, il s'était rendu à l'atelier où, devant des prémices d'*Improvisation sculpturale*, il s'était inventé une bonne raison de quitter New York, lui aussi.

Le hall d'entrée était l'endroit où Ruth avait accepté de le retrouver dans dix minutes. Il était en avance parce qu'il savait que Ruth le serait. Il portait Travolta dans sa boîte, songeant à la fille quelque part avec son cochon d'Inde dans une boîte, tel était le sort des animaux quand leurs maîtres découvraient de nouvelles façons de se montrer égoïstes.

Il comptait se rendre chez Ruth à pied, mais au bout de trois ou quatre cent mètres, entendant les griffes du chat rayer le sol de la boîte en plastique, s'était dit que ce ne serait pas charitable. Le torchon qu'il avait étalé au fond pour la rendre plus confortable ne semblait pas très utile. Il avait essayé de héler un taxi mais si proche de l'heure d'affluence, impossible d'en trouver, aussi, quand le bus s'était arrêté à quelques mètres de lui, il avait sauté dedans.

Travolta *miauuuula*, s'attirant les regards compatissants et les moues attendries des autres passagers. Jack avait glissé deux doigts à travers la grille et tenté de tirer le torchon, pour qu'ils la voient. Cette chatte a huit ans, aurait-il voulu leur dire. Alors on ne doit pas être si mauvais que ça. Tenez, regardez le ruban collé sur le côté, TRAVOLTA écrit au marqueur noir depuis leur dernier passage chez le vétérinaire : Mon fils adorait le film *Grease*.

Jack croisa le regard du portier/concierge qui bâillait derrière son bureau et pointa le menton vers la chevelure blonde, un peu plus loin. Ruth l'avait sûrement prévenu qu'elle attendait de la visite, qu'ils pouvaient laisser passer Jack S-h-a-n-l-e-y à son arrivée. Elle adorait les petites mises en scène, sa belle-mère. S'imaginer que tout pouvait mal tourner, se retourner contre eux. Pendant quinze ans, Ruth et lui s'étaient amusés à remettre en question tous les lieux communs attachés à la relation gendre/belle-mère. Alors que Deb avait toujours réagi aux petites piques et apartés de Ruth avec une sensibilité d'adolescente, Jack était capable d'en rire avec légèreté. *Ta mère est tordante*, disait-il – ce que Deb détestait entendre. *Ne te fâche pas comme ça, Debby, c'est juste qu'on est de la même génération, elle et moi* – ce qu'elle détestait encore plus entendre, sans doute parce que c'était presque vrai.

Qu'allaient-ils devenir l'un pour l'autre, maintenant ?

Jack contourna le fauteuil et brandit la boîte du chat, comme une offrande de paix. Ruth enleva ses écouteurs et arrêta son lecteur CD. « Mes cassettes », disait-elle tout en pensant CD. Elle écoutait des livres. Il y en avait un d'Aristote qu'elle aimait particulièrement, sur l'éthique, et un autre intitulé *Ne vous noyez pas dans un verre d'eau*, qu'elle avait un jour prêté à Deb, qui le lui avait rendu sans l'avoir écouté.

Jack leva la caisse plus haut, afin que Ruth puisse voir le chat.

« Regardez qui est là », roucoula-t-elle.

Sentant le poids de Travolta reculer, il déposa tout le bazar sur la table en verre.

« J'ai réussi à vous l'amener en un seul morceau. »

Il s'assit à côté d'elle, essayant de paraître détendu, en dépit de sa surprise en découvrant la profondeur du fauteuil dans lequel il venait de se lâcher. Il était si près du sol. Il tira deux boîtes de Délices de l'Océan de sa poche.

« Je peux aller vous en acheter davantage, ainsi que de la litière…

– J'ai de la litière. »

Ruth avait eu des chats – morts plusieurs années auparavant.

« Vous n'en voulez pas de la fraîche ? Vous n'allez pas rapporter tout ça du magasin…

– Jack, chéri, je vais vous confier un secret. Je me fais livrer mes provisions. Ne vous inquiétez pas. Je ne porte *rien* », dit-elle en riant.

C'était un rire las, un brin fâché, comme si cette petite confidence l'ennuyait. Elle n'avait jamais souscrit à l'idée de vieillir.

« Bien. Parce que vous ne devez rien porter. Je veux dire : vous pourriez, sans problème, si vous le vouliez, mais c'est bien que vous ne le fassiez pas.

– Mon amie Lorraine – vous connaissez Lorraine ? C'est elle qui m'a donné le tuyau. Elle m'a dit, Pourquoi tu te tues à tout ramener toi-même, Ruthie ? Il faut dire que Lorraine a ses soucis à elle. Sa santé n'est pas bonne. Ses pieds… mais rien de sérieux. Enfin, vous me connaissez, quelle idiote, j'ai répondu, Pourquoi payer plus cher ? Pour me dépêcher de rentrer à la maison et rater le livreur ? Ou pour prendre le risque qu'ils oublient un sac ? Je ne l'avais jamais fait. Jamais. C'est moi qui portais tout ce fatras à la maison. Depuis des *années*.

– Ça ne devait pas être facile.

– Et vous voulez un scoop, Jack : je ne roule pas sur l'or. Lorraine voyage, elle. Pas d'enfants, deux maris, divorcée – et je vous parle de maris riches, pas comme mon Norman. »

C'était le genre de conversation que Ruth n'aurait jamais pu avoir avec sa fille, qui trouvait ses comptes d'apothicaires déprimants, et qui aurait vu dans cette histoire lassante un nouveau moyen de se justifier. Parfait, fais-toi livrer, aurait répondu Deb, mais on n'est pas obligées d'en *parler* en plus ? Les soliloques de Ruth n'avaient jamais dérangé Jack. Il avait une idée de ce que l'on pouvait ressentir quand on vivait seul, des moments difficiles. Ruth ne s'était pas remariée après la mort de son mari, à la différence de sa propre mère. Il comprenait cette envie de parler qu'ont certaines personnes, ce besoin plus grand d'échanger avec les autres. Et puis, il la trouvait drôle.

« Vous avez raison. Ça paraît raisonnable. »

Il fut soulagé de constater qu'elle se comportait sans façons avec lui ; cependant, quand le sujet de l'éthique du service de livraison fut épuisé, un silence s'installa, et il se demanda si Ruth n'était pas elle-même surprise de lui avoir parlé comme avant, et si elle ne le regrettait pas déjà.

« Il est si mignon, dit-elle, reportant son attention sur la chatte. Elle, je veux dire. Pardon. Les miens étaient des mâles.

– Je ne pense pas qu'elle se formalise.

– Alors, dit-elle, pêchant un fil invisible sur son chemisier. Deborah est-elle au courant, pour ça ? »

Jack croisa les mains sur ses genoux. Ruth se pencha vers lui.

« D'accord, mon chou. Je ne me mêle pas de ça. OK ?

– Merci.

– Je pense que vous êtes un *crétin*, doublé d'un *imbécile*, reprit-elle – d'une voix neutre un peu plus aiguë, mais pas plus forte. Ceci dit, je sais rester à ma place, et ma place n'est pas là.

– J'apprécie.

– Ma fille est une adulte, qu'on s'en réjouisse ou non. »

Encore ce petit rire las agacé.

« Elle a ses raisons d'agir ainsi. Qui sait ce qui en découlera. »

L'Ombre le sait. Son père le lui répétait sans cesse. Jack n'avait jamais écouté le feuilleton radiophonique, mais son père avait toujours aimé citer la réplique phare d'une voix sombre et caverneuse, avec une averse en fond sonore. *Qui sait quel mal est tapi dans le cœur des hommes ?*

De retour à l'atelier, il appela Deb.

« Salut », répondit-elle à la quatrième sonnerie.

Sa voix habituelle, pas si lointaine. Elle pouvait aussi bien lui répondre de l'appartement, et non de Rhode Island. Non d'une planète inaccessible.

« Qu'y a-t-il ?

– Comment vas-tu ? Comment va tout le monde ?

– Bien. Les enfants vont bien. Il pleut.

– Et notre ami Gary ? Comment va le beau gosse ?

– Non, ne fais pas ça.

– Qu'est-ce que je ne dois pas faire ?

– Gary ne sera pas là avant demain.

– Bien. Et toi ? Comment vas-tu ?

– Qu'est-ce que tu veux, Jack ? »

Et voilà. L'autre planète, en orbite.

Quand il lui annonça qu'il prenait l'avion pour se rendre à l'université qui lui avait commandé une œuvre, rencontrer le doyen, voir le site, elle ne manifesta aucune surprise ; même si elle savait qu'il ne prenait jamais ces commandes au sérieux.

« Ma mère peut s'occuper de Travolta.

– Je la lui ai déjà apportée. Pour lui éviter des allers-retours.

– Arrangez-vous comme vous voulez.

– C'est déjà arrangé, je viens de te le dire. »

Il se déplaça dans la petite cuisine ouverte. Ouvrit, puis referma un placard sans raison.

« C'est bon d'entendre ta voix.

– Quelle réponse espères-tu ? »

Jack dit : « Tu parais si loin. »

Deb dit : « Je le suis. »

Quand il eut raccroché, il téléphona à la sympathique et rieuse Jolie, pour lui faire deviner qui allait bientôt débarquer en ville.

Howard Roark rit.

Comme toujours, sa mère s'était trompée. En l'occurrence à propos du ferry, qui ne partait tous les jours que pendant la haute saison, de sorte qu'ils ne pouvaient pas se rendre à Newport, où apparemment il y avait des magasins, des cinémas et des trucs à faire. Ils ne pouvaient pas non plus visiter les îles du coin – pas une grosse perte selon lui. Sa mère décrivait ces îles stupides comme si le monde n'était que poésie. Simon se doutait qu'il y avait une bonne raison pour qu'elles ne soient pas habitées. Quelle idiote.

Howard Roark rit.

Et elle pensait aussi qu'il n'aimerait pas ce livre, raison pour laquelle il allait sans doute l'adorer.

Elle avait emmené Kay faire une de ces promenades qu'il avait déjà appris à décliner alors qu'ils n'étaient à Rhode Island que depuis quarante-huit heures. Simon avait envie qu'elle le trouve en train de lire, à son retour. Sachant qu'elle ne l'aurait jamais remarqué, assis sur la balancelle de la terrasse couverte de chiures d'oiseaux, il était descendu vers les quais, où, à défaut de ferry, il y avait quelques boutiques alignées – dont deux agences immobilières. Il s'assit à une table ronde verte devant une boutique de sandwichs fermée. Il y avait un trou de la taille de son poing au milieu, pour le parasol.

Il retourna le livre. *Une écriture puissante. À ma connaissance, le seul roman à thèse écrit par une Américaine.* Tout à fait ce dont Simon avait besoin, qu'on lui prodigue une philosophie, une manière de penser, de vivre et de gagner. Il ignorait encore ce qu'était l'objectivisme mais il savait que ça avait quelque chose à voir avec la férocité comme moyen d'obtenir ce qu'on veut dans la vie. Avec l'idée de ne pas être un outil. L'œuvre qui illustrait la couverture lui rappelait le Rockefeller Center, un homme en or attirant la lumière du soleil, ou le feu. Ce qui le fit penser au patin à glace et au Radio City Music Hall où il avait déjà assisté au spectacle de Noël.

Bon.

Howard Roark rit.

Dans la boutique de sandwichs, un homme riait aussi. Il se retourna, mais ne vit que le rideau métallique.

Il revint à Howard, nu sur une falaise surplombant un lac. Impressionnant. Résolument cool comme début. Simon regarda l'eau qui éclaboussait le quai. Pas comme chez Howard, où l'eau paraissait figée et dure comme de la pierre. Ou plutôt : il y avait des pierres autour du lac, et l'eau paraissait plus figée que la pierre. L'expression *une immobilité plus dynamique que le mouvement* le rendit perplexe, puis il s'imagina que c'était comme dans *Matrix*, quand les balles volent et que tout est au ralenti.

Encore des rires quelque part, à l'intérieur de la boutique. Il se retourna. Deux voix, des filles. Il se leva et s'approcha un peu du quai, de l'eau.

Howard se disait que toute la nature qui l'entourait était vouée à être détruite et exploitée – les arbres et les rochers, pour la construction – mais son ton était différent, il ne suggérait pas que c'était mal ou triste, comme les gens qui abordaient le sujet en général, ou que les animaux allaient disparaître, la couche d'ozone se trouer, et qu'on grillerait tous.

En entendant des pas qui descendaient la colline, il baissa la tête sur son livre.

Ce n'était que Kay. Elle déboula jusqu'à lui et s'arrêta plus loin, à l'endroit où la bordure de galets cédait la place au quai et le quai à l'eau.

« Bon sang, qu'est-ce qui t'arrive ?

– On a trouvé un chat ! dit-elle, désignant le sommet de la colline. En haut de la route. Maman le garde, viens voir. »

Elle se plia en deux pour reprendre son souffle, comme s'il y avait davantage d'air en bas.

« Je n'ai pas envie, ça ne m'intéresse pas. Y a des chats partout, ici. »

Il en avait vu un rôder dans le jardin d'en face, le matin même.

Les voix qui provenaient de la boutique étaient plus fortes à présent ; la porte s'ouvrit, soudain.

« Il est trop tard, fut la première chose qu'elle lui dit, cette fille que le soleil l'empêchait de bien voir, et qui ne ressembla d'abord qu'à une forme, ondulant devant lui comme une vague. Le service du midi se termine à trois heures. »

Elle retourna dans l'ombre et Simon mit les mains à plat sur le quai pour regarder derrière lui.

« Euh, non. J'étais juste là pour lire.

– Un truc bien ? »

Ses lèvres pâles étaient gercées et le vent soulevait ses cheveux, telle une bannière blonde, épaisse, comme chargée de sel. Elle semblait passer beaucoup de temps dehors, cette fille en short avec son grand tee-shirt aux manches roulées qui dévoilaient des épaules couvertes de taches de rousseur. Elle savait sûrement faire les nœuds marins.

Simon leva son livre, se sentant un peu bête.

« Elle ne sait pas lire, lança une voix derrière eux – l'autre fille, cheveux plus sombres, plus petite, qui venait de sortir de la boutique.

– La ferme, Laura, je sais lire.

– Pas des livres », cria l'autre – Laura – en fermant la boutique.

Simon releva la tête et constata que la première fille le dévisageait, la mine sérieuse.

« Quoi. Tu crois vraiment que je ne sais pas lire ?

– Euh, non… c'est que… je ne te connais pas. »

Il libéra le doigt avec lequel il gardait sa page.

« Je ne sais pas ce que tu aimes lire.

– Ben, tu me connais maintenant. Teagan », se présenta-t-elle en lui tendant la main.

Elle devait avoir dix-huit, dix-neuf ans, et cette aisance amicale que vous confèrent la fac, et le temps.

Simon se leva pour lui serrer la main. Ils étaient pile de la même taille.

« C'est le moment de me dire ton nom, si tu en as envie.

– Simon », dit-il, craignant que sa poitrine ne trahisse les battements de son cœur.

« Teegs. On y *va*, s'il te plaît ? »

Toujours près de la porte, Laura secouait les bras.

« Quelle emmerdeuse ! »

Le sourire de Teagan adoucissait toutes ses paroles. Simon aurait voulu qu'elle le traite d'emmerdeur, lui aussi.

« C'est ta sœur ? » lui demanda-t-elle.

Puis, à Kay :

« J'adore tes sandales. Elles viennent d'où ? »

Kay regarda ses pieds et, l'espace d'un instant, les sandales en plastique rose fluo furent au centre de l'attention générale.

« De chez Harry's. »

Simon lui expliqua que Harry's se trouvait en ville, avant d'ajouter *à New York*, par souci de précision, et sans doute aussi pour l'impressionner. Dans ses camps d'été, les gamins qui venaient du Michigan ou d'ailleurs semblaient toujours impressionnés par New York et supposaient des tas de trucs faux.

« On est en vacances.

– Ouais, c'est clair, commenta Laura, les bras croisés. Tout le monde est en vacances ici. »

Teagan fit un pas en arrière.

« Bien, New York. Ne sois pas en retard la prochaine fois. »

À l'endroit où son tee-shirt la moulait, il distingua la courbe de son soutif – comme le soleil, il pouvait la voir sans la regarder.

« Nos wraps ne sont pas mauvais. »

Simon ne promit pas de revenir, pour conserver l'aura de mystère que semblait lui conférer la ville, même s'il ressentait déjà de l'impatience, parce qu'il savait qu'il reviendrait. Il la regarda s'éloigner, se répétant mentalement son prénom, Teagan Teagan Teagan, comme s'il craignait de l'oublier.

« Elle est cool. »

Il sursauta, il avait oublié sa sœur.

« Maman ne t'attend pas quelque part ? »

Kay lui fit un grand sourire, attrapant son pied dans son dos.

« Elle est cool, et toi non. »

Simon la regarda vaciller sur un pied. Son visage portait déjà les stigmates d'une journée de soleil : son nez et ses joues étaient tout roses. Il était sur le point de lui dire qu'elle ressemblait à un hot dog quand elle fila aussi vite qu'elle était arrivée, ses sandales rose fluo rebondissant sur la pente. Elle n'avait jamais entendu parler de chats sans maîtres. Elle se disait qu'ils étaient tous potentiellement à elle.

Mais le chat s'était enfui. Il était parti pendant que Kay cherchait Simon. Deb lui avait demandé de rester, elle l'avait prié de rester, elle avait même tenté de lui barrer la route. À son retour Kay bouda et en voulut à sa mère, Deb s'y attendait. Et ce fut la fin du bon moment qu'elles avaient partagé.

« Tu recommences, lui reprocha sa fille, quand elles reprirent le chemin de la maison. Ce regard-là.

– Je te jure que je ne te jette *aucun* regard. Je ne le fais pas exprès. »

C'était la première fois qu'elles avaient l'occasion de discuter depuis l'incident à l'école : Deb se taisait souvent pour chercher les mots, former les phrases.

« Susan Haber m'a téléphoné. »

Kay ne répondit pas, sembla marcher plus vite.

« La maman de Chloe et Brett.

– Je sais. »

Elle marchait plus vite, c'était évident.

« Tu veux bien me parler de ce qui s'est passé ?

– C'est bon. »

Sa fille courait presque, à présent. Elles n'étaient plus très loin de la maison.

« J'aimerais qu'on en parle quand même, s'il te plaît, lança Deb, la rattrapant. Tu veux bien ?

– Non ! Maman... »

Elle s'arrêta devant l'allée du garage et pivota, l'air paniqué.

« La seule raison pour laquelle tu es au *courant*, c'est parce qu'elles m'ont espionnée. C'est la seule raison ! »

Deb était sur le point de répondre que peu importait la raison, elle savait, et elle n'était pas en colère, pas du tout, quand l'attention de Kay sembla attirée par autre chose.

Deux jambes noueuses couvertes de poils blonds bouclés dévalaient la petite pente de gazon du jardin, sans aucune considération pour les dalles de pierre que l'homme avait posées lui-même – ou payées, au moins. Il était toujours séduisant, à couper le souffle, avec ses yeux clairs et sa mâchoire carrée. Gary a si peu changé, songea Deb.

« Un régal pour les yeux », dit-il en écartant les bras.

Il courba sa grande silhouette longiligne vers Kay.

« Et toi ! Où étais-tu passée, hein ? Ça fait des lustres. »

Les deux mains sur ses joues, comme s'il sculptait un pot de terre.

« Incroyable.

– Ouais, on l'aime bien, plaisanta Deb, rieuse. On a l'intention de la garder. »

Tous trois passèrent ensuite un étrange moment autour de la table de la cuisine.

« Je me souviens quand j'avais ton âge, déclara Gary, comme si ça pouvait avoir une quelconque importance pour Kay. Je détestais l'école, je détestais me lever de bonne heure.

– À qui le dis-tu ! renchérit Deb. Les matins sont redoutables. Enfin (elle essaya de soutirer un sourire à Kay) tu es *loin* d'être aussi difficile que ton frère. C'est un clairon qu'il me faudrait pour le réveiller, lui.

– Et en quelle classe es-tu, maintenant ?

– Quatrième, répondit Kay.

– Le collège. De rudes années, commenta sa mère. Bien plus rudes qu'à l'époque de Simon. Les filles sont parfois si *méchantes*, à cet âge-là. Les médisances, et tout le reste. C'est rude. Mais on tient le coup, pas vrai, ma puce ? »

Elle tendit la main à travers la table pour caresser le bras de sa fille.

Kay glissa ses deux mains sur ses genoux. Elle n'eut pas besoin de lever les yeux pour savoir que les deux adultes échangèrent un regard.

« Alors, reprit Deb après une pause, comment va Nancy ?

– Ce… n'est plus à l'ordre du jour.

– Vous avez rompu ?

– Ça s'est fait tout seul. » Il haussa les épaules. « On ne voyait pas où on allait. »

Pour Kay, il ajouta :

« Nancy est ma petite amie. Était. »

Kay songea qu'il paraissait trop vieux pour avoir une petite amie, qu'il aurait dû y avoir un autre mot pour les gens de son âge.

Gary proposa alors à Deb de l'aider à leur dégoter une bouteille de vin à la cave.

« Désolé, c'est un nid à poussière ici », lança-t-il depuis l'escalier plongé dans le noir.

Deb fut étonnée de la nervosité qu'elle ressentit à l'idée de se retrouver seule avec lui. Il tira une chaînette qui pendait du plafond et une ampoule nue éclaira les alvéoles remplies de bouteilles sombres et, juste au-dessus, une toile de Gary. Il exposait rarement et ne vendait que par l'intermédiaire d'hôtels et de restaurants locaux. La plupart de ses tableaux délicats représentaient les ports et des phares du détroit. Ils suggéraient sa capacité à apprécier les petites choses simples de la vie, qualité qu'elle ne possédait pas mais qu'elle admirait et souhaitait cultiver. Jack disait que Gary manquait d'imagination, et de vigueur. L'énergie ! Il ne dégage aucune énergie !

« Bien, dit Deb, se baissant pour étudier la rangée du bas. Qu'est-ce qu'on prend ? »

Il s'accroupit à côté d'elle.

« Écoute, Deb. Dans ton mail, tu ne mentionnais pas… J'ai appris ce qui s'est passé au vernissage de Jack.

– Du vin blanc, peut-être ? »

Elle s'y connaissait si peu en vin.

« Il doit être dans un sale état.

– Oh, du rouge ! Pas besoin de le mettre au frais, comme ça.

– Hé. Réponds-moi. »

Sa main sur son poignet. Comme s'il lui demandait l'heure.

« Ça n'a rien à voir avec son putain de vernissage. » Elle étudiait toujours les casiers sombres. « Il a eu… quelqu'un d'autre, tu es au courant ? »

Pas la peine de préciser *qui* avait eu quelqu'un d'autre, c'était assez évident pour Gary.

À l'époque où le premier mariage de Jack touchait à son terme, où qu'ils aillent, ils réservaient une table pour trois. Et à l'opéra, aux expos, elle était toujours la femme de vingt-six ans accompagnée de ses deux escortes de quarante ans. Trois, le mauvais chiffre, disait-on – chaque fois que Simon ou Kay se retrouvaient dans des trios à l'école, il y avait un gamin malheureux –, mais eux trois n'avaient jamais été un triangle : plutôt une ligne de pointillés, avec Deb au centre, ou juste devant, la pointe du V, comme une formation d'oies. Elle avait adoré ça, regarder par-dessus son épaule et voir ces deux hommes qui la suivaient. Et eux aussi, lui semblait-il, avaient adoré être des oies, redevenir des étudiants.

« Tu es surpris ? »

Elle tira une bouteille verte du mur de bouteilles vertes et souffla dessus pour la débarrasser de sa poussière. Rien, elle ne savait rien du vin.

« Tu es une femme formidable, Deb.

– On devrait remonter. »

C'était comme s'ils se cachaient, ici dans l'obscurité.

Dans le petit jardin, Gary alluma deux lanternes en verre qui envoyèrent des ombres danser sur la table en pierre blanche. Simon était rentré d'elle ne savait où, et Kay s'était allongée sur le muret en briques. Ils comptaient les libellules et se disputaient pour savoir qui les avait remarquées en premier. Vous avez de la chance. Vous avez de la chance, vous avez de la chance, vous avez de la chance.

Le lendemain, Jack termina son café devant le point de sûreté de l'aéroport, déposa son ordinateur portable dans un bac et sourit à l'agente, zélée, en dépit de la tresse qui encerclait sa tête. Enlever ses chaussures était une chose. Apparemment, on avait le droit de vous demander de vous déshabiller, maintenant.

Dans les terminaux on dilapidait l'argent, en magazines, en mélanges de graines salées à huit dollars, en piles, en paquets de chewing-gums. Le confinement rendait ces choses indispensables. Flacons ambrés étincelants de parfums détaxés : on ralentissait pour jeter un œil. Les troupeaux d'équipages des compagnies d'aviation guettaient les soldes. 39,95 dollars pour le minidistributeur de boules de chewing-gum. Encore trop cher.

Jack acheta un sachet de raisins secs qu'il mangea un à un.

Il trouva sa salle d'embarquement et une rangée de fauteuils. Debout, devant lui, un jeune couple s'embrassait ; la femme avait les cheveux emmêlés et une chemise en flanelle à moitié boutonnée, l'homme portait un jean noir moulant. Facile de distinguer les Européens des Américains. Sa famille à lui faisait plutôt américaine, quoique pas d'une manière trop flagrante, pas de la manière péjorative dont l'entendait le reste du monde. Et néanmoins, visiblement *américaine*. Cela devait tenir sans doute à leur conformisme, leur sérieux. Leur confiance dans leur capacité à déjouer l'infortune. Ni lui ni Deb ne recommenceraient jamais à fumer – à part, peut-être une taffe occasionnelle –, ni à faire de moto sans casque. Ni à faire de moto tout court.

C'est un peu bête de regarder les avions décoller. Pitoyablement naïf.

Une éternité plus tard, on annonça le début de l'embarquement, Jack avança dans les segments en accordéon de la longue passerelle, telle une poussière dans un tuyau d'aspirateur. Un rapide coup d'œil aux fauteuils ergonomiques, consoles de jeux et îlots privés, et il avança dans les allées étroites de la classe éco. Puis ils s'élevèrent, comme soulevés par une main géante. Toujours un miracle quand ça se produisait, une percée de la physique.

« Gracieux comme un oiseau, aujourd'hui », fit-il remarquer à la responsable de cabine qui passait à côté de lui.

Il avait entendu utiliser l'expression, une fois.

« Tout va bien se passer », répondit-elle dûment, continuant de s'activer.

À huit ans, il était tombé fou amoureux d'une hôtesse de l'air de la Pan Am qui avait épinglé une paire d'ailes sur son pull. C'était l'époque où les hôtesses de l'air étaient plus jeunes, où elles étaient vêtues de tailleurs, et où on vous laissait porter des broches dans les avions. Il prenait l'avion pour la deuxième fois de sa vie, pour rentrer à New York, l'unique fois où son père avait accepté qu'il l'accompagne dans l'un de ses voyages. Ils habitaient une banlieue de Houston, Jack Senior prenait souvent l'avion pour voir ses clients, visiter des usines, emmener dîner la famille du directeur général. Le voyage à New York devait avoir lieu au moment de l'anniversaire de Jack, raison pour laquelle il était du voyage.

De la ville, il ne gardait presque aucun souvenir. Il savait qu'ils y étaient restés trois jours et deux nuits, mais pas où, et qu'il avait vu une comédie musicale, mais pas laquelle. Jack se souvenait que c'était peu avant Noël, comme tous ses anniversaires. Qu'ils avaient fait une excursion en bus, qu'il s'était retrouvé en haut d'un building et qu'il avait vu toutes les terrasses des tours s'illuminer. Son père lui avait donné une pièce pour le télescope et Jack l'avait fait pivoter le plus loin possible, à droite puis à gauche, cherchant l'Empire State Building en vain. « Et pourquoi tu ne le vois pas, à ton avis ? lui avait demandé son père. Pourquoi tu n'arrives pas à le trouver, selon toi ? » Jack avait continué de chercher jusqu'à ce que le télescope s'éteigne, non parce qu'il espérait encore trouver l'Empire State, mais parce qu'il ne voulait pas que son père s'aperçoive qu'il était contrarié.

Quand Jack ne l'accompagnait pas, à savoir le reste du temps, son père lui rapportait toujours une breloque de la boutique de souvenirs de l'hôtel. Et à l'époque déjà il savait que sa mère enrageait de voir son fils se jeter sur la porte sitôt qu'il entendait la voiture pénétrer dans le garage. Encore une breloque pour encombrer la chambre du petit, encore une bêtise à ramasser par terre. Je suis une mère célibataire dans cette maison, se plaignait-elle. Les mères célibataires travaillent, répondait son père.

Le travail de son père l'éloignait parfois jusqu'à cinq jours par semaine, mais il avait payé *tout ça* : une grande maison (trop grande, disait sa mère), une femme de ménage qui accomplissait les tâches hebdomadaires les plus difficiles, une Cadillac jaune banane pour que sa mère puisse se déplacer. Ils possédaient une télé couleur, et le salon était équipé de variateurs d'intensité et d'un magnifique chariot-bar dont sa mère était la seule à profiter durant la semaine, et qu'elle réapprovisionnait chaque vendredi en faisant un saut à la boutique de liqueurs avant le retour de son mari. Il y avait aussi les jours où elle oubliait, ou se réveillait trop tard pour sortir, les jours où

Jack la voyait glisser une bouteille sous le robinet avant de la replacer dans le chariot, pleine d'un liquide ambré un peu trop clair. À cinq ans déjà il connaissait la couleur du bourbon.

Ils s'élevèrent encore. Quelque part, une tablette qui n'aurait pas dû être descendue pendant le décollage trembla. Jack regardait le ciel, se retenant de sourire chaque fois que l'aile traversait un amas de nuages. Voler lui procurait toujours la même sensation, quelle que soit la compagnie. Même si l'on se sentait moins comme dans un hôtel volant que comme dans une administration, depuis que les hôtesses avaient été remplacées par du « personnel navigant » puis des « agents de bord ». Depuis qu'on laissait entendre qu'un coupe-ongles n'était plus un coupe-ongles mais une arme, et que vous étiez tous des êtres censés savoir comment transformer un coupe-ongles en arme. En tirant la partie pointue et en l'enfonçant dans une jugulaire, sans doute. Une jugulaire quelconque.

Il appuya son front contre le hublot. De cet angle, il distingua un petit bout de femme, quelques rangées plus loin, une tempe dont il percevait le pouls. Sans doute essayait-elle d'empêcher ses oreilles de se boucher. Un *ploc* résonna dans les siennes.

Peut-être ont-ils raison : on sera plus en sécurité quand on arrivera à tout envisager, à penser à tout ce qui peut nous faire du mal, et à établir les règles.

Une heure plus tard, à trente mille pieds au-dessus de la Terre :

Le catalogue SkyMall avait perdu son attrait. Il avait froid mais n'aimait pas ces couvertures dans leurs sacs en plastique, elles lui faisaient penser à la feutrine des travaux manuels, à l'école. Il n'aimait pas non plus les oreillers aux taies presque transparentes.

Au-dessus de sa tête, l'écran indiquait qu'ils quittaient le fuseau horaire de l'Est. Un arc rouge reliait New York,

New York, à Phoenix, Arizona, et un petit avion blanc clignotait quelque part entre les deux.

Quelques heures plus tard, un peu plus bas :

Une sensation de froid sur ses genoux le réveilla. Sa tablette était ouverte, le gobelet en plastique se balançait sur son flanc, le jus d'orange qu'il avait commandé gouttait.

« S'il vous plaît », appela-t-il, vers l'avant de l'avion.

De l'autre côté de l'allée, un homme le fixait. Jack écarta les mains : *Bête, hein ?*

« Ohé. S'il vous plaît », appela-t-il encore.

Il enfonça le bouton argenté sur son accoudoir, mais il commandait le dossier du siège ; découragé, il se rendit aux toilettes. Il poussa la porte, qui se plia en deux, la remit en place derrière lui, et attendit que la lumière s'allume.

Il avait tort de croire qu'il cesserait un jour de se demander comment il en était arrivé à ce point particulier de sa vie. À celui-ci surtout, dans la lumière pâle de ces toilettes, les mains en coupe sous le robinet pour asperger son short.

Il lâcha le tas de papier toilette trempé dans la cuvette, sous le panneau qui lui demandait de bien vouloir jeter le papier toilette à cet endroit. Puis il tira la chasse, du bleu s'écoula dans la cuvette, qui se vida avec fracas.

Quand l'avion atterrit, personne n'applaudit le pilote. Les passagers se levèrent comme un seul homme – tous les vingt – pour descendre sur le tarmac, ou cette zone qui l'entourait dont il ignorait le nom, et attendre la navette. Certains s'éventaient. Pour Jack, cette chaleur cuisante était un répit après le froid qu'il avait ressenti dans l'avion. Son corps se dégelait peu à peu, retrouvait sa température normale.

Son short paraissait propre.

Simon, parce qu'il était plus grand, gardait de Gary un souvenir plus précis que sa sœur. Un souvenir négatif, sans être totalement mauvais : la présence de Gary s'était toujours accompagnée d'une sorte de manque – manque d'attention de la part de ses parents, manque de commentaires concernant sa petite personne. Et son impression se vérifia dès le lendemain au petit déjeuner : Gary préparait des œufs brouillés tandis que Deb, toujours en robe de chambre, riait trop fort à ses plaisanteries et faisait de son mieux pour combler les blancs. Elle se vérifia également cet après-midi-là, quand Simon annonça qu'il voulait aller déjeuner sur les quais avec son livre et que, incapable de saisir un sous-entendu, sa mère suggéra qu'ils y aillent tous.

Dieu lui accorda la maigre faveur de placer de grosses personnes âgées autour de la table verte, de sorte qu'ils ne purent pas s'asseoir directement devant la boutique.

« Ils servent jusqu'à là-bas », expliqua Kay, désignant un banc, devant l'une des agences immobilières (leur père leur avait appris à pointer une chose du doigt en se servant de l'autre main comme d'un paravent, ce que sa sœur avait l'habitude de faire en public). Simon espéra qu'ils étaient assez loin pour que Teagan n'ait pas entendu sa mère déclarer que cette journée ressemblait à un tableau.

« Commande-moi un sandwich dinde-provolone », dit-il, pour s'éviter de lire le menu sur le tableau noir.

Il se mit à balancer bêtement les pieds, tournant le dos à la boutique.

« Mais ils ont des super sandwichs du jour, lança Deb, louchant devant le tableau. Trésors je ne sais quoi... Ah, Trésors de la mer. Sans doute au thon.

– Je crois que c'est du crabe, dit Gary.

– Dinde-provolone et Sprite », répéta Simon, impatient d'en finir.

Il se demanda de quoi il avait l'air vu de dos, jusqu'où tombaient ses cheveux, si sa chemise était froissée, reconnaissable.

« La Belle et le *Rosbif*, lut Gary. Kay, on dirait que celui-là est fait pour toi. À ton avis, qu'est-ce qu'ils mettent pour la Belle ? »

Deb secoua la tête.

« Le rosbif est trop dur pour elle.

– Trop long à mâcher, confirma Kay, bras croisés, mains sur les coudes, sautillant d'un pied sur l'autre.

– Je t'ai *demandé* si tu avais envie d'aller aux toilettes avant de sortir, Kay.

– Je n'ai pas envie. »

Simon les ignora tandis qu'ils s'éloignaient pour commander, et rouvrit son livre à la page cornée. Il se découvrait de plus en plus de points communs avec le personnage, Peter Keating. *Il se demandait s'il aimait vraiment sa mère. Mais c'était sa mère : un fait reconnu par tous comme une preuve automatique de son amour pour elle, de sorte qu'il allait de soi, pour lui aussi, que ce qu'il ressentait pour elle était forcément de l'amour.* Il avait emporté le livre en espérant qu'il offrirait à Teagan un nouveau prétexte pour lui parler. Et parce qu'il savait, sans comprendre pourquoi, que ce livre irritait sa mère (« Alors, ça te plaît ? »).

Ils revinrent avec un Crud' la Main Froide et deux B-L-Ta-Da ! qui paraissaient bien meilleurs que son propre sandwich sans nom.

« On parlait de notre nouvel invité, Simon, lui dit sa mère.

– Mm. »

Un énorme chat gris avait passé la matinée à essayer de se faufiler dans le placard où Kay avait fourré ses vêtements (par terre, essentiellement – sa sœur étant trop stupide pour se servir d'un cintre). *Il ignorait s'il y avait une raison pour qu'il respecte son jugement. C'était sa mère ; et c'était la seule raison supposée nécessaire.*

« Tu peux le nourrir, si tu veux, chérie, reprit Deb. On te demande juste de ne pas le faire dans la maison.

– Je ne l'ai pas fait, maman. » Elle s'écroula sur le banc, à côté de son sandwich. « *Mince alors.* »

Simon remplit sa bouche de viande et de fromage et mâcha suffisamment fort pour ne presque plus entendre leurs voix. *Maman agit pour mon bien, mais elle me rend dingue.* Il n'en était encore qu'au début, mais il devinait déjà que ce serait son livre préféré.

« Je n'arrive pas à piger par où il rentre, dit Gary.

– La porte d'entrée ne ferme pas bien.

– *Aucune* porte ne ferme bien, dit Simon la bouche pleine. Parce que papa a peint les serrures comme un idiot. »

Il mordit dans son sandwich sans les regarder, ce qui était d'autant plus facile qu'ils étaient assis sur le banc en rang d'oignons. Personne n'avait encore parlé de son père.

Deb soupira.

« Bien.

– QUOI ? explosa Simon. C'est pas comme s'il était mort. »

Il se sentit très fier de sa sortie, parce qu'il avait raison.

La poussette installée près du banc voisin se mit à pleurer. Deb se crispa.

« Tu fais la même tête que grand-mère, commenta-t-il avec une moue. Tu lui ressembles trait pour trait.

– Simon.

– Je remarque juste. »

À présent, on n'entendait plus que ses mâchoires qui s'activaient.

« Bon, vous *voulez* parler à votre père ?

– Ça m'est égal », dit Simon.

Deb n'eut pas le temps de répondre parce que, bien sûr, l'inévitable se produisit.

L'inévitable Teagan.

Et que disait-elle ?

Elle disait : *Hello.*

« Hello, tout se passe bien ici ? Salut. »

Elle regardait Simon ; il devait être clair pour sa mère, pour tout le monde, que ce *salut*, plus sincère, différent, s'adressait à lui seul. Puis :

« Est-ce que ça vous plaît ?

– Délicieux, dit sa mère, avec un sourire révélant toutes ses dents. On adore les noms ! Qui les a trouvés ? Vous ?

– Oh, non, j'aurais bien aimé », répondit aimablement Teagan.

Simon était certain du contraire.

« C'est Brian, mon chef.

– Eh bien, vous pouvez dire à Brian qu'ils sont *extras*. (Ça suffit, maman, elle s'en fout.) *Miam.* »

Cette fois, Simon eut soudain envie de disparaître. Adieu, je meurs.

« Tu ne les trouves pas *miam*, Kay ? »

Simon remarqua le léger hochement de tête de sa sœur, mais Teagan, qui ne la connaissait pas, et qui ignorait peut-être ce qu'était la timidité, se pencha pour entendre sa réponse.

« Kay ? » insista sa mère, avec ce ton qu'elle prenait quand elle essayait d'endurcir ses enfants.

Des impulsions toujours aiguillonnées par la vue d'ados amicaux, comme Teagan, et qui ne duraient jamais plus d'une heure ou deux, après quoi, coupable, elle donnait dans l'excès inverse. À quinze ans, Simon avait fait le tour de la question.

« Elle les trouve super. »

Le regard qu'il lança ensuite à Teagan disait : Désolé pour eux, pour tout ça, je ne suis pas ma famille, crois-moi. Il essayait d'exprimer tout ça à la fois.

« Merci bien », répondit Teagan, plus serveuse que jamais.

Elle leva le bras et tira un stylo de sa queue-de-cheval.

« Euh, en fait, nous allons bientôt fermer la cuisine.

– Oh. » Deb jeta un coup d'œil à droite puis à gauche, comme si c'était un vrai problème. « Un dessert ?

– Teagan ! »

C'était l'autre fille, Laura, en train de déchirer un carton dans la boutique.

« Tu veux bien venir m'aider ? »

Teagan leur proposa de réfléchir, faisant entrer et sortir la mine de son stylo d'un geste nerveux. Quand ils se retrouvèrent seuls, Kay déclara :

« J'ai rien contre.

– Un dessert ?

– Parler à papa. Ça ne me dérangerait pas. »

Deb baissa les yeux sur les restes de sa pita persil-concombre éparpillés dans son assiette en carton, presque translucide là où l'huile avait stagné.

Gary tenta :

« Je pense que si vos parents ont besoin de passer un peu de temps séparément…

– Non, intervint Deb. Ça va, Gary. Vraiment. »

Elle fit tourner une demi-lune de concombre autour de son doigt – une parenthèse ouverte, puis un sourire.

« On peut l'appeler. Et Ommy, aussi. » Elle hocha la tête, comme s'ils avaient progressé. « Ça lui fera plaisir. »

Ils mirent un temps infini à vider leurs plateaux dans la poubelle, Deb secouant les dernières gouttes de sa canette pour le recyclage. Même si, dans le fond, rien ne pressait. Il était à peine plus de 15 heures et il n'y avait rien à faire.

Ils commençaient à gravir la colline quand Simon entendit appeler son nom et se retourna.

Teagan lui faisait signe depuis la boutique, ses cheveux ondulant dans la brise marine. Les voyant s'arrêter, elle courut les rejoindre. Il fit un pas vers elle, comme un pion d'échecs.

« Tu devrais passer demain soir, si tu n'as rien de mieux à faire. Chez ma mère. »

Suivirent certaines indications, telles l'église blanche ou la bibliothèque – le bâtiment bas en brique, tu sais, et quand tu verras des balançoires avec des sièges jaunes, tu y seras ; juste en face des balançoires jaunes.

« Ouais… je veux dire, je verrai si je peux venir. Je veux dire, si je n'ai rien de mieux à faire. »

Quand elle fut partie, il évita les regards de sa mère, de sa sœur et de Gary, retenant un sourire de toutes ses forces. Il pressa le pas, les dépassa et ouvrit son livre pour savourer le sentiment agréable à l'abri de la page. *Il sentit que le monde était sur le point de s'ouvrir à lui, que l'ombre se dérobait devant les phares qui progressaient sur la route. Il était libre. Il était prêt.*

Il faisait près de quarante degrés et tout était sec à Phoenix, à l'exception de la nuque de Jack et de l'entrejambe de son short qui subissait l'effet de serre. Une navette l'avait récupéré devant le carrousel de livraison des bagages et déposé à la boutique de location de voitures. Il roulait sur l'I-10, conduisant pour la première fois depuis des temps immémoriaux.

Sur la route.

Ça lui paraissait presque trop facile. Que les employés de Hertz le laissent partir de cette manière, sous prétexte que la carte qu'il avait sortie de son portefeuille garantissait qu'il avait de l'argent, et qu'une autre carte, plus souple, confirmait qu'à une époque, à l'âge de seize ans, il avait été capable de se garer en épi. Si les cellules du corps humain se régénéraient, mettons, tous les sept ans, n'était-il pas une personne différente, aujourd'hui ? Plusieurs personnes s'étaient succédé en lui, et toutes ne savaient pas nécessairement conduire.

Il ne voyait pas en quel honneur il était plus simple de louer une voiture que d'acheter un fusil : une voiture était une arme tout aussi redoutable. Il avait oublié qu'on pouvait rouler aussi vite, oublié à quel point c'était libérateur ; la souplesse du volant, cette sensation de filer, comme dans un vaisseau spatial, d'évoluer dans un futur où la friction n'était qu'un souvenir du passé. L'autoroute, si plate, ondulait tel un ruban, s'élevant vers le ciel, juste devant, et s'inversant aussitôt dans le rétroviseur de la décapotable ridiculement rouge qu'il avait acceptée, comme une plaisanterie.

Une réalité virtuelle. Le monde scintillait et Jack songea : mirage. Manches relevées, un bras posé sur la portière et l'autre sur le volant, il jetait des coups d'œil vers le creux de son coude, luisant de sueur, en harmonie avec la route, béton moucheté d'éclats de verre étincelants.

Conduire le grisait un peu, le soleil de plomb se réverbérait sur tout ce qui l'entourait ; il accéléra pour sentir un courant d'air sur son visage et dans ses cheveux.

Il était sans doute *tout aussi* facile de s'acheter un fusil par ici, où, si vous ne prêtiez pas trop attention aux contours des choses, vous pouviez vite vous retrouver sur la ligne rouge, cette zone que vous n'aviez explorée qu'en pensée. Il prit la sortie Tempe et se laissa guider par les panneaux jusqu'à l'université. Il se débrouillerait pour trouver un hôtel ou un motel plus tard. Il y avait un Super 8[1]. Ça pourrait être amusant.

Le campus était constitué de briques roses et de palmiers, pour l'essentiel. Il se gara sur un emplacement réservé aux visiteurs et s'aida du plan du campus pour se rendre au musée ; là, il appela le secrétariat qui lui passait toujours Jolie. Elle lui demanda de ne pas bouger, elle envoyait quelqu'un le chercher. Il soupçonna qu'elle serait venue en personne s'il n'avait pas fait si chaud. Qu'elle lui aurait épargné un intermédiaire.

Macérer dans sa sueur le rendait irritable. Il se réfugia à l'ombre du bâtiment : stuc percé de minuscules carrés qui faisaient office de fenêtres. Il avait l'impression de se trouver du mauvais côté d'un bunker. Il regarda autour

1. Chaîne de motels à bas prix.

de lui. Ils étaient sans doute en train de tirer au sort pour savoir qui allait devoir sortir le chercher ; il s'attendait presque à voir apparaître un type en combinaison et masque de protection.

Son téléphone s'anima dans la poche de son short.

« Deb ! Tu m'entends ?

– Je t'entends », dit-elle contre son oreille.

Et ce simple fait changea tout. Il se sentit tout de suite moins seul et moins largué qu'il ne le croyait. *Elle l'appelait.*

« Je te dérange ?

– Non, non. »

Il sentit l'espace qui les séparait, attendit qu'elle le comble.

« Je suis en Arizona.

– C'est ce que je pensais, c'est bien, dit-elle doucement, comme si les enfants étaient autour d'elle et qu'elle voulait rester discrète.

– Je suis content que tu appelles. »

Il coinça son coude sur le bord d'un petit carré, pour se donner un air fringant.

« Comment ça va chez vous ? Tout fonctionne comme il faut ? Quel temps fait-il ?

– Tout va bien. Un temps magnifique. »

Jack acquiesça dans le vide. Pour meubler l'espace, à nouveau, il dit :

« Il fait chaud ici. Assez chaud pour cuire un œuf.

– Je suis désolée, souffla-t-elle dans le téléphone. Je ne peux pas parler de la pluie et du beau temps.

– D'accord.

– Tu veux bien attendre une seconde ? Ne raccroche pas. »

Que faisait-elle ? Il y eut un bruit, comme si elle traînait un truc par terre, puis le fond sonore changea. Elle était dans le jardin, ou penchée par la fenêtre.

« Deb ? Allô ? »

Il y eut encore des bruits secs – pourquoi diable l'appelait-elle si elle se foutait qu'il fasse chaud en Arizona ? Si elle se foutait qu'*il* ait chaud en Arizona.

« M. Shanley ? »

Jack se tourna, mais son coude coincé dans la fenêtre entravait ses mouvements. Il dut se retourner et libérer son bras avant de pivoter. Un Asiatique gracile avançait vers lui, main tendue, pouce levé vers le ciel, fin sourire aux lèvres. Jack trouva étrange qu'il porte un costume complet par cette chaleur.

« Deb ? »

Il serra son téléphone plus fort.

« Chérie ? Tu m'entends ? »

Pas de réponse. L'Asiatique se posta devant lui. Il y avait un autocollant sur son revers gauche BONJOUR JE M'APPELLE suivi de « Kevin » sagement écrit au feutre rouge.

« Il faut que je te laisse, chérie. Je te rappelle plus tard. »

Il remit son portable dans sa poche et accepta la poignée de main du gracile Kevin.

« Désolé… ma femme.

– Je sais ce que c'est. »

Vraiment ? Tu as l'air d'avoir douze ans.

Une pénombre appropriée régnait dans l'entrée du musée, mais l'étage, réservé au corps enseignant et au personnel, ressemblait à n'importe quel open space avec ses lumières fluorescentes et ses cloisons basses grises. Il dut insister plusieurs fois avant de les dissuader de lui donner du M. Shanley. Kevin lui tendit une coupe de bonbons pleine de petites gommes Bazooka et des petits carrés Maintenant & Après. Jack répondit : « Peut-être après. » Kevin rit, de même que *BONJOUR JE M'APPELLE « Lissa »*, près de la photocopieuse, et *BONJOUR JE M'APPELLE « Missy »*, dont le bureau comptait le plus grand nombre de téléphones. Deux Melissa, n'était-ce pas amusant ? « Drôle de coïncidence », convint Jack.

Quand Jolie émergea du bureau d'angle, son apparence n'était en rien surprenante. Sa voix cadrait parfaitement : cheveux blond foncé, lisses, bronzage ambré virant au jaune, sans doute pas le bon maquillage. Grosse, mais pas de la manière qu'il avait imaginé – grosse du bas, en poire, avec peu de poitrine et des petits bras trapus.

Les petits bras s'écartèrent pour l'accueillir.

« Jack ! »

Il accepta l'accolade.

« Jolie ! »

Comme de vieux amis.

Jack avait raccroché quand Deb revint, l'éloignant encore un peu de lui, de l'homme auquel elle était mariée, de l'espoir qu'il arrêterait un jour de se comporter comme le soleil. Elle répéta son nom plusieurs fois, consciente de la main tendue de sa fille, à la périphérie de son champ de vision, sa fille qui voulait lui parler. Deb était allée lui demander, Tu veux toujours parler à papa, parce que je l'ai au téléphone, tu n'es pas obligée, il ne sait pas que je te le propose.

Kay était venue, pour lui, et Deb allait devoir lui dire qu'il avait raccroché, qu'il s'en moquait. Elle composa à nouveau son numéro et tomba sur la messagerie.

« Merde. »

Elle posa le téléphone sur ses genoux.

« Désolée, dit-elle, et l'espace d'un moment il sembla qu'elle s'excusait d'avoir juré. Je crois qu'on a été coupés », ajouta-t-elle.

Sa fille déglutit et hocha la tête, grave.

« Il est en Arizona pour ce projet, tu sais. La ligne était mauvaise. »

Elle lui caressa les cheveux, lissa la mèche qui soulignait sa joue, comme une virgule, avant ce visage et après le prochain, tous ces visages que Kay ne se doutait pas qu'elle aurait.

« Regarde-moi ça. N'est-ce pas magnifique ici, la campagne ? Viens, allons nous promener. »

Mais sa main resta où elle s'était posée, sur l'épaule de Kay.

« Quoi qu'il arrive, le plus important pour moi, c'est que tu sois heureuse. C'est ma priorité numéro un.

– Je sais.

– OK. OK. C'est bien. »

Deb la laissa partir.

« Descends, je te rejoins dans une minute. »

La regardant disparaître dans l'escalier, elle se dit qu'elle allait enfin pouvoir lui parler. Entendre ce qu'elle avait à dire. Mais avant, Deb essaya à nouveau le portable de Jack, et cette fois elle n'obtint rien, pas même de sonnerie.

Dans l'après-midi, Jolie l'emmena faire le tour du propriétaire, dans son SUV arctic dont toutes les aérations soufflaient de l'air frais poussiéreux qui s'infiltrait dans sa bouche et ses narines. Elle tourna autour de la place qui devait recevoir son œuvre sans même s'arrêter pour l'explorer à pied. Puis, elle remonta jusqu'à l'auditorium au design dernier cri, réalisé par un Très Grand Architecte, bâtiment lauréat d'un prix quelconque. Il avait l'impression d'être à nouveau dans l'avion, chaque fois que son bras glissait du bord de la vitre remontée, Jolie le regardait comme si elle craignait d'être aspirée.

« Voilà ! »

Elle se gara, et ce n'est qu'en voyant le carré désolé de l'autre côté du trottoir, sorte de trou de terre dans lequel avait dû pousser un palmier, que Jack devina qu'ils se trouvaient devant une parcelle différente de la précédente. Jolie se pencha entre les deux sièges, aussi loin que le lui permettait sa ceinture de sécurité, pour plonger une main dans son grand sac en cuir verni et fourrager à l'intérieur.

« Et maintenant ? » questionna Jack en pianotant sur l'ordinateur portable posé sur ses genoux (aucun bébé, aucun chien, aucun appareil électronique ne devait être abandonné dans la chaleur). Sa tirade n'était-elle pas géniale ? Génial c'est ce qu'il voulait être.

« Maintenant... » Sa voix s'éraillа et au lieu de répondre elle s'exclama : « Zut. Ah ! Voilà. »

Elle se redressa, brandissant l'une des cinq ou six pires choses imaginables pour Jack, en dehors d'un surin, cela va de soi. Une caméra digitale vert pomme.

« Maintenant, nous allons monter discuter avec quelques étudiants de dernière année, juste un instant. »

Elle lécha son doigt et effaça une tache sur l'écran.

« Euh, en fait, je venais juste pour voir le site. Je n'ai rien préparé.

– Contentez-vous d'être vous-même. »

La caméra émit un petit carillon.

« Vous n'êtes pas du tout obligé de parler. »

Les pères ont un lien particulier avec leur fille que les mères n'auront jamais. Deb n'avait jamais vu Kay rester longtemps en colère contre son père, ni lui refuser quoi que ce soit. Et elle ne pouvait lui en tenir rigueur ; c'était pareil entre elle et son père. Si sa mère pansait ses blessures, c'était son père qui les embrassait pour les apaiser. C'était Ruth qui avait assoupli ses premières pointes en les frappant contre l'asphalte de leur allée, agenouillée avec sa fille, elle qui avait légèrement brûlé leurs rubans pour les empêcher de s'effilocher, pendant que Norman regardait la télé dans le salon avec son plateau-repas. « Qui a gagné ? » avait-il demandé à leur retour.

C'étaient les femmes les véritables bosseuses de la famille ; les hommes se contentaient d'être les alliés des enfants. C'était Ruth qui avait pris rendez-vous pour son audition à New York, elle qui avait patienté dehors, avec les autres mères sur les nerfs pourtant mystérieusement calmes à l'extérieur, les mains croisées sur leur sac dans lequel on trouvait toujours des chewing-gums, des pansements et des mouchoirs en papier. Et quand le téléphone avait enfin sonné, quand Deb avait été acceptée, c'était Ruth qui avait fait la navette, quatre, cinq, puis six fois par semaine, après l'école – une heure aller, une heure retour – et qui avait passé ses samedis là-bas avec elle. Deb n'avait jamais su ce que sa mère faisait en l'attendant. Peut-être qu'elle allait au restaurant, ou faisait du shopping, ou juste du lèche-vitrines.

Norman assistait à un ballet de temps en temps. Il lui disait, Tu seras fantastique. Tu as été fantastique. Tu étais la plus jolie. Tu avais le plus beau, comment on appelle ce truc, tu avais une plus belle silhouette que toutes ces autres têtes à chignons. Les plus belles jambes du groupe. Ma fille. Et Deb l'aimait pour ça.

Deb et Kay se promenaient toujours au hasard. Cette fois-là pourtant, Deb demanda au vendeur de la boutique de souvenirs, au bout de leur rue, s'il connaissait un vieux pub en bois, isolé dans une rue résidentielle autour de laquelle la ville avait poussé, où Jack et elle avaient l'habitude de boire des bières rousses. Il pointa le doigt vers la vitrine du magasin et elle suivit des yeux la ligne imaginaire qui traversait l'eau et rejoignait la côte au niveau d'un creux suivi d'un léger renflement.

Elles avancèrent sur la route défoncée, d'un pas précautionneux d'abord, pour empêcher les galets de se glisser dans leurs sandales. Puis, lassées, elles marchèrent normalement, sans se soucier de ce qui entrait dans leurs chaussures. Un champ de hautes herbes peuplées de tiques s'épanouissait à côté d'une prairie moribonde, comme si deux climats différents se côtoyaient ici.

De temps en temps, Deb s'arrêtait pour désigner une fleur dont elle ignorait le nom, ou souligner la manière dont la lumière altérait la couleur des feuillages.

« Tu as vu. C'est beau, hein ? »

Elle avait toujours voulu être une de ces personnes proches de la nature. Un lien si évident ; la nature était libre et elle était partout.

Kay lui répondait « Hum-hum » ou hochait vaguement la tête, sans soupçonner qu'elle pourrait un jour développer un goût pour ces choses-là.

« Ça me rappelle l'endroit où tu disais vouloir vivre quand tu seras grande. Tu te souviens ?

– C'était stupide.

– Pourquoi ? Je ne trouve pas.

– *Parce que*, maman. Personne n'habite Times Square. »

C'était pourtant là que Kay avait prétendu vouloir vivre, cet endroit où les lumières ne s'éteignaient jamais, où il y avait toujours des gens, où on ne se sentait jamais seul.

« Je voyais ce que tu voulais dire, moi, fit Deb, songeant que cette ville avait donné ça à sa fille : le sentiment d'être en sécurité parmi les autres, parmi des inconnus. Je trouvais ça plutôt logique. »

Façade vert forêt, néon BAR & GRILL éteint, le pub de Central Bay n'avait pas changé d'un poil, en dehors du fait qu'il avait pivoté à cent quatre-vingts degrés. Deb était certaine qu'il se trouvait de l'autre côté de la route.

À l'intérieur, les différentes essences de bois se reflétaient sur les fenêtres aux volets fermés et sur les cuivres, changeant le jour en nuit. Deb guida sa fille vers le bar et la regarda se hisser laborieusement sur un tabouret haut. Une affiche Orangina aux couleurs passées était fixée au mur du fond de la cuisine.

« Chérie. Je suis désolée, mais je vais encore aborder le sujet, et j'aimerais que tu ne te mettes pas en colère, commença-t-elle.

– Je sais déjà ce que tu vas dire.

– Bon, d'accord, mais ce n'est pas vraiment ce qui compte. Ce qui compte surtout, c'est ce que *tu* as à dire, mon chou. Je vais juste t'écouter. Et quelles que soient les questions que tu peux te poser – sur n'importe quoi, toutes ces choses, le sexe et le reste… Ne lève pas les yeux au ciel, je suis sérieuse. » Elle serra le genou de sa fille. « Tu peux me poser toutes les questions qui te passent par la tête, et crois-moi, tu ne risques pas de me choquer, d'accord ? »

Après un silence, les yeux baissés sur son verre, Kay dit :

« C'est juste que je ne vois pas où est le problème.

– À quel sujet ?

– Ben, si c'est juste des choses qui arrivent. Je ne comprends pas pourquoi il faut qu'on soit si bouleversés.

– Tu n'es pas obligée d'être bouleversée ; je serais contente que tu ne le sois pas.

– Mais je le suis. C'est juste que je ne comprends pas pourquoi. » Kay se couvrit le visage des mains et respira par le nez. « C'est stupide.

– Je sais, c'est bizarre. On aimerait croire que ce qu'une personne fait avec une autre personne n'a rien à voir avec nous. Et pourtant, si. C'est pour ça qu'on a établi certaines règles, pour éviter d'être blessé.

– Tu as mal ?

– Si j'ai mal ? Hum... est-ce que tu serais effrayée si je répondais oui ? »

Kay secoua la tête, envoyant voler ses cheveux – non.

« Alors, oui. J'ai eu mal. Oui, ce que ton père a fait m'a beaucoup blessée. »

Peut-être que ce n'était pas bien de montrer sa colère à Kay, de lui faire comprendre que cette colère était légitime, mais Deb, pardon, n'était pas une sainte, et, par bouffées, elle souhaitait que sa fille soit un peu en colère, elle aussi. Ça lui avait fait mal de voir Kay tendre la main vers le téléphone, après tout ça, vouloir Jack, vouloir l'aimer. En cela, sa fille lui ressemblait le plus. Elle songea à sa mère, à la conversation qu'elle avait surprise une fois entre Ruth et une amie, *Tu sais, Deborah. C'était le genre d'enfant qui a appris à marcher parce qu'elle ne voulait jamais rien lâcher.*

Kay chiffonnait le papier de sa paille.

« Pourquoi ils le font s'ils savent que ça va faire mal ? Parce que ça fait du bien ? C'est *ça* ? »

Elle mouilla le papier de quelques gouttes de soda et le regarda s'étirer comme un serpent.

« Pour des tas de raisons », répondit Deb, bien que sa fille ait déjà fait le tour de la question.

Sur le trajet du retour, les poteaux téléphoniques ressemblaient à d'étranges arbres sans leur armure d'écorce. Elles apercevaient les criques de Newport de l'autre côté de la baie, les routes qui sillonnaient autour, miniatures parfaites, parcourues par le ruban lumineux que dessinaient des voitures, ondulant ici et là, puis disparaissant, pour réapparaître en une boucle perpétuelle.

« On n'est pas obligées de l'appeler, dit Kay. Papa. »

Deb s'arrêta.

« Pourquoi ? C'est parfaitement normal – je veux dire, qu'on le rappelle. Ça ne pose aucun problème.

– Je n'en ai plus envie. »

Jack croyait qu'ils allaient visiter un atelier, mais Jolie passa devant les portes des ateliers une à une, ainsi qu'une pancarte Mécanique et une autre Néons. Quand ils atteignirent le troisième étage, il comprit qu'ils se rendaient à une réception. Il y avait toujours une réception, pour l'*accueillir*, où qu'il aille ; il ne pouvait plus se contenter d'*arriver*. Pas une réception élaborée, le plus souvent, rien de comparable au comité d'accueil qu'on réserverait au Très Grand Architecte, s'il était encore en vie et s'il décidait qu'il n'y avait rien de mieux à faire dans les environs de Tempe. Une réception, une sorte d'évaluation dont il se serait passé : sa carrière résumée à des gobelets de vin de table remplis au tiers, à hauteur de sa valeur, le tout disposé sur une vieille chemise de nuit d'hôpital en guise de nappe.

Les quatre ou cinq autres membres du personnel portaient aussi des badges avec leurs noms, de même que les étudiants, guère nombreux, une douzaine au plus. La seule autre personne sans étiquette, en dehors de Jack, était Jolie, qui, un petit bras passé autour de son dos, l'exhibait tel un poney de concours. Et ce n'était pas comme si, plus elle approchait, plus il avait envie de fuir. Au contraire – c'était l'inverse ! paradoxalement ! – il se rendait compte que plus il avait envie de fuir, plus il s'autorisait à être lui-même. Il s'abandonna à l'ambiance générale, acceptant le vin qu'on lui proposait, laissant Jolie répondre à ses questions et le caresser dans le sens du poil, hennissant au moment opportun.

Une bonne heure plus tard, ils se retrouvaient assis dans un bar sombre, en face du Super 8, sous des abat-jour pendant de tiges en cuivre. Dans l'ascenseur, après la réception, Jolie lui avait lancé, « Je ne sais pas vous, mais un petit remontant ne me ferait pas de mal. » En l'occurrence, un Sex on the Beach, commandé d'une voix sonore. Jack avait opté pour un scotch et ils se partageaient une barquette de frites.

« J'ai appris pour votre expo, vraiment désolée », dit-elle.

Jack déglutit lentement, laissant un peu d'alcool imprégner sa langue, glisser dans l'interstice entre ses gencives et l'intérieur lisse de ses joues.

« L'explosion, tout ça.

– Oui, je sais de quoi vous voulez parler.

– Mais nous maintenons notre commande, si c'est ce qui vous préoccupe. » Ses joues se creusèrent quand elle but une gorgée. Une marque rouge s'imprima sur sa paille. « Si c'est bien la raison pour laquelle vous avez fait tout ce chemin.

– Je vous l'ai dit, je voulais…

– Voir le site. Je sais. » Elle coupa une frite en deux – elles étaient épaisses, coupées en quartiers – et porta les deux bouts à sa bouche. « Mais quand même. »

Jolie mangea plus de frites et Jack but davantage de scotch. Elle refusa un autre verre. Il repoussa son tabouret pour gagner le bar.

Commanda deux scotches de plus, un qu'il but cul sec sur place, et un qu'il rapporta à leur table. La tête baissée, Jolie avait son téléphone contre une oreille et la main sur l'autre.

« Mon fils, dit-elle en raccrochant.

– Vous pouviez continuer.

– Oh, non, c'était juste un message. Je lui laissais un message. » Elle jeta un coup d'œil autour d'eux. « Vous pensez que c'est assez calme ici pour qu'il l'entende ? »

Le juke-box coincé dans un coin semblait purement décoratif, une simple radio au mieux, et il n'y avait personne non plus autour du billard.

« Je dirais que c'est très calme. »

Elle hocha la tête.

« Il est… il veut s'engager dans l'armée. Ou dans la marine. Il paraît que c'est plus sûr qu'ailleurs. C'est ce qu'il me dit.

– Vous paraissez jeune pour avoir un fils de dix-huit ans. »

Elle rit.

« Et vous ne paraissez pas assez vieux pour faire ce genre de réflexion. »

Les frites avaient presque disparu, et il y avait toujours un peu de schnaps à la pêche dans le fond cerise confite de son verre, il soupçonna que Jolie était un peu saoule, elle aussi.

Il avait une conscience aiguë de sa présence à ses côtés quand il traversa la rue pour réserver une chambre au Super 8, de sa présence dans le couloir alors qu'il cherchait sa chambre, de son cri – « Bingo » – quand elle la découvrit avant lui. Elle lui proposa sans doute de l'aider à s'installer, ou demanda à se rafraîchir : il n'écoutait pas.

Il y avait de la moquette verte au sol et deux immenses lits recouverts de patchworks aux motifs floraux déprimants dont la texture satinée évoquait l'intérieur des cercueils. Il s'assit au pied de l'un d'eux, écoutant Jolie tourner le robinet du lavabo dans la salle de bains. Il se sentait fatigué tout à coup. Tout conspirait à l'épuiser. Dormir le fatiguait. Le café le fatiguait. Le scotch aussi.

Les réceptions. Les poignées de main. Les deux Melissa. Le prix des choses ; que toute chose ait un prix.

L'Ours Brun. L'Ours Brun le fatiguait, et le vieillissait. Quoi encore ? Que la femme avec laquelle il avait passé quinze années de sa vie ait décidé de ne plus le comprendre. De savoir qu'elle en était capable, mais ne voulait plus s'en donner la peine.

Et Jolie, au bar, lorsqu'elle avait laissé ce message à son fils. Quand elle lui avait semblé si triste, et presque mignonne : même ce moment-là l'avait fatigué. Qu'elle perde son fils, que lui perde le sien, et… que tout le monde… que tout le monde perde tout le monde, un jour ou l'autre. Qu'existait-il de plus épuisant ?

Et puis Jolie sortit de la salle de bains, les mains encore mouillées. Elle posa l'une de ces mains sur sa hanche et se balança un instant devant ses yeux, ou fut balancée par la vodka, comme un bug dans le système qui lui suggérait que ça aussi n'était pas réel. Ils étaient fatigués tous les deux, d'avoir tant perdu, et rien n'était plus réel, ni pour lui, ni pour elle.

Jack ôta le pouce de Jolie du passant de sa ceinture et lui souhaita bonne nuit.

Il s'allongea, sachant qu'il avait bien agi en la renvoyant chez elle, en restant seul. Il répartit son poids sur l'un des lits et tira un bonbon enveloppé de papier jaune de sa poche. Il l'avait accepté la deuxième fois que Jolie lui avait tendu la coupe – « Maintenant & Après » – et si Kevin n'avait pas été à portée de voix, il aurait juste décliné la plaisanterie. (« Peut-être un Après. »)

Il le déballa avec les dents et fut aussitôt frappé par l'odeur de banane qui ne ressemblait à l'odeur d'aucune vraie banane. Son téléphone ne captait pas, alors il utilisa celui de la chambre pour appeler Deb. Il tomba sur sa messagerie et tout était pâteux. « Salut. C'est Jack. Enfin, c'est moi. » Même bourré, il se rendait compte qu'il avait la voix d'un type bourré. Il lui dit où il était descendu, qu'il ne trouvait pas le numéro du poste sur le socle du téléphone, ne connaissait même pas le numéro de la chambre, « mais si tu donnes mon nom à l'accueil, je suis sûr qu'ils transféreront l'appel. On dirait qu'on n'arrête pas de se louper. » Pas bon, cette manière de se louper. Ces longueurs d'onde différentes.

Il n'avait pas la voiture. Elle était restée sur le parking du musée. Il se retourna sur le lit et tira son ordinateur sur son ventre. Il se mit à monter et descendre au rythme de sa respiration. La connexion wi-fi de l'hôtel, surprise, ne fonctionnait pas.

Pas sur la même longueur d'onde. Un autre bonbon. Encore jaune ? Il se rendit compte que c'était une erreur d'avoir laissé Jolie reprendre sa voiture dans cet état.

Vous savez que vous avez touché le fond quand vous vous mettez à jouer au solitaire, à *Démineur*. Que pouvait-il faire sans Internet, pas de musique dans cette bécane qui ne lui servait qu'à envoyer des e-mails. Juste des e-mails et quelques fichiers audio, ici. Il ne les avait jamais écoutés, mais il sut tout de suite de quoi il s'agissait, et sut tout de suite qu'il allait les écouter.

Il double-cliqua sur le plus ancien et entendit leur première erreur patente – loin d'être la pire qu'ils allaient commettre. Ils avaient utilisé le logiciel d'enregistrement qui se trouvait déjà dans l'ordinateur (pas de jeux ?), et ni lui ni la fille n'avaient remarqué le métronome qui se balançait, et qui avait continué de battre la mesure, comme une pendule, ou un cœur stérile, comptant le temps qu'il leur restait, le temps qu'ils allaient passer ensemble.

> OK. Je crois que ça enregistre. C'est d'accord ?
> *Ça ne me dérange pas.*
>
> Hum. Je me lance. J'ai préparé une liste de questions mais on n'est pas obligés de s'y tenir.
> *Ça me paraît bien.*

Pensez-vous qu'il soit du devoir d'un artiste de questionner les événements contemporains ?
Les événements contemporains ?

Comme le 11 Septembre.
Donc vous voulez parler d'un événement en particulier.

Dans le cadre de cette conversation, oui.
D'accord. Un devoir ? Est-ce que je pense que l'artiste a un devoir à accomplir ? Non. Je lui souhaite bonne chance s'il croit pouvoir éviter de questionner ce que vous appelez les événements contemporains. Ce qui est si tordu dans ce monde.

Donc le 11 Septembre est une de ces choses que vous ne pouviez pas éviter de questionner ?
Il a fallu que je l'exprime pour le sortir de mon corps, je suppose. Je suppose qu'on peut le dire comme ça. Sur le moment, on a besoin de comprendre, je ne travaillais qu'à quelques rues du World Trade Center. J'étais là-bas ce matin-là.

J'aimerais vous interroger à ce sujet. Depuis, vous avez emménagé plus au nord. Cette interview a lieu dans votre atelier de Hell's Kitchen.
Je suis désolé mais... quelle est la question ?

Qu'est-ce qui a motivé votre départ ?
À Hell's Kitchen ? Parce que ça sonne bien. Nous sommes au-dessus d'une clinique de méthadone, je ne sais pas si vous avez remarqué. Il y a une certaine atmosphère, ici. Et c'est moins cher. Ils disent que les prix ont baissé downtown depuis le 11 Septembre, mais personne n'a prévenu mon propriétaire.

Donc la sécurité n'a rien à voir avec ce choix ?
Je ne crois pas que la foudre puisse frapper deux fois au même endroit. Grand Central Station, Madison Square

Garden. Peut-être. Franchement, ils feraient bien de surveiller l'Empire State Building. Le Chrysler. Ce serait encore plus dur, pour les gens. Personne n'aimait les Twin Towers, les tours elles-mêmes j'entends, en tout cas, pas autant qu'ils aiment ces gratte-ciel-là. Les terroristes n'avaient qu'à voir un ou deux films sur New York pour le savoir.

Vous tenez beaucoup de propos incendiaires. Sans vous en rendre compte, je crois.

Je m'en rends compte.

Vous vous moquez de choquer les gens, alors.

Non, je ne m'en moque pas. Les conneries, c'est qu'après le 11 Septembre tout le monde a commencé à se sentir vraiment new-yorkais, non ? Des conneries. On n'a pas besoin d'une tragédie pour ça.

Vous êtes originaire du Texas. Non ?

De Houston, oui. Mes parents y vivent toujours.

Oh, je pensais que votre père... je croyais qu'il était décédé.

Oui. Je suis désolé, oui, c'est exact.

Parlez-moi un peu de ce que vous avez vu ce mardi-là. Comment avez-vous appris la nouvelle ? Étiez-vous dans la rue ?

Je suis sorti. J'écoute la radio quand je travaille. La plupart du temps je ne l'entends pas, quand je scie ou je soude, c'est comme ça que j'ai appris qu'il s'était passé quelque chose. Et j'ai vu, bah, ce que tout le monde a vu. Les trucs à la télévision. Les images qui ont été diffusées à la télé avant d'être retirées. Les gens qui couraient. Les gens fatigués de courir. Je me souviens que je tournais en rond depuis un moment quand quelqu'un m'a offert une bouteille d'eau. On m'avait pris pour une victime. Un rescapé. Je me salis beaucoup quand je travaille.

J'ai une théorie sur vos séries de *Septembre*.
Je n'en doute pas.

J'ai songé à votre manière de travailler sur les bâtiments. Au lieu des tours, vous avez choisi de décrire les victimes – les personnes physiques, le passager de l'avion, la femme dans un bureau, l'homme en chute libre…
Oui.

Personne n'avait envie de montrer ces images. Il y a eu une sorte de censure.
Censure est un bien grand mot.

Où a-t-on vu ces images ? Où ?
Je ne pense pas avoir eu une telle intention. Visiblement, quoi que j'aie voulu faire, j'ai échoué.

Vous avez fait parler les gens.
Pas de la manière que je souhaitais. C'est une chose que les artistes disent beaucoup, n'est-ce pas – en bien ou en mal, tant que ça fait parler ? Je ne comprends pas. Les gens parlent toujours. Ils sont assoiffés de parole. Ils parlent de tout. Et la plupart du temps pour dire des idioties.

Et s'ils ne les avaient pas enlevées ?
Qui sait ?

S'ils avaient laissé les statues en place, vous auriez peut-être obtenu une autre réaction.
C'est très certainement flatteur de le penser. Mais je crois qu'ils ont eu raison de les enlever. Les gens ne les aimaient pas, ils ne voulaient pas les aimer.

Incidemment, je les trouvais exquises.
Vous les avez vues ?

En photo seulement. J'étais à l'université, dans l'Ohio, à l'époque. Appartiennent-elles à une collection privée ?
Oui.

Je regrette de ne pas les avoir vues en vrai. En fait, je regrette même de ne pas avoir été à New York à cette époque, pour assister à tout ça.
Vous voulez dire le 11 Septembre ?

C'est mal de dire ça ?
C'est naturel. C'était un de ces rares moments importants, pleinement conscients. Un jour indéniablement historique. C'est excitant. Moi aussi j'aurais voulu être là, et j'y étais.

Vous dites que vous étiez downtown au moment des attaques, mais vous vivez au nord de la ville. À quelle heure avez-vous l'habitude de vous rendre au travail ?
Il m'arrive de passer la nuit à l'atelier.

Et votre famille ?
Elle se montre très patiente.

C'est votre femme là ?
Non, c'est une photo qui me sert pour un projet en cours.

Vous travaillez toujours à partir de modèles vivants ?
Parfois.

Des inconnus ou des connaissances ?
Ça n'a pas grande importance. Pour moi. Bien que ça en ait sûrement pour eux.

J'ai travaillé un peu comme modèle quand je suis arrivée à New York.

Il y avait un mini-market à une courte distance à pied du Super 8. Il s'y acheta un soda maxi sans marque avant de retourner au bar, où il commanda deux whiskies secs pour lui et une vodka-cranberry pour la fille assise sur le tabouret voisin, qui lui dirait plus tard que son baume pour les lèvres avait un goût de piña colada. Pas Maintenant, plus Tard.

À Jamestown, une matinée grise éclairait la maison dont la porte d'entrée était ouverte sur la cuisine. Les enfants dormaient encore. Deb ouvrit le frigo et décida que son thé glacé avait assez refroidi. Elle utilisait le pichet en forme de champignon que Jack avait acheté dans un marché aux puces en ville. Un récipient en céramique crénelé peint en beige, orange et marron façon *seventies*. Deux feuilles vertes disgracieuses formaient le bec verseur.

Elle remplit deux verres de glaçons et les colla contre sa robe et ses bras nus. Assis à la table de bois, Gary essayait de visser les parties d'un moulinet de canne à pêche, les yeux plissés.

« Qu'est-ce que tu fais ? demanda-t-elle.

– Oh, je me disais qu'on pourrait avoir envie d'aller pêcher un de ces jours. Pour ton anniversaire, peut-être. »

Elle s'assit et détacha les verres de sa peau.

« Tu as toujours été doué pour ça, les anniversaires.

– Le tien est facile à mémoriser », dit-il, sans préciser pourquoi.

Elle repensa à son premier anniversaire avec Jack, quand il était marié et elle pas. Ses vingt-six ans. Comment aurait-elle pu éprouver la moindre tristesse ? Pauvre fille stupide et torturée : elle se serait donné des claques. Rien de grave, vingt-six ans. Elle avait trouvé grave que Jack aille passer deux semaines à Cape Cod avec sa femme, sur une plage où elle-même n'était jamais allée. Elle avait descendu bloody mary sur bloody mary au brunch d'anniversaire interminable que ses amis avaient organisé en son honneur. Deb avait préféré un brunch à une fête, parce que l'avion de Jack devait atterrir ce soir-là, vers 20 heures, et parce qu'il avait promis de passer la voir.

Les avait-elle seulement remerciés, ses amis ? Ils lui étaient devenus indifférents, elle les trouvait ennuyeux. Ils n'avaient pas les mêmes opinions que lui. Elle l'avait aimé sur le coup et sans limites. Comment appelait-on ça ? L'envoûtement ? Une victoire d'être simplement avec lui, ces moments où il n'était pas avec quelqu'un d'autre. Pourquoi était-ce si important ? Ses cinq amis s'étaient partagé la note du brunch et Izzy s'était débrouillée pour sortir, ce soir-là. « Mais n'hésite pas à appeler si tu as besoin de moi », avait-elle insisté, visiblement inquiète à l'idée que Jack pourrait ne pas venir. Deb ne se rappelait pas les avoir seulement remerciés. Elle aurait voulu les appeler, là, maintenant.

« Mince, Gary, comment a-t-on pu vieillir autant ?

– Flatteur, merci.

– C'est juste que se retrouver là, avec tous ces trucs… Ce pichet hideux. »

Sa laideur les avait fait rire les premières fois qu'ils l'avaient utilisé. À une époque, elle avait tenté de le transformer en vase, mais Jack avait trouvé qu'il gâchait la beauté des fleurs.

« Ça fait combien d'été qu'on ne s'est pas retrouvés ici à cuisiner ensemble ? *Cassez les pointes des pois plats*, et tous le reste.

– Longtemps.

– Se retrouver dans cette maison… Occuper nos chaises attitrées. »

Gary haussa les épaules.

« Je me suis toujours assis ici.

– Et moi ici. Et *lui* serait assis sur cette chaise s'il était là. »

Elle désigna la place vide entre eux.

Deb avait eu vingt-six ans dans l'appartement qui vibrait au passage du métro, toutes lumières éteintes : Viens. S'il te plaît, viens. Où es-tu. *Où es-tu*. Oùestu. Jack était passé, tout juste passé, *tout juste*, comme il faisait beaucoup de choses. Il était onze heures et quelques quand il avait sonné en bas. Il ne s'était pas douché depuis qu'il avait quitté Chatham, il avait apporté la plage avec lui. Plus tard, quand il était parti, aux premières heures du matin – leur liaison lui offrait tant de nouveaux moments, l'aube bleutée durant laquelle elle dormait, habituellement –, Deb était restée au lit. Fixant le plafond, frottant ses pieds sur les draps, pour sentir les grains de sable qu'il avait laissés derrière lui. Aujourd'hui, à quarante et un ans, presque quarante-deux, elle était ravie d'être loin de New York, d'avoir quitté Jack.

Elle incrusta ses ongles dans le bois sombre, dessinant des petits arcs de cercle sur sa surface cirée.

« Ce pichet aurait dû échapper des mains de quelqu'un depuis une décennie.

– Les choses laides ne cassent pas », répondit Gary, levant les yeux de son matériel.

Gary serait toujours là, même s'ils restaient un moment sans se voir. Elle savait comment il aimait son thé glacé. Avec du sucre stagnant au fond du verre. Gary était un peu comme un endroit où l'on aime retourner.

La tête de Jack était comme une ampoule pleine d'alcool ambré, échauffée par le kilomètre à pied sous un soleil de plomb qui séparait le Super 8 de sa voiture. Il réussit à le parcourir au prix d'un effort surhumain. Relevant le défi, pas après pas, il dépassa la chapelle de carton-pâte du campus, les courts de tennis abandonnés autour desquels l'herbe ne pousserait jamais, et arriva au parking où l'attendait sa décapotable rouge ridicule, désertée depuis longtemps par l'ombre des arbres auxquels il l'avait confiée. Voiture qui refusa de démarrer.

Portière ouverte, une jambe dehors, une jambe collée au siège en cuir – le short n'était qu'une semi-bénédiction –, il pompa les gaz et réessaya. Il aurait pu y voir un signe s'il avait été en mesure de prendre du recul sur sa vie, de se regarder de loin, comme le personnage d'un livre ou d'un film. Un signe qui lui enjoignait de rentrer chez lui. Rentre à la maison, rentre à la maison. Tu n'es pas à ta place, ici. Il n'y avait guère que dans les films que le héros considérait avec déférence les avertissements des objets inanimés. Dans la vie réelle, Jack alluma la ventilation et tourna le bouton au maximum jusqu'à ce que l'air froid se mette à pulser. Il alla dévisser le bouchon du réservoir d'essence et fit rempart de son corps contre le soleil, pour rafraîchir les pièces les plus importantes du moteur.

Il s'était réveillé, seul, sur la moquette rugueuse de sa chambre d'hôtel, entre les deux gigantesques lits funéraires. À plat ventre, la tête nouée par un torticolis, une flaque de bave autour de la bouche, avec l'envie de rester collé là pour toujours. Il avait bu beaucoup d'autres verres. Avait fait l'andouille avec la fille du bar. L'avait embrassée là-bas, puis encore dehors, après le départ de ses amis. Comme un adolescent.

Il avait oublié son nom, mais se souvenait qu'elle étudiait l'audiologie. Mensonge ou pas, elle avait vraiment un truc avec les oreilles : elle avait murmuré des trucs dans les siennes jusqu'à le rendre fou, ce qui serait sans doute arrivé si ses sens n'avaient pas été si engourdis et si tout ça n'avait pas été si creux et si évident. Il avait été soulagé qu'elle ne veuille pas l'accompagner au Super 8, et il n'avait eu aucun mal à refuser son invitation dans sa chambre pour deux sur le campus, parce qu'il avait beau être seul et excité, il n'était pas totalement stupide (en dépit des criantes apparences). Et, aussi, parce qu'il nourrissait certaines craintes d'ordre pratique (il était saoul au point que la panne était envisageable).

Il dut tourner la clef dans le contact encore dix minutes avant de réussir à démarrer, enfin. Il roula en direction de l'aéroport sans la moindre idée des horaires de vols, sans appeler Deb, sans appeler Jolie. C'était bon de ne pas se sentir obligé d'appeler, d'ériger un barrage entre lui et ces voix qui lui rappelaient sans cesse ce qu'il avait fait, ou n'avait pas fait.

Il fut content de se débarrasser de la décapotable rouge qui, comme le Super 8, n'avait pas eu l'effet comique escompté. La reine d'Angleterre ou le Très Grand Architecte dans un Super 8, c'est drôle. Toi, non. Dans la douche, un vieux gant de toilette raidi trahissait l'histoire de cette chambre, la triste histoire des clients nus, hommes ou femmes, qui l'avaient précédé ici. Si le gant remontait bien aux occupants précédents, ou à ceux d'avant, ou qui sait.

Jack était conscient de se comporter de manière irrationnelle – ou de mal se comporter, tout simplement –, et c'était ce qui lui rendait la tâche si facile, trop facile. Les employés du Super 8, Jolie, la fille obsédée par les oreilles : personne n'était au courant. La femme surélevée derrière le comptoir du magasin de location de voitures ne savait pas non plus, et s'en moquait. Son rôle consistait à répondre oui à tout. Nous proposons un modèle économique pour un aller simple, oui. Houston ? Aucun problème. Nous possédons une agence au Bush Intercontinental, c'est très pratique si vous avez un avion à prendre ensuite. Oui, monsieur, une berline. Cinq portes. Pardon ? Noire, je crois. Oui.

Jack rentrait chez lui.

Il réapparut cet après-midi-là, le gros chat gris aux yeux jaunes que Kay avait baptisé Loup. Il avait l'art d'étirer son corps et de se faufiler par l'ouverture de la porte – que Simon réduisait pourtant toujours au minimum – pour aller se réfugier dans son placard, sur la pile de vêtements qui lui servait de lit, ou de nid.

« Il va coller plein de puces, de poux et d'autres saloperies dans tes affaires », lança Simon au grand miroir gondolé.

Il essayait sa cinquième chemise de la journée, sa cinquième en quatre minutes.

« Il n'a pas de puces, répondit Kay, assise par terre, regardant Loup pétrir un sweat-shirt rouge les yeux fermés.

– Veille à ce qu'il n'approche pas des miennes.

– Il ne s'intéresse pas à tes affaires.

– Ouais, bon. »

Simon fourra ses pieds dans ses chaussures.

Au début, il crut qu'il s'agissait d'un tas d'ordures, ces vieux pots, ces seaux et ces vases entassés sur la bande d'herbe pâle devant la maison qu'il croyait être la sienne. Non sans réticence, il se persuada que c'était la sienne, forcément, à cause de ces balançoires jaunes dont elle avait parlé, et parce que le numéro de la maison précédente était trop petit et celui de la maison suivante trop grand.

Il y avait un vide-grenier devant.

Ou pas vraiment un vide-grenier, à en croire la pancarte en carton posée à plat et fixée par des pierres. Il approcha et lut GRATUIT ! PRENEZ TOUT ! La plupart des pots en céramique étaient encore couverts de terre, et le verre des vases n'était pas très net.

Simon appuya sur la sonnette en plastique blanc fixée de travers à côté de la porte. Si elle avait une utilité quelconque, on n'entendait rien de l'extérieur. Il attendit sur la terrasse couverte de petits tapis dont les planches grinçaient sous ses pas. Étrange, des tapis dehors, se dit-il. Quoique, les paillassons aussi étaient des tapis ; on pouvait voir ça comme des paillassons Bienvenue assemblés en quinconce : Bienvenue Bienvenue Bienvenue. Ces réflexions l'aidèrent à ne pas se demander pourquoi on mettait si longtemps à lui ouvrir, si Teagan avait oublié son invitation, ou s'il était vraiment invité.

Enfin, il entendit un cri aigu : « J'arrive ! » Puis des pas précipités dans un escalier.

La porte s'ouvrit sur un rideau de perles vertes, derrière lequel se dessina Teagan, portant le même short que le matin avec un tee-shirt blanc. Ses yeux étaient soulignés au crayon violet, de grosses lignes courbes formant des petites queues de poisson sur l'extérieur – à la Cléopâtre. Elle lui tendit une bouteille à travers le voile de perles en plastique. Une bière. Pour lui.

« Ma mère dort », lui dit-elle quand ils passèrent devant le salon.

Il se demanda si ça signifiait qu'ils ne devaient pas faire de bruit. Il ne vit personne dans la pièce, juste le dossier du canapé, ou peut-être, l'espace d'un instant, un reflet sur l'écran noir de la vieille télé Sony dans un coin de la pièce : celui d'un corps ou d'un tas de draps et de coussins en boule. De la maison, il s'apprêtait à dire, Non, c'est vraiment sympa ici, pensant qu'elle allait s'excuser pour le désordre, ce qu'elle ne fit pas.

Ils ressortirent sur une autre terrasse, ou plutôt sur la partie arrière de la même terrasse, qui faisait tout le tour de la maison.

« Il est venu », dit la propriétaire d'une paire de jambes en hauteur, dans un hamac.

Des jambes pâles couvertes de taches de rousseur, et le corps incliné d'une fille, un magazine *Us* ouvert sur le ventre, la main tendue pour éviter que la cendre de sa cigarette ne lui tombe sur le visage.

Son « *il* », qui suggérait qu'elles venaient de parler de lui, le mit mal à l'aise. De même qu'un autre *il*, en personne cette fois, assis par terre contre la balustrade.

« Tu connais Laura, et voici Manny. Manny, je te présente Simon. »

L'autre leva sa bière en guise de salut. Simon le reconnut à ses cheveux châtains bouffants et à l'épi qui dépassait de son sourcil : le caissier qui avait emballé leurs provisions le premier jour, quand sa mère l'avait appelé « minus ». *Pitié, pourvu qu'il ne s'en souvienne pas.* Simon pressa le haut de sa propre bouteille contre sa poitrine et dévissa la capsule, espérant que c'était bien ce genre de capsule-là. Elle céda dans un petit nuage humide qui dessina un croissant de lune sombre sur sa chemise.

Teagan envoya voler ses tennis en tissu jaune pâle, et grimpa rejoindre Laura et ses jambes dans le hamac.

« Alors, Simon ? »

Elle souffla des cheveux invisibles de son visage.

« Dis-nous quelque chose.

– Quelque chose », répondit-il.

Personne ne daigna rire, ni même sourire.

« Comme quoi ? Ben, je viens de New York. Mes parents ont une maison ici. Euh.

– Qu'est-ce que tu aimes faire ? demanda Laura, feuilletant négligemment son magazine.

– Les trucs habituels, j'imagine. Traîner avec mes amis, jouer à des jeux vidéo.

– Ah, un gamer. Bingo, commenta Manny.

– Arrête de faire le crétin, le défendit Teagan, alors qu'il n'avait pas encore compris qu'il était attaqué. Simon aime aussi lire, pas vrai ? À la différence de certains.

– Euh, mon lycée… » Il déglutit. « Je vais encore au lycée, et le mien est…

– Attends un peu, le coupa Laura, soudain intéressée. Tu peux répéter ça ?

– Je veux juste dire qu'on a beaucoup d'options dans notre lycée, alors…

– Tu sais qu'on *va* aussi au lycée ? »

Laura se redressa, planta son menton dans l'épaule de Teagan et alluma une autre cigarette.

Simon sentit tous ses membres se raidir.

« Je sais. Moi aussi.

– Mais à t'entendre dire que *tu* allais au lycée, on pouvait croire que tu pensais que nous non. »

Il se concentra sur la cendre qui venait de tomber sur une de ses boucles.

« Ah ouais. Non.

– On rentre en terminale après les vacances, dit Teagan, mais Manny a déjà passé son bac.

– Ah oui ? fit-il, en se tournant vers le garçon à terre. Et qu'est-ce que tu vas faire maintenant ? »

Comme s'il s'intéressait à ce gars. Cet épi dans son sourcil, sans doute un trait de naissance – moins son tablier de travail, plus sa cigarette, plus les *filles* – non, plutôt un trophée remporté lors d'une bagarre.

Manny ne s'intéressait pas davantage à lui, ni à rien d'autre en ce monde semblait-il, en dehors de l'écran du vieux téléphone à clapet qu'il ne fermait jamais, qui ne quittait jamais sa main et dont les touches cliquetaient sans cesse sous ses doigts.

« Euh. » Il leva les yeux un bref instant. « J'ai un groupe.

– Tu *avais* un groupe, corrigea Teagan. Il travaille au McQuades. »

Manny referma le clapet de son téléphone.

« Bon, c'est mon heure. »

Il attrapa la dernière bière de la grande bassine pleine de glace fondue posée par terre et se leva. L'espace d'un instant, la bouteille dégoulinante d'eau dans la main, il dévisagea Teagan, comme pour lui transmettre un message muet. Il s'attendait peut-être à ce qu'elle le raccompagne, mais elle ne se donna pas cette peine.

« Bon. À plus. »

Ils l'écoutèrent s'éloigner en silence, pour un moment encore ils étaient quatre, les filles, Simon et le bruit des pas de Manny.

« C'est cool que vous ayez des boulots, finit par dire Simon. J'aimerais bien m'en dégotter un, moi aussi, mais j'ai l'impression qu'il faut avoir de l'expérience pour ça. Je me demande comment on peut trouver un premier boulot, s'ils ne prennent que des gars qui ont déjà de l'expérience ? C'est un cercle vicieux total. »

Cercle vicieux, un terme qu'il craignait toujours d'utiliser à mauvais escient et dont il oubliait toujours de vérifier la définition.

Teagan se grignotait une cuticule. Laura, qui avait toujours le menton sur l'épaule de son amie, souffla de la fumée par les narines. Simon termina sa bière, qui ne lui faisait aucun effet. Peut-être était-il temps de partir pour lui aussi. Il venait d'arriver, mais il s'était présenté – ou avait présenté une version de lui, d'un lui – et elles n'étaient clairement pas intéressées.

« En fait, je dois y aller, moi aussi, Teegs », déclara Laura.

Elle se hissa hors du hamac et enfila les baskets que Teagan portait un peu plus tôt. Elle lâcha sa cigarette dans la bassine et le magazine *Us* par terre. La couverture se détacha du reste.

« J'ai ce truc, très tôt, demain matin.

– Bouh », fit Teagan.

Mais à l'intonation de sa voix et à la manière dont elle s'étira de tout son long dans le hamac, Simon se demanda s'il était possible qu'elle veuille se retrouver seule avec lui.

Laura fit le tour par la terrasse, tout comme Manny. Désormais, les seules questions que Simon se posait étaient (1) L'a-t-elle fait exprès ? (2) Suis-je supposé partir ?

Teagan enfonça ses pieds nus dans les profondeurs du hamac, glissant ses orteils entre ses mailles.

« Alors, dit-elle en le regardant dans les yeux. Tu vas me lâcher toi aussi ?

– Je n'ai rien de prévu demain matin.

– Ha. »

Elle bascula pour s'asseoir et essaya de remonter un peu, en vain : la gravité l'attirait au creux du hamac, son point le plus bas.

Simon laissa flotter sa bouteille de bière à la surface de la bassine, parmi les mégots de cigarettes, puis, faisant de son mieux pour ne pas montrer que ça l'impressionnait, s'assit à côté d'elle. Et devint à son tour le point le plus bas du hamac, entraînant Teagan dans sa chute. Leurs cuisses se touchèrent un instant.

« Tu veux voir quelque chose ? » demanda-t-elle en souriant.

Elle tira la langue.

« Quoi ? » dit-il, n'osant pas éclater de rire.

Elle recommença, plus lentement cette fois, et il remarqua le trou de piercing.

« Waouh, c'est… T'as fait ça quand ?

– L'été dernier. C'est Manny qui me l'a fait. C'est un idiot. Bref, ma mère me l'a fait enlever.

– C'est con. »

Il réfléchit à ce qu'il pourrait ajouter.

« T'as pas des trucs qui se coincent là-dedans des fois ?

– Berk, dit-elle en riant. Des fois. Ma mère est une garce. Mais on est catholiques.

– Ouais, si je faisais ça, la mienne serait… »

Il ne réussit pas à terminer sa phrase.

« Mais tu vis à New York. »

Elle avait dit ça comme si c'était au bout du monde et non à un billet de train de là.

« Ce n'est pas si géant.

– Tu as déjà vu l'hôtel Chelsea ?

– Non. Enfin, je l'ai vu, si. Mais je crois qu'il est en rénovation ?

– C'est juste que j'adorais le film sur Sid et Nancy. C'est bête hein. Tu connais les Sex Pistols ?

– Ouais, bien sûr. Mais je ne suis pas *super* fan. »

Elle hocha la tête.

« Bref. Ma mère veut déménager pour se rapprocher de sa sœur qui vit à Providence. »

Le soleil avait presque disparu mais, même dans la pénombre, sa peau respirait l'été. Ses cheveux offraient des tas de nuances de blond : de la couleur d'une banane que l'on vient de peler, à celles qui se succédaient à mesure qu'elle brunissait. La chaleur qui s'élevait de ses épaules sentait la lotion solaire.

« Raconte-moi quelque chose », demanda-t-elle, alors que, l'espace d'une minute, ils semblaient contents de se passer de la parole, d'éviter tout ce qui pouvait leur rappeler qu'ils étaient de parfaits inconnus l'un pour l'autre.

« Te raconter quoi ? » Elle répondit, « Une histoire », il dit, « Sur quoi ? », elle rit, « N'importe quoi », alors, machinalement, il se mit à Tout lui raconter, pourquoi ils étaient à Rhode Island, la liaison de son père, la boîte qu'il avait trouvée (dans sa version, c'était lui qui la trouvait).

« Je pensais que le gars de ce midi était ton père.

– Qui ça, Gary ? Non, ma mère et lui... Bah, j'en sais rien. Je le connais à peine. »

Et, Non, il n'avait aucune idée de ce qui se préparait, il savait juste que c'était Mieux pour Eux de Partir un Peu, mieux pour sa mère et sa sœur, de prendre du *recul* (il ne pensait pas le faire exprès, mais ses paroles suggéraient que c'était lui qui avait pris cette décision, en sa qualité d'homme de la maison).

Le ciel et le visage de Teagan s'assombrissaient à mesure qu'il parlait. Elle paraissait soucieuse, à présent, un peu impressionnée par ce qu'il avait traversé ; et c'était à peu près la réaction qu'il attendait des gens, *celle-là* ; seulement quand elle lui demanda où était son père et qu'il répondit « Qui sait ? », il y eut un malentendu, parce qu'elle posa une main sur son dos et lui confia, « Je ne sais pas non plus où est le mien. »

Cette terrasse appartenait à ses grands-parents, c'était la maison où sa mère avait passé son enfance. Son frère aîné, Brady, s'était engagé dans l'armée. À vingt ans, il était déjà marié et père d'une fillette qui vivait avec les parents de sa femme, dans une autre ville.

« On ne s'entend pas bien lui et moi de toute façon. Ma mère appelle Vanessa "la maman et la putain". »

Il y avait des hommes à la maison de temps en temps – « comme ton Gary » – mais, ils ne restaient jamais longtemps. Son père à elle était parti pour de bon. Quand elle avait sept ans.

« Mais tu te souviens de lui ?

– Tu rigoles ? Tu te souviens de quand t'avais sept ans ? »

Pas sûr, les années se mélangeaient dans sa tête, sans repère distinctif. Sept ans ; c'était peut-être l'âge auquel il était allé sur le plateau de *1, rue Sésame*, parce que des amis de son père avaient dessiné certaines de leurs marionnettes. Simon se souvenait que la poubelle de Mordicus dans laquelle il espérait pêcher quelques souvenirs était vide et tapissée de moquette, et que M. Snuffleupagus pendait du plafond. Alors, oui.

Teagan posa la pointe d'un pied sur le plancher et fit balancer le hamac. Elle avait une petite cicatrice blanche sur le menton. Il lui demanda comment elle se l'était faite.

« À la piscine. » Un autre gamin l'avait fait tomber.

« Aïe. »

L'un d'eux – ou les deux – pencha vers l'autre, et le peu d'espace qui les séparait s'évapora. Tout ce qu'il savait, c'est qu'il y avait un vide entre eux, juste avant, et qu'il avait disparu, comme si Dieu ou quelqu'un avait appuyé sur la touche Effacer. Et quand ils s'embrassèrent il n'y eut plus que le bruit de leurs bouches soudées l'une à l'autre.

Simon était plus conscient de l'instant qu'il ne l'aurait dû, se représentant la scène de l'extérieur et essayant de pouffer quand un baiser était particulièrement sonore, ou lorsque les dents du haut de Teagan heurtaient ses dents du bas – ce qui arriva. Un rire pour signifier qu'il savait que ces choses-là n'étaient pas censées se produire. Et néanmoins elle semblait vraiment vouloir être avec lui : cette fille parfaite *le* voulait. Elle avait ses raisons. Il les ignorait.

Il se dit que s'il en parlait à quelqu'un, ça paraîtrait négligeable, juste un échange de baisers ; mais pour lui, c'était bien plus que *juste*. La température monta encore et ils se mirent à transpirer. Il découvrait des choses qu'il avait toujours ignorées sur le corps des filles, qu'il y avait bien plus à explorer que les parties dont tout le monde parlait. Qu'il y avait tout un être autour de ces trois ou quatre zones sur lesquelles on était supposé se concentrer. Un cou qui pulsait sous son pouce quand elle penchait la tête pour l'embrasser là. Une hanche, saillante devant et ronde derrière, petite butte qui remplissait sa paume. Tant de zones qui palpitaient, de souplesse, de symétrie.

Et alors qu'ils s'attiraient et se poussaient dans ce hamac qui les soudait l'un à l'autre, le monde devint bleu. Soudain, le salon s'éclaira d'un clic. Teagan se sépara de lui, prétextant qu'elle devait aller préparer le dîner. Elle l'aida à faire le tour de la terrasse qui évoquait les douves d'un château, et Simon prit garde à ne pas trébucher sur les pots et les vases qui disparaissaient dans l'herbe trop haute.

Elle lui murmura au revoir de la maison, juste à côté de la fenêtre.

« Hé. »

Il sentit la chaleur de son regard brillant sur lui.

« Tu reviens demain ?

– Demain, oui », répondit-il.

Une chose bien réelle à rapporter à la maison, aussi réelle que ces pots et ces vases qui traînaient dans l'herbe.

Kay l'avait regardé partir de la fenêtre du haut. Elle avait déjà ses chaussures. « Reste », dit-elle en refermant presque entièrement la porte du placard devant laquelle elle poussa une chaise. Sa mère, dans le jardin avec Gary, lui avait adressé un vague signe en passant. De nouvelles règles étaient entrées en vigueur à Jamestown : il n'y avait plus de règles, Kay était libre d'aller où bon lui semblait.

C'est difficile de suivre une personne qui ne sait pas où elle va. Simon ralentissait et regardait autour de lui tous les deux cents mètres, l'obligeant à se replier aux coins des rues, et même derrière un arbre tout fin, à un moment – comme dans un film. Devant une maison aux murs légèrement bombés avec des tas de saletés dans le jardin, pas moins égaré, il s'était gratté la tête avant de comprendre que c'était là. Kay s'était retranchée derrière une barrière doublée d'un écran en plastique et avait compté les moutons dans sa tête.

À dix moutons, Simon n'était *toujours* pas entré ; il fixait ses pieds, planté sur la terrasse tel un épouvantail. Elle s'était accroupie et avait regardé entre ses jambes, la vieille balançoire rouillée aux sièges jaunes et au poteau descellé qui ne touchait plus le sol.

À vingt moutons, il avait disparu dans la maison.

Elle s'était relevée dans la rue silencieuse. Un silence qui lui avait soudain semblé assourdissant. Elle avait suivi son frère – pourquoi ? – pour voir ce qui allait se *passer*, mais il n'y avait rien à voir, parce qu'elle n'était pas invitée. Elle tâta le téléphone de Simon, dans sa poche. Elle le lui avait emprunté pendant qu'il s'habillait pour jouer à Falling Gems et il avait oublié de le lui reprendre. Si Simon l'avait surprise, elle lui aurait dit qu'elle l'avait suivi pour le lui rendre.

Elle était passée devant l'église, la bibliothèque avec sa pancarte FAIRE SON CV CE SOIR 19 H, et avait longé des bassins alignés sous un toit en tuiles. Les tuyaux en plastique pendaient mollement jusqu'à l'eau, attirant les bulles d'air, telles des pailles les bulles d'un soda, ou glissant sur la surface de l'eau avant de s'enfoncer. C'était de là que venaient les gargouillis : tous ces tuyaux qui coulaient en même temps.

Tout un monde dont elle se sentait exclue, parfois.

Assise en tailleur, sentant le béton rugueux s'incruster dans sa cheville, elle avait tiré le téléphone de sa poche et cherché son nom.

À la troisième sonnerie, elle avait entendu son père se racler la gorge.

« Fiston !

– C'est moi, avait dit Kay.

– Mon chou ! C'est si bon de t'entendre. Tu sais que je pense à toi tout le temps. Comment vas-tu ?

– Bien », avait-elle répondu, frottant une brindille par terre.

C'était devant son soda orange, dans ce bar avec sa mère, qu'elle avait pris la décision de l'appeler. Décidé qu'elle avait le droit de parler à son père sans que cela pose un problème à qui que ce soit.

« Où es-tu ?

– Je conduis. Je ne sais pas si maman t'a dit, j'étais en Arizona. Je vais rendre visite à ta grand-mère Phyllis, maintenant.

– Elle est malade ?

– Non, non, c'est juste que… j'ai quelques petites affaires à trier là-bas. Et toi, où es-tu ? »

Elle avait décrit le béton et les bassins.

« Les bassins ! Les ancêtres des laveries automatiques. Tu sais que les gens lavaient leurs vêtements là-dedans, avant d'avoir des machines à laver.

– Vraiment, avait-elle dit, sceptique.

– J'ai eu des tas d'idées en regardant ces bassins. La nuit est très noire là-bas, pas comme à New York. Tu veux bien me faire écouter l'eau, ça me ferait plaisir. »

Kay s'était agenouillée sur le béton, endurant la douleur sans un mot, et avait tendu le téléphone vers le bassin le plus proche, à l'endroit où le tuyau gargouillait.

« C'est un bruit qu'on n'oublie pas, avait dit son père quand elle avait remis le téléphone contre son oreille.

– Papa. » La brindille ploya, puis céda entre ses doigts. « Quand est-ce qu'on rentre à la maison ?

– Où est maman ? Tu es avec elle ?

– Je suis seule. »

L'immense tristesse qui perçait dans sa voix l'avait surprise elle-même.

« Elle est au courant que tu m'appelles ? Chérie, tu es là ?

– Je crois qu'il faut que j'y aille.

– Tu peux m'appeler quand tu veux, tu sais, tu n'as pas besoin de demander à maman.

– Il faut que je rentre avant la nuit, je t'aime, au revoir », avait-elle conclu avant de raccrocher.

Plus de mille cinq cents kilomètres à parcourir : deux jours de route. Il dormit quelques heures à l'hôtel A Day's End Lodge de Las Cruces, et parcourut le reste du trajet en se contentant de petites siestes sur des parkings déserts, à intervalles réguliers. Il passa des heures magiques à fumer au bord de la route et à regarder le soleil descendre ou monter, assis sur un rocher ou sur la glissière de sécurité, sachant que sa voiture l'attendait non loin.

Il fumait cigarette sur cigarette, lui qui n'avait jamais vraiment fumé, hormis en société, un verre à la main. Faute d'avoir quelqu'un à qui parler, il regardait le papier brunir et brûler, la fumée s'enrouler et se dérouler devant les bandes blanches de la route. Dans un dépôt-vente, à côté d'une station-essence, il s'acheta une paire de cornes de longhorn de deux mètres d'envergure reliées entre elles avec une lanière de cuir. Il l'installa sur la banquette arrière, pointes vers le haut dépassant des vitres ouvertes.

Chaque fois qu'il sortait de la zone d'émission de la station de musique country, la radio se mettait en recherche automatique jusqu'à ce qu'elle trouve un signal plus puissant. Et pendant plusieurs kilomètres, des conversations en espagnol se mêlaient à Chopin, qui se mêlait à des prêches évangéliques. Parfois la radio poussive ne trouvait rien. Par endroits, il n'y avait rien.

Deb ne parvenait pas à s'endormir. Les oreillers étaient trop durs et chaque fois qu'elle changeait de position, elle avait l'impression de poser. Elle finit par s'asseoir, allumer la lumière et entasser les oreillers hostiles dans son dos. Ces objets qui s'étaient montrés si récalcitrants un instant plus tôt, se révélèrent parfaits pour le dos et la lecture. Au fil des ans, Gary avait couvert toutes les tables de nuit de la maison de livres. Sur la sienne : des romans sur Pompéi et sur l'Exposition universelle de Chicago.

Ce cher Gary. Si seulement elle pouvait aimer ses toiles de bateaux ennuyeuses.

Il avait été si chouette avec les enfants, au dîner, quand ils avaient organisé l'excursion du lendemain. Particulièrement chouette avec Simon, qui s'était montré presque loquace et avait posé des tas de questions – sur la pêche, en plus. Les garçons et les bateaux. Qui l'eût cru ?

Ces toiles stupides.

Ou peut-être qu'elles n'étaient pas si mauvaises. Peut-être qu'elle les voyait juste avec les yeux de Jack.

Dans la chambre voisine, le frère et la sœur ne dormaient pas non plus, mais ignoraient qu'ils étaient tous deux réveillés. Tourné vers le mur, Simon revoyait ce moment passé avec Teagan, seconde par seconde : elle, chaque incroyable centimètre carré de sa peau. Il replia le bras pour gonfler son biceps, poing enfoncé dans le matelas, essaya de se représenter leur prochain rendez-vous, inventant des réponses à des questions qui changeaient sans cesse. Il y avait cette partie de pêche le lendemain, peut-être qu'il aurait une histoire à lui raconter au retour.

Kay avait remarqué l'étrange comportement de son frère au dîner, et le plaisir évident de sa mère. Elle n'aurait pas dû se sentir mise de côté – sans justification – c'était comme ça, en plus elle connaissait la véritable raison du bonheur de son frère, qui n'avait rien à voir avec la perspective de leur partie de pêche. Il y avait trop de secrets.

Et à présent, elle aussi avait le sien. Elle avait appelé son père.

Deb n'était toujours pas fatiguée. Il faisait nuit, certes, mais rien ne l'obligeait à rester allongée à fixer la nuit sous ses paupières. Certes, elle vivait des moments difficiles et malheureux, mais elle n'était pas non plus obligée de rester pétrifiée. Elle pouvait décider de ne pas dormir. Elle pouvait décider de ne pas être triste. Inutile d'être triste en permanence ! Tout le monde pensait qu'elle avait besoin d'un peu de temps, pour se lamenter et pour pleurer, mais ne serait-ce pas chouette qu'elle s'épargne ça ? L'essentiel était d'agir pour son propre camp. *N'oublie pas dans quel camp tu es.*

Si bien que seul Gary dormait, ou était supposé dormir, qui sait ?

« Maman. » Jack entendait Phyllis bouger derrière la porte, hésitante. Il avait garé la voiture au milieu de l'allée et cueilli un trèfle jauni entre deux dalles. Debout au milieu des colverts qui gardaient la terrasse, il jeta un coup d'œil par-dessus les haies qui bordaient la maison de chaque côté, regarda les prairies rayées, ton sur ton, par des tondeuses, guetta les premiers signes de curiosité du voisinage.

« C'est moi. Jack. Je suis dehors.

– Jackie ? »

Le verrou s'ouvrit et le hall d'entrée se révéla partiellement : nouveaux presse-livres en ivoire retenant les mêmes vieux volumes, et sa mère, plus mince, plus brune, les cheveux encre de Chine, comme si elle les avait teintés au marqueur. Personne ne lui avait dit que c'était ridicule ? Quelqu'un devait le lui dire. Charles au moins.

« Tu as l'air en forme, maman. »

Phyllis était tellement surprise de le voir, entre, Jackie, que fais-tu ici ? Tu as soif ? Qu'est-ce que je te sers ? Charles est sorti – il est allé à l'église, pour tout préparer. Tu viendras au service ? Bon, assieds-toi.

« Mince, quelle surprise. »

Elle continua de lui poser des questions depuis la cuisine, où elle ne laissait jamais entrer personne. Seul Charles y avait accès, de temps en temps, pour confectionner ses jambalayas sans goût, qu'il mettait dans des Tupperware et oubliait au congélateur.

Non, Jack n'arrivait pas de New York, mais de Tempe, en Arizona. Je sais que tu sais où ça se trouve. Oui, je ne fais que passer. Non, Tempe n'est pas proche de Houston. Tout va bien à New York. Deb va bien. Les enfants aussi.

Phyllis revint au salon, de gros verres en cristal dans ses mains tremblantes, tonic et glaçons. Charles l'avait aidée à renoncer à l'alcool, elle ne buvait plus que du tonic. Elle trouvait que tout le reste avait un goût de boisson pour enfants. Elle retourna à la cuisine et rapporta une petite assiette de biscuits salés.

« Tu repars quand ?

– Je viens d'arriver, maman.

– Oh, ne sois pas méchant, dit-elle, s'asseyant à l'autre bout du canapé à rayures bleues et blanches, et croisant ses jambes d'oiseau. C'est juste que j'aurais préféré que tu m'appelles avant. Comment ça va avec Deborah ?

– Tout va parfaitement bien. À t'entendre, je n'aurais aucune raison de venir…

– Ne sois pas ridicule.

– *Aucune raison de venir* si tout allait bien. J'ai l'impression de m'imposer alors que je voulais te faire une petite surprise.

– Je veux juste savoir si je dois faire les courses pour trois.

– Je n'ai besoin de rien. Et je peux sortir m'acheter ce dont j'ai besoin.

– Je prépare la chambre d'amis ? »

Elle garda son verre devant son visage, tel un gant de boxe, comme si c'était son menton qui était en verre fragile.

« Je dormirai dans ma chambre. »

Jack grignota un biscuit apéritif et regarda Phyllis chercher des miettes par terre. Il lui tendit l'assiette sachant qu'elle n'en prendrait pas. Sa mère avait été belle dans sa jeunesse et elle l'était toujours. Mince comme un fil durant toute l'enfance de Jack. Ce que tout le monde prenait à l'époque pour une preuve de maîtrise de soi remarquable – ce qu'elle n'avait jamais cherché à démentir.

Mais cela n'avait rien à voir avec de la pondération. Elle n'avait jamais eu besoin de se priver. La nourriture ne présentait aucun intérêt pour elle, et elle subsistait, depuis soixante-quinze ans, en n'ingérant que des liquides.

« Bien sûr que nous sommes ravis de t'avoir ici, Jackie, juste surpris. »

Dans la maison en perpétuelle rénovation, tant d'histoire poncée et réécrite, le fait que la chambre de Jack fût demeurée intacte pouvait presque passer pour un gage d'amour pour l'enfant qui l'avait quittée. Presque, mais pas tout à fait.

Le craquement de la porte, quasi soudée à son cadre, comme si elle avait fusionné avec le mur, affirmait le contraire. Et une fois à l'intérieur, l'odeur – voire le goût – de renfermé *attestait* du contraire. La différence entre ce qui est préservé et ce qui est à l'abandon. La chambre de Jack avait été laissée à l'abandon. Pas préservée : occultée.

Il fixa la vieille affiche au-dessus du lit : un avion traversant une masse de nuages blancs, la bouche de Mick Jagger tatouée sur l'aileron arrière, langue tirée, AMERICAN TOUR 1972. Il n'y avait pas grand-chose à voir de plus. Le lit paraissait miniature. Le couvre-lit tout plat avec ses motifs cachemire en forme de fœtus qu'il connaissait par cœur, plats eux aussi.

Quand l'heure vint pour Phyllis de prendre son bain, Jack se faufila dans la cuisine d'un pas hésitant et dénicha le paquet cylindrique de biscuits secs dans le placard, au-dessus de l'évier. Il les mangea dans le nouveau fauteuil à rayures bleues et blanches assorti au canapé, et laissa glisser son regard sur un vieux *Chronicle* posé sur la table, à côté de l'accoudoir.

Quand le moteur de la porte du garage vibra à l'arrière de la maison, le sol et les murs vibrèrent avec. Jack décroisa puis recroisa les jambes, fit mine de continuer de parcourir son article, avala les quatre derniers biscuits apéritifs et fourra le cylindre en papier plié en deux dans la poche de son pantalon. Lorsque la porte de derrière s'ouvrit, il survolait des colonnes dont la forme évoquait des graphiques en barres.

« Salut, Jack. »

Le vieil homme dans l'entrée, serrant son sac en toile contre sa poitrine, comme un goûter d'écolier, ou un chapeau ôté poliment : et cet homme *vivait* ici.

« Salut », répondit Jack, crachant quelques miettes visibles dans l'air. Il se leva et serra la main de Charles. « J'imagine que tu te demandes ce que je fais ici.

– Je suppose que les cornes qui sont dehors sont à toi. »

Charles avait quelques années de moins que Phyllis, soixante-douze, soixante-treize ans – Jack ne savait plus vraiment –, mais il paraissait aussi vieux que Mathusalem. Ses questions n'étaient jamais des interrogations mais des assertions, des données brutes qui demandaient confirmation. Dieu pouvait faire cet effet-là à un homme. Mettez Dieu derrière un homme et cet homme pensera tout savoir.

« Je suppose que tu es surpris de me voir, réitéra Jack.

– Ta mère m'a appelé à l'église.

– Ah ? »

Jack se représenta sa mère, téléphonant à son nouveau vieux mari le Prophète depuis l'étage, paniquée par l'arrivée de son fils adulte. *Non, Charles*, aura-t-elle murmuré, *je n'en ai aucune idée.*

– J'espère que je ne vous dérange pas, tous les deux.

– Ce n'est pas ça, tu ne nous déranges en rien. »

S'il était possible d'avoir les bajoues *tendues*, alors c'est ainsi qu'il aurait décrit celles de Charles. Elles étaient larges et lisses, comme celles de Droopy le chien. Sa peau rose paraissait impossible à raser tant elle était sèche. Une peau facile à couper, et qui aurait saigné abondamment si Charles avait encore du sang dans les veines.

« Je suis sûr que je dérange un peu toutes vos habitudes.

– Admettons que nous discuterons de tout ça après dîner. »

Jack admit qu'il ne pouvait pas refuser.

Parmi les plus simples et ceux en forme de cuillers, Kay en dénicha un qui ressemblait à un poisson, avec des yeux grands ouverts et des écailles peintes. D'autres, pendaient des plumes rose bonbon ou jaune canari, douces contre sa joue. (« Dégueu », dit Simon.) Assise près de la glacière à l'avant du bateau, épaules voûtées, Kay dressait l'inventaire des différents appâts de Gary tandis qu'ils progressaient sur l'onde bleue. Elle les triait par types, par couleurs, et mettait de côté ceux qui auraient fait de beaux pendants d'oreilles.

Simon posa le doigt sur un hameçon en argent formé de trois pointes recourbées.

« Je croyais qu'on allait utiliser des asticots.

– Oh, berk, fit Deb, bâillant sous le chapeau de Gary. Réjouis-toi que ce ne soit pas le cas.

– Les nuages sont hauts, aujourd'hui », dit Gary, semblant s'adresser à l'eau.

Installé près du moteur, il prodiguait de mystérieuses indications météo.

Kay leva les yeux, les mains en visière. Ça ressemblait toujours au ciel, mais elle devinait que des nuages haut perchés valaient mieux que des nuages planant au-dessus de leurs têtes. Parce qu'en cas d'averse, les gouttes ne les atteindraient même pas, ou ne frapperaient pas aussi fort. Ou parce que les nuages hauts laissaient plus d'espace à l'air pour circuler.

Quand les lignes furent à l'eau, il n'y eut plus rien à faire, pas même à tenir les cannes puisque le bateau était équipé de supports prévus à cet effet. Gary sortit un baril de bretzels dont il dévissa le grand couvercle d'une seule main, et ils se rassemblèrent autour de lui pour grignoter, dos au soleil et au vent, leurs mâchonnements résonnant dans leurs oreilles.

Kay leva les yeux en entendant des cris de mouettes, mais rabaissa aussitôt la tête, voyant des ombres balayer le bateau : grandes, puis petites et effilées.

« Ça va ma chérie ? lui demanda Deb, une main sur son épaule. Elle a un peu mal au cœur, parfois, expliqua-t-elle à Gary.

– Un *peu* ouais », ironisa Simon en riant.

Kay posa la tête sur le rebord du bateau et regarda les vaguelettes s'écraser contre sa coque dans un jaillissement d'écume. Une douleur chaude presque agréable envahit ses tempes.

Kay avait oublié l'essentiel : le poisson. Ils attrapèrent principalement des petits tassergals et des bars rayés qu'ils décrochèrent de l'hameçon pour les rejeter à l'eau. Chaque fois qu'un poisson était libéré, Gary s'écriait, « Comme neuf ! » contre toute vraisemblance.

C'est Simon qui fit la première prise intéressante.

« Putain de merde ! » s'écria-t-il.

À l'autre bout de la ligne, un poisson argenté se tortillait en l'air. Dans le feu de l'action son livre tomba à l'eau. Il rebondit avec quelques vagues avant de disparaître sous le bateau. (« Quel dommage », dit Deb, avec un léger sourire.)

Gary récupéra le poisson dans un filet à long manche, du genre de ceux dont on se servait pour attraper les papillons ou ramasser les feuilles mortes dans les piscines.

« Il cogne vraiment fort », dit-il.

Captif, le poisson s'immobilisa. Ce n'est que lorsqu'il le prit dans sa main qu'il revint à la vie, essayant à nouveau de se libérer.

« Ouais ! cria Simon. Je suis une *bête* ! »

Son visage exprimait le même genre d'excitation que lorsqu'il voyait des scènes de poursuites sanglantes dans les films.

« S'il frappait juste un peu plus fort, il pourrait me tailler en pièces », dit Gary.

Kay se plia en deux et attrapa ses baskets, regrettant de ne pas pouvoir se boucher les oreilles.

« Ses dents sont sacrément coupantes.

– Génial, dit Simon. Tu ne trouves pas ça génial, maman ?

– Je suis très impressionnée. »

Soudain, Kay décida qu'elle n'aimait pas Gary – son visage qui semblait taillé dans le roc, sa brosse à dents qui touchait presque la sienne dans la salle de bains. Son chapeau sur la tête de sa mère.

« C'est un poisson à chair sombre, mais j'aime bien, certains n'apprécient pas parce que c'est plus gras. OK, voyons combien il pèse. Un, deux…

– Géniiiiial. »

Kay accrochait et décrochait les appâts de ses lacets quand la moitié inférieure de Simon apparut. Il fit sauter le couvercle de la glacière et tira les dernières canettes de soda deux par deux pour les aligner sur le pont tandis que Gary plongeait le poisson captif d'un sac en plastique blanc dans l'eau et les glaçons.

Quelques minutes plus tard, elle l'entendit. Un craquement. Sûrement le sac dans la glacière. Puis un autre, plus sonore. Craquement. Craquement.

Pour Kay, ce moment marqua le début de la fin. Les vagues balançaient le bateau, le balancement faisait rouler les canettes sur le pont et des organes en elle. Elle avait envie de faire pipi. Simon aussi avait eu envie, un peu plus tôt. Gary lui avait montré comment pisser par-dessus bord.

« Le fardeau de notre sexe », avait commenté sa mère.

Kay n'avait jamais vu de garçons pisser avant ça – sauf quand ils étaient petits, mais elle ne s'en souvenait plus. D'ailleurs, elle n'avait pas vu grand-chose, juste Simon debout, de dos, muet. Puis Gary, qui avait produit un jet plus sonore que celui de son frère.

Elle avait tellement envie. Le bateau se secoua et tout se secoua en elle. Le sac en plastique claqua. Elle n'avait pas vu à quel appât le poisson avait mordu, elle savait qu'elle se sentirait coupable s'il avait choisi ses pendants d'oreilles. Elle l'entendait se contorsionner dans les quelques centimètres cubes d'eau glacée.

Rien, dans cette journée, ne la marquerait plus que cette glacière et ces horribles froissements étouffés. C'était ce son qu'elle entendrait, ce petit cercueil qu'elle verrait, chaque fois que ses yeux se poseraient sur une de ces glacières bleu et blanc bosselées, pleines de glaçons et de canettes luisantes, lors de pique-niques, ou de matchs de hockey sur gazon durant toute l'année scolaire suivante.

« Pour le repas que nous allons prendre, puissions-nous témoigner une reconnaissance sincère à Notre Seigneur. Dieu, notre Père, merci pour ton amour et la faveur que tu nous accordes. Merci de nous avoir amené un parent avec qui le partager aujourd'hui. »

Jack jetait des coups d'œil dans le restaurant. Ou plutôt : Jack regardait carrément autour de lui, sans même faire mine de baisser le menton, les mains croisées sur la table, pas en prière, pas paume contre paume, comme sa mère ou Charles. Charles prononçait ces mots, et le fait que lui et Phyllis aient les yeux fermés ne les rendait pas plus crédibles. Qui ferme les yeux au milieu d'une salle de restaurant, vraiment – pour prier, ou embrasser, qui ferme les yeux vraiment ? Jack sourit, regardant autour de lui. Allez, grondez-moi. Vous deux qui faites semblant de ne pas voir.

« Bénissez ceux que nous chérissons et qui sont près de nous et protégez ceux qui sont loin. Puissions-nous toujours nous soucier du besoin d'autrui, pour l'amour de Jésus, amen. »

Ouvrez les portes et tout le monde est de retour. Phyllis et Charles se transportèrent à nouveau au milieu de la salle presque déserte de la taverne Shining Star, à cette table que sa mère avait été si désireuse de réserver.

Le restaurant était une idée de Charles, pour épargner à Phyllis la corvée consistant à déballer ou à décongeler un plat supplémentaire. Ils avaient pris la Lincoln, son beau-père avait conduit, sa mère assise sur son coussin ergonomique spécial, et Jack à l'arrière, comme un enfant.

« C'est notre fils », avait expliqué sa mère à l'hôtesse, puis à la serveuse, au commis, à tout le monde, à l'exception des photos dédicacées de George Foreman et Walter Cronkite accrochées au mur. Une famille n'était jamais aussi utile que lorsqu'on pouvait l'exhiber. Jack ne valait pas autant qu'un petit-fils – et le gamin de dix-sept ans qui avait rempli leurs verres d'eau ne comptait pas vraiment comme témoin – mais c'était mieux que rien.

« Ils ont changé la carte, lui avait dit Phyllis, une fois assise, faisant claquer sa serviette pliée en fleur de lys.

– Je n'en doute pas.

– Les prix aussi. »

Sa mère avait commandé un tonic et une salade du jardin, avec beaucoup de poivrons et la sauce à part.

« Et je prendrai une de tes côtelettes, avait-elle dit en tapotant la main de Charles. Je ne mange jamais assez pour que ça vaille la peine de commander une portion entière. Une côtelette me suffira. »

Jack prit le thon ahi, accompagné de wasabi moulé en forme de feuille, réponse de la banlieue de Houston à la sophistication citadine. Les côtelettes de Charles se révélèrent être des côtelettes d'agneau, avec des brins de romarin et une coupelle en porcelaine remplie d'une gelée vert électrique posée au centre de l'assiette. Phyllis mit un point d'honneur à choisir la plus petite et la plus cuite.

« Ça se décolle tout seul de l'os, comme ça. Lui les aime saignantes. N'est-ce pas, Charles ?

– Oui, presque vivantes.

– Jackie, je ne sais pas comment tu peux manger ça. Je ne supporte pas l'odeur du poisson.

– C'est très bon, maman. Et bon pour la santé, aussi. Tu devrais essayer.

– Comment va le travail, Jack ?

– Ça va sentir dans toute la maison quand on va rentrer ? Parce qu'on ne mange jamais de poisson, nous.

– Tu manges des crevettes.

– Non.

– Et le jambalaya de Charles.

– Parle-nous du monde de l'art, Jack.

– Ce n'est pas du poisson. N'est-ce pas, Charles ? Les crevettes ne sont pas du poisson. »

Jack regrettait de ne pas pouvoir commander un verre, ne serait-ce qu'une bière. Phyllis vida trois verres de soda parce qu'on ne change pas les vieilles habitudes, dit-on. Elle les descendait comme si c'était du vin, et pensait sans doute donner le change, pour la boisson comme pour Charles. C'est quoi *ce type* ? avait-il envie de lui demander. Qui l'a invité ici ? À l'époque du premier Noël de Simon à Houston – il n'avait pas encore deux ans – le petit ami de Phyllis n'était qu'une chaise de plus autour de la table. Et aussi, leur première prière avant le repas, leurs premières vacances semblant avoir le moindre lien avec Jésus.

« Les crevettes sont des crustacés, la rassurait Charles, hochant la tête.

– Tout juste », approuva Phyllis, abattant un ongle oblong sur son verre.

L'alcool n'est pas de l'alcool et Charles n'est pas John. Le père de Jack ne reconnaîtrait jamais en elle l'épouse qui passait des heures à bronzer au bord de la piscine, et s'emmitouflait dans des étoles de vison un verre de liqueur à la main. La Phyllis qui marmonnait des *merde* et des *nom de dieu* et qui croyait en… certainement pas en Dieu, en tout cas. Tu as changé ta Cadillac gris métallisé pour une berline marron et tu as laissé ta colère s'atrophier, mais elle est toujours là.

« Jack, tu étais sur le point de nous dire comment progresse ton travail.

– Tout va bien. Je ne sais pas où vous en étiez.

– Raconte-nous. » Charles trempa une côtelette dans la gelée de menthe. « De nouvelles perspectives ?

– Ici et là. »

Le mari de sa mère ne lisait pas le *Times*. Le mari de sa mère lisait le *Chronicle*. Néanmoins, il y avait toujours les anciens camarades de classe et leur paire de ciseaux à portée de main dans un tiroir fourre-tout, ceux qui s'amusaient à découper des articles de journaux, à dater les coupures : un trombone, une enveloppe, et hop, envoyé. *Au cas où tu l'aurais manqué ! J'espère que toi et les tiens vous portez bien.* J'espère que toi et les tiens avez toujours le vent en poupe.

« On ne peut pas plaire à tout le monde, mais on essaie de plaire à certains. »

Phyllis grattait son assiette avec le couteau à beurre.

« Et comment vont ces Yankees, demanda Charles ? Comment se débrouillent-ils cette saison ?

– Je ne sais pas. Bien, j'imagine. »

Charles sourit.

« Ce n'est pas ce que j'ai entendu dire. »

Le trajet du retour se résumait à deux moments. Le premier : Charles ralentit avant de prendre un long virage et déclara : « Il y a des chevreuils qui traversent par ici », ce que Jack savait déjà – il connaissait cette route les yeux fermés. Le deuxième : la lumière vive des phares se réfléchissant sur la porte du garage, page blanche qui s'était dressée devant eux sans crier gare.

Une fois à l'intérieur, Charles s'agenouilla devant le foyer de la cheminée du salon.

« Je ne comprends pas pourquoi tu t'embêtes avec ça, chéri. » Phyllis était assise sur le canapé, ses mocassins marron en cuir souple abandonnés juste devant. « En plein été.

– J'ai allumé la clim, tu ne cuiras pas. »

Charles appuya sur l'arrivée de butane.

« Jack devrait venir voir comment ça marche, ces nouveaux allume-feu. Tu vois ? Ça brûle encore mieux que le cèdre. Rudement mieux que tous ces papiers que vous utilisiez tous.

– Bien mieux », concéda Jack.

Sa mère et Charles avaient fait refaire la cheminée et son conduit l'automne qui avait suivi leur mariage. Huit, neuf ans – non, mon dieu, Kay venait de naître – onze ans auparavant. Un ramoneur avait récuré, à l'aide d'une brosse en acier, les années de suie accumulée quand le père de Jack était de ce monde. Depuis, le ramoneur passait tous les ans. Il y avait une raison à cela ; un incendie dans la jeunesse de Charles, Jack ne connaissait pas les détails de l'histoire, mais il savait qu'une mésaventure de ce genre l'avait rendu circonspect. Le genre de mésaventure qui explique tout et donne à penser que les gens ne sont pas si difficiles à comprendre. C'est peut-être vrai.

Phyllis monta se coucher après le numéro du feu, et après avoir énoncé et répété des instructions concernant le déclenchement du réveil de la chambre de Jack, qui retardait toujours un peu ; et Jack et son beau-père gagnèrent le bureau, avec sa lumière tamisée et ses soubassements, écrin boisé de la bible de Charles, une cave, à des lieues des tapis à franges et des paniers à linge. Quand Jack vivait ici, c'était une salle de couture où personne ne mettait jamais les pieds. À présent, une croix en plaqué or trônait au mur en compagnie des diplômes de Charles – diplômé en management. Un cactus vieux de plusieurs années gisait, inerte, sur le rebord de la fenêtre.

De la poche de sa chemise, Charles sortit la clef du petit placard derrière son bureau. Il en tira une bouteille de porto à moitié vide. Ultime produit fermenté que l'on trouvait encore dans cette maison – en dehors de ses résidents.

« Assieds-toi donc. » Le bouchon sauta avec un bruit creux, l'écho d'un bruit réel. « C'est une chose merveilleuse d'avoir des enfants. »

Jack fixait les rayonnages de livres en cuir travaillé, rebuts de la bibliothèque locale.

« Elle est bien ? demanda-t-il, brandissant une biographie de Reagan dont la tranche était couverte de moutons.

– Tu peux l'emprunter. Je voulais te dire, c'est très émouvant pour Phyllis de te voir adulte, père de famille. Tiens. »

Jack accepta la misérable dose de porto et s'assit.

« Elle est fière de toi. Tu devrais l'entendre... parler de son fils qui vit à New York, de ta célébrité, du prestige...

– Ce n'est pas...

– Oui, je sais, je sais, mais c'est ce qu'elle aime raconter aux gens. Elle aime leur raconter tout ça, et leur parler des enfants, de ton mariage. De ses deux petits-enfants, un petit-fils et une petite-fille. Elle dit souvent qu'elle pourrait mourir tout de suite en se disant qu'elle a réussi sa vie. Qu'elle a eu tout ce qu'on peut avoir. Et je sais que ça tient beaucoup à sa fierté de mère, quand elle voit la vie que tu t'es bâtie. »

Charles se tut pour boire une gorgée de vin grenat, ou parce qu'il considérait que c'était un bon moment pour marquer une pause, que si l'Everest verbal qu'il était en train d'ériger n'était pas encore pleinement en vue, le brouillard commençait peut-être déjà à se dissiper.

Jack était dans le brouillard.

« Merci. C'est toujours agréable d'entendre ce genre de choses.

– Et c'est là que nous avons un problème. C'est là que je suis un peu inquiet. Tu dis que tout va bien à la maison.

– Oui.

– Ton travail, ta carrière.

– Pareil. »

Jack suivit le regard de Charles qui se posa sur le bureau qui les séparait, sur le sablier en cuivre scellé à un socle en marbre. Il était dans la véranda avant, avec tous les bibelots que Phyllis jugeait maritimes. Un sablier d'une heure, soi-disant, même s'il ne couvrait que l'équivalent de trente minutes. La moitié supérieure était vide, et l'espace d'un instant désagréable Charles parut sur le point de le retourner.

« Là où je commence à m'inquiéter, c'est quand un homme adulte – époux et père – prend la route seul pour rendre visite à sa mère sans la prévenir…

– Je l'aurais prévenue si…

– … et se comporte comme si on lui avait demandé de venir. Et je ne veux pas dire comme si on l'avait invité. Je veux dire, comme s'il était venu à contrecœur. Comme s'il était là à son corps défendant.

– Moi qui me disais qu'on avait passé une bonne soirée. »

À l'évidence, ils n'avaient pas passé une bonne soirée, mais Charles n'était pas homme à l'admettre, ou même à le remarquer. Ce dîner était sinistre parce que leur vie était sinistre. Jack n'avait pas eu plus d'incidence sur leur quotidien qu'une mouche sur le mur.

« Ce restaurant était une bonne idée, merci d'en avoir eu l'idée.

– Oui. »

Charles but une autre gorgée de porto, reposa son verre et le fit tourner sur son bureau. Un geste nerveux, un geste dont Jack ne l'aurait pas cru capable. Le vieil homme lui préparait quelque chose.

« Je sais que je ne suis pas ton père, Jack. Je n'ai jamais été père. Dieu ne nous a pas accordé la faveur d'avoir des enfants, à ma première femme et moi. À la place, il a jugé bon de la rappeler vers lui, je n'ai jamais compris pourquoi. Mais Il vous a bénis toi et Deborah, même si je sais que ce n'est pas toujours facile. Quoique, d'une certaine manière, j'aie du mal à imaginer que ça puisse être difficile.

– Où veux-tu en venir ?

– Je ne prétends pas pouvoir parler comme un père, mais je peux au moins citer des paroles d'hommes plus sages que moi. Enseigne le droit chemin à un enfant, et une fois adulte, il ne s'en écartera pas. »

Jack se leva et se tourna à nouveau vers les rayonnages. Livres de théologie, de golf, de théologie du golf.

« C'est très aimable de ta part. »

Il se frotta le cou et ressentit une douleur sous ses doigts.

« Tu devrais être auprès de ta famille. »

Jack pivota.

« Pourquoi est-il si difficile d'accepter l'idée que je suis venu pour voir comment elle va ? C'est ma mère.

– Je crois qu'on se comprend mal.

– Ce n'est pas comme si tout allait parfaitement bien. Ce n'est pas comme s'il n'y avait aucune raison de s'inquiéter pour elle. »

Charles pressa ses deux index l'un contre l'autre, les posa sur ses lèvres, puis les écarta et dit :

« La question que je te pose, Jack, c'est : qu'attends-tu d'elle ? Que veux-tu ? De l'argent ? »

Jack sentit la fureur jaillir en lui, sa colère virer à la fureur.

« Est-ce qu'il lui arrive seulement de manger ? Est-ce qu'elle se nourrit ? Qui peut veiller à ce qu'elle mange un peu, Charlie, toi ? » Il se posta devant le bureau, dominant son beau-père de toute sa hauteur. « Non. Tu préfères la faire tomber en extase. *Pour voir Dieu.*

– Ne mets pas ça sur le dos de Dieu. On a déjà eu cette conversation. Ne mets pas sur le dos de Dieu ce qui ne concerne que moi. »

Non, ça concerne quelque chose qui est bien plus ancien que toi, Charles. Mais la question de son beau-père lui apporta la réponse qu'il cherchait : Qu'attends-tu d'elle ? Et cette réponse était : Rien ? Non, il n'y a rien que je veuille qu'elle puisse me donner. Ce qui n'était pas la même chose que : Je ne veux rien.

Le problème était plus ancien que Charles, mais Jack était trop vieux pour ce problème. Certaines choses finissent par être prescrites. Ta mère n'a jamais pu supporter la charge que tu représentais, même quand tu étais petit et que tu essayais de te faire discret. Et aujourd'hui, tu es lourd, et ses os sont trop fragiles ; il n'est plus temps de lui demander d'essayer.

« Je sais ce que tu penses. » Charles se carra dans son siège, ventre relevé comme un œuf géant caché sous sa chemise. « Je sais ce que tu penses de moi, de ma vie. Et je sais exactement ce que tu penses de Dieu. Ce que j'ignore, c'est ce que tu éprouves pour ta mère ; mais je vais espérer, prier et t'accorder *le bénéfice du doute*, je vais me laisser aller à penser que tu ne souhaites que son bien. Je l'ai déjà dit, je ne suis pas ton père, mais je suggère, et je suggère énergiquement, que nous fassions bonne figure jusqu'à ce que tu prennes ton avion. »

Jack passa la journée suivante enfermé dans sa chambre, puis au bord de la piscine, après s'être rappelé son existence. Dans la salle de bains, il eut une petite bouffée de fierté en découvrant qu'il entrait toujours dans son vieux maillot de bain violet, même si, de profil, sous un éclairage plus vif, force était de reconnaître qu'il ne tombait pas tout à fait comme avant. Il avait les jambes plus fines, le nylon bâillait autour de ses cuisses. Ses fesses s'étaient étoffées, aussi. Peut-être n'y avait-il aucune raison de s'enorgueillir de rentrer dans un maillot de bain vieux de trente ans. Tout le monde pouvait entrer dans un vêtement extensible, non ? Le fait est qu'il n'avait jamais eu tant de mal à voir ses pieds.

« Pourquoi tu n'as pas pris la clef ? » lui demanda sa mère quand il lui annonça d'où il venait.

Ils se trouvaient dans la salle à manger. Les rayons du soleil caressaient encore les murs mais, à six heures et demie, il était déjà l'heure du dîner. *La clef*, parce que, techniquement, c'était une piscine municipale, bien que seuls les habitants de leur allée y aient accès, bien qu'elle ne soit surveillée par aucun maître nageur, et bien qu'aucune nageuse ne porte le bonnet de bain réglementaire.

« Je n'en ai pas eu besoin. »

Jack dégaina une serviette en papier d'un rond de serviette en porcelaine. Il n'avait pas eu besoin de la clef parce que le portillon de la piscine était aussi bas que toutes les clôtures bien taillées du quartier, et donc facile à enjamber. Il n'avait même pas caché son portefeuille quand il était allé nager, il s'était contenté de le poser dans sa chaussure, en évidence. Il lissa la serviette sur ses genoux. Elle se déchira au deuxième passage de sa paume.

« Les gens vont croire... Ils ne te connaissent pas », reprit sa mère en faisant passer la salade flétrie.

Préparer le dîner avait consisté pour Phyllis à émincer une tomate cœur de bœuf sur une laitue et à servir à son fils et à son mari une demi-boîte de thon à chacun.

« J'irai me présenter, alors », répondit-il, tendant la main vers le panier à pain.

Panier en grillage rempli de petites boules de pain décongelées et réchauffées, partie intégrante du repas, de même que la coupelle de mayonnaise et sa cuiller miniature qui ne cessaient d'aller et venir autour de la table. Depuis son pamplemousse du matin, Jack avait ressenti la faim plusieurs fois. Il avait essayé de s'abandonner à elle, de l'accueillir tel un ascète. Le ventre presque vide, le soleil et la nage. Même si la piscine ne signifiait pas tant exercice – il avait surtout fait la planche – que chlore. Après un plongeon, il aimait rester allongé sur le ventre et sécher à l'air libre, la bouche posée sur ses bras javellisés, les poils des bras balayés par l'air qui sortait de son nez, qui secouait ceux de ses narines au passage.

« Tu vas aller frapper *chez eux* ? »

Les yeux de sa mère clignèrent vers Charles, qui triait le courrier de l'église, ouvrant les enveloppes avec un couteau à beurre. Elle avait parlé d'une voix assez forte pour être entendue non seulement de Charles mais de toute la maison.

« Non, sans doute pas. Je leur ferai juste signe de la main. »

Autres effets du chlore : il faisait disparaître ses cicatrices d'acné d'ado, les réduisait à des petits résidus blancs faciles à arracher ; il faisait couler la glu orange de ses oreilles, exhumait la crasse noire du fin fond de son nombril. L'eau de la piscine le purgeait, les doses ingérées tantôt par la bouche, tantôt par le nez, stérilisaient ses poumons et vidaient son estomac. Il se sentait monastique, enveloppé de sa serviette trouée.

Plus tard, il s'assit dans son lit invertébré et coula presque jusqu'au fond. La lampe s'alluma d'un clic. Il trouva une vieille cuiller abandonnée au milieu du tiroir de la table de chevet. Il s'en servait quand il montait de la glace en cachette, ou des yaourts dissimulés dans ses vestes fermées. Phyllis s'était plainte à la femme de ménage qu'il lui manquait de l'argenterie.

Sa mère, cette maison, Charles, avaient toujours le même effet, celui de lui rappeler pourquoi il avait construit sa vie loin d'ici. Et il n'y avait aucune raison pour que ce soit différent cette fois, en dépit de son vain espoir d'en retirer davantage. D'être de retour chez lui, un sentiment qu'il était presque certain d'avoir éprouvé, un jour, loin d'ici.

Il se pencha entre ses genoux et tira sur le couvre-lit. Il vit la courbe de son corps creusée au centre du matelas. Et la chose qu'il cherchait, aussi : le téléphone orange à cadran rotatif qu'il avait depuis le lycée. Emmêlé dans son cordon. Il tomba à genoux et se traîna jusqu'à la prise, près de la fenêtre, à l'endroit où il avait l'habitude de s'allonger pour regarder le ciel quand il discutait avec des filles ou des membres de sa bande de terribles.

Le téléphone fonctionnait – une surprise que d'entendre ce ohm digital. Son doigt fut lent à trouver les numéros, à ramener chaque trou au point de départ, avant qu'il reprenne sa place avec un grincement qui le renvoyait vers le passé, cette époque où il était quelqu'un d'autre. Ce cadran le rendit soudain plus jeune, plus tendre envers lui-même. Et bientôt, la voix de Deb, aussi, son ton prudent devant le numéro inconnu, et lui qui disait :

« Salut, c'est moi.

– Mon Dieu, dit-elle de Rhode Island. Quand j'ai vu l'indicatif j'ai tout de suite pensé à ta mère. Qu'est-ce qui ne va pas ?

– Tout.

– Que s'est-il passé ?

– Rien. C'est juste que je perds la tête. »

Il se laissa glisser sur ses coudes jusqu'à ce qu'il soit allongé. Comme avant.

« Je suis en train de mourir, je crois.

– Non, tu ne vas pas mourir.

– Tu as raison. » Il déroula le cordon en spirale et l'enroula en sens inverse autour de son doigt. « Je ne vais sans doute pas mourir. »

Elle lui demanda s'il avait bu.

« J'étais avec ma mère.

– Quelle mouche t'a piqué ? Pardon. J'ai un peu bu, moi.

– En quel honneur ?

– Pour rien, juste en parlant avec Gary. Jusque tard.

– Ah. » Il lâcha le cordon et regarda la spirale orange reprendre sa forme avec entêtement. « Comment va Gary ? La limace.

– Pourquoi dis-tu ça ?

– Bon d'accord, je retire. C'est une limace, mais je ne le dirai pas. Ignore-moi. »

Comme Ruth, Deb rit sans raison. Ce rire-là signifiait : OK, c'est si facile de t'ignorer quand tu es comme ça.

« Tu veux bien me passer les enfants, s'il te plaît ?

– Essaie demain matin, si tu veux. Appelle vers dix heures.

– Je pense, fit-il les doigts sur ses paupières, que je serai à l'église à cette heure-là. »

Cette fois, elle rit de bon cœur.

« Alors, comment se présente le projet en Arizona ?

– Sans intérêt.

– OK. Des nouvelles de Stanley ?

– Comment pourrais-je m'intéresser à tout ça avec ce qui se passe ?

– Tu n'es pas multitâche, c'est ça ? Je ne sais pas, Jack, tu as toujours su tout mener de front avant.

– Je sais… mais plus maintenant. Plus depuis des années. Depuis ce truc. La série de *Septembre*…

– Ne fais pas ça. Ne te *sers* pas de ça.

– Mais c'est la vérité. Je ne m'en sers pas. J'ai vraiment eu peur.

– Bien sûr que tu vas dire que c'est le travail. C'est prévisible.

– Laisse-moi finir, s'il te plaît. Tu sais dans quel état je pouvais me mettre. Dans ces moments-là, je n'étais plus moi-même. Après, je n'arrêtais pas de me demander : et maintenant ? Jour après jour. Et maintenant ? Et rien ne me paraissait assez bon, tout le monde avait les yeux braqués sur moi.

– Le souffle coupé.

– Arrête… Tu étais là, tu sais ce que je veux dire.

– J'*étais* là, oui.

– Mais ce que tu ne sais pas – ou ce que *je* ne savais pas – et c'est ce que j'essaie de te dire maintenant, d'accord ? J'essaie vraiment.

– Quoi ?

– C'est que coucher avec quelqu'un…

– Coucher avec quelqu'un *quoi*, Jack ?

– OK. D'accord. Elle me flattait. Elle m'admirait. J'avais l'impression que ce que je faisais était important. Je crois que je pensais que si je pouvais me laisser porter par ce sentiment…

– Les vampires font ça. Les parasites. Tu ne peux pas baiser quelqu'un sans nous atteindre.

– Pourquoi ?

– Parce que ce sont les *règles*.

– *Ça n'était pas supposé t'atteindre. Jamais.*

– Il s'agit de *nous*. Chaque fois que tu choisissais d'être avec elle, tu choisissais de ne pas être avec nous.

– Les gens n'ont pas une quantité limitée de… d'affection ou d'intérêt.

– Les gens ont une quantité limitée de *temps*.

– Mais on a déconné nous aussi, Debbie. Tu es mieux placée que quiconque pour comprendre.

– Qu'est-ce que c'est supposé vouloir dire ?

– Rien. Rien. Tu sais ce que ça veut dire.

– Ne te sers pas de ça aussi.

– Pourquoi ? C'est ce qui s'est passé. J'ai, *on* a déconné.

– Je t'en prie, ne t'engage *pas* sur ce terrain avec moi, pas maintenant. »

« Je suis désolé. C'était juste une réflexion. Tu es là ?

– Une réflexion de merde.

– Je sais. »

« C'est ton anniversaire demain. Deb ? Tu ne pensais pas que je pourrais l'oublier ?

– J'aimerais bien l'oublier, moi.

– Joyeux presque anniversaire.

– Tu as arrêté de me parler de ton travail.

– Je ne savais pas que ça t'embêtait.

– J'étais tellement, je ne sais pas, honorée, ou flattée, quand tu me demandais mon avis. Que tu puisses penser que je pouvais t'être utile. Moi qui ne connaissais rien à l'art.

– Tu en savais plus que tu le crois. Ton instinct.

– Mais j'étais si jeune, et *danseuse*. Mon Dieu. Toutes ces choses que je ne suis plus.

– Tu es plus, bien plus aujourd'hui.

– C'est à elle que tu parlais de ton travail.

– C'est à cause de mon travail qu'on s'est rencontrés.

– Tu as arrêté de chercher ça en moi.

– Je veux le retrouver en toi maintenant.

– Va te faire foutre. »

« Qu'est-ce que tu as pensé du vernissage ?

– Va te faire foutre.

– Dis-le-moi. Quelle différence ça peut faire, maintenant ?

– Je pense que tu as commis une erreur.

– Manifestement.

– Non, idiot. Je veux parler du Tigre.

– Quoi ?

– L'animal en peluche. Le Tigre.

– Le tigre ?

– Celui de *Winnie l'Ourson.* »

« Ils en vendent dans le monde entier, non ?

– À Ramallah ?

– Rien n'indiquait que c'était Ramallah.

– Ça m'a juste paru étrange, dans la mesure où c'est toi qui le lui as acheté.

– Je l'ai acheté. Pour Simon.

– Évidemment pour Simon.

– Tu veux bien me laisser vous rejoindre ?

– Non, ne… non. »

« Ce que tu disais sur le temps, que lorsque je n'étais pas avec toi, j'étais avec elle, le fait que chaque chose ne dure qu'un temps.

– Je me souviens.

– Tu supposes que quand j'étais loin de toi, j'étais plus proche d'elle, mais j'étais loin d'elle aussi. Je l'ai fuie dès le premier jour, je fuyais mon erreur, et là je fuyais dans le travail. Tu vois ? C'est pourquoi les gens se retrouvent dans ces situations. On fait de nos vies des lieux où il nous est impossible de vivre, et c'est à ce moment-là qu'on arrive à travailler.

– Tout le monde n'est pas comme toi.

– En tout cas, c'est comme ça que ça a marché pour moi. C'était surtout lié au travail. Deb ?

– Tu veux savoir si je te crois, ou si je crois que tu y crois ?

– Les deux. J'y crois vraiment.

– Les deux signifie je m'en moque.

– D'accord.

– Les deux, je ne pense pas que ça ait d'importance. Aucune de ces conneries.

– Je comprends. J'ai pigé. Je suis allé chez elle, tu sais. Elle n'était pas là. Je voulais lui dire…

– Tu l'as vue ?

– Je t'ai dit qu'elle était partie.

– Quand ?

– Je ne sais plus, après avoir envoyé le paquet.

– Donc, le lendemain même, tu étais là-bas.

– Pour l'engueuler. Je voulais qu'elle sache ce qu'elle avait fait.

– Je ne vois pas l'intérêt.

– Parce qu'elle devait savoir ce que ses actes…

– Qui se fiche de ce qu'elle sait ? Toi, manifestement. Tu l'as vue ?

– Non, tu m'écoutes ou pas ? Je ne l'ai pas vue.

– Dommage, la prochaine fois, peut-être.

– Écoute-moi.

– *Non.* Je n'ai pas confiance en toi. Je n'ai pas confiance en toi je n'ai pas confiance en toi je n'ai pas confiance en toi. Dis ce que tu veux, je ne te croirai pas. C'est trop. Pas question, *pas question* que tu viennes ici. Tu n'es pas le bienvenu. »

Elle était dans la cuisine quand ils avaient commencé à parler mais avait vaguement conscience d'avoir traversé d'autres pièces entre-temps. Vaguement conscience d'avoir monté l'escalier, vaguement conscience d'avoir traversé l'entrée. D'avoir touché son visage, machinalement, dans la salle de bains ; de l'infinité de reflets d'elle-même dans les miroirs de l'angle. D'avoir regardé dans le placard vide de l'entrée. De s'être assise en haut de l'escalier, à un moment, puis en bas, plus tard. Le téléphone était chaud, couvert de sueur.

Maintenant, assise sur la dernière marche, elle était consciente de sa respiration.

« Non, Deb... ne fais pas ça, disait la voix contre son oreille. Ne me dis pas que tu m'aurais laissé venir si je ne t'avais pas raconté ça. »

Elle ne pensait pas pouvoir dire quoi que ce soit à la voix. Elle ouvrit la bouche, mais se rendit compte qu'elle avait deux sacs en papier à la place des poumons. Tantôt plus vides, tantôt plus pleins que ses véritables poumons ne l'avaient jamais été.

« Qu'y a-t-il, Deb ? »

Ces sacs ! Ils étaient si pleins, ils ne se vidaient jamais assez vite. Elle pensa : je suis une pompe à vélo. Je suis une machine à fabriquer du vent. Son souffle était une chose violente qu'elle subissait, comme un éternuement.

« Respire. Debbie ? Respire, chérie. Qu'est-ce qui ne va pas ? »

Ce qui n'allait pas, c'était que peu à peu la conversation devenait naturelle, et que c'était bon d'entendre la voix de violoncelle de Jack, la voix étalon à laquelle se mesuraient celles des autres hommes : plus hautes ou plus basses. Mais ce n'était pas naturel de lui parler, les mots ne sonnaient pas juste, et elle l'avait laissé aller trop loin. C'était la raison de tous ses déplacements dans la maison, comme si une nouvelle pièce pouvait empêcher les minutes de s'additionner, de le rapprocher d'elle. Bien sûr, où qu'elle aille, il l'accompagnait.

Elle posa le téléphone mais le murmure de sa voix résonna contre la marche. Elle perdit la notion du temps.

« Je vais bien », dit-elle, pour voir si ça sonnait vrai.

Elle ramassa le téléphone et répéta qu'elle allait bien. Il avait vu juste, elle avait songé à accepter de le laisser venir ; sans son dernier aveu, qu'il était allé voir la fille, elle l'aurait laissé venir. Ce serait si simple de lui dire, mais cruel aussi, et insincère.

« Je ne t'aurais pas laissé venir de toute façon.

– Comment peux-tu prendre cette décision sans me voir ? »

Comment le téléphone pouvait-il être aussi chaud. Elle changea de main et essuya sa paume sur l'escalier.

« Parce que tu viendrais, et tu serais tout sucre tout miel, et ce ne serait pas vrai, voilà pourquoi.

– Tu as peur d'aimer ça.

– Manifestement. Oui, manifestement.

– La peur n'est jamais une bonne raison.

– Nous avons peur des choses qui nous blessent. Qui nous blessent à répétition. »

Il y eut un silence, et quand il reprit la parole, elle eut du mal à croire que c'était le même… enfin.

« Tu n'as pas le droit de faire ça, tu sais. Officiellement, tu n'as pas le droit de m'empêcher de voir mes enfants.

– Quoi, tu veux dire légalement ?

– C'est toi qui emploies ce mot.

– Waouh. Impressionnant, merci. C'est chic.

– Simple remarque.

– Je raccroche. »

Cette nuit-là, Jack ne put se souvenir que de bribes de leur conversation. Il se souvenait du manque surtout : tant de choses lui manquaient. Il aurait voulu remonter le temps de quelques heures, une heure ou deux avant cet appel, ou un an, ou plusieurs années, remonter au moment où il avait commencé à perdre pied. Il aurait voulu être chez lui. Il y a dix ans. Pour être encore jeune.

Il avait besoin d'un verre, aussi, et pour ça il lui fallait un pied-de-biche. Comment ouvrir le placard de Charles sinon ?

Il devait être deux ou trois heures quand il se glissa dans le bureau. Il s'agenouilla devant le placard, tira sur les poignées, glissa son petit doigt dans la serrure et remua la pointe en fer, à l'intérieur.

Il trouva un coupe-papier dans le pot à crayons. Il passait tout juste dans la fente, autour de la porte. Il donna un coup sur le pêne du verrou, par en haut, par en bas, puis essaya de s'en servir de levier. Il se cassa en deux.

La lampe tomba par terre alors qu'il faisait pivoter le meuble. Il agita les bras comme un chef d'orchestre : *silenzio !* les mains écartées pour empêcher le son de se propager.

L'arrière du placard n'était pas en fibre de bois mince mais en acajou sombre, d'un seul tenant. Jack se baissa pour tâter le fond, et c'est là, agenouillé, le bras passé sous le meuble – comme on glisse la main sous un abat-jour ou sous une jupe –, dans cette position inconfortable, qu'il prit conscience d'une présence.

Charles, bien sûr, et il était effectivement plus de 2 heures, plus de 3 heures, pire, plus de 4 heures, il était 5 heures passées, 5 heures 15, et son beau-père était descendu pour aider Phyllis à préparer le café.

Le clic-clic-clic de la cuisinière à gaz arriva de la cuisine, de même que le chantonnement de sa mère, la-da-da. Il entendit Charles également, qui n'eut pas besoin de parler. Une heure plus tard, le soleil était levé et Jack aussi – tout juste – pour assister au service du matin, sur les planches rêches de son banc d'église.

Enseigne le droit chemin à un enfant, et une fois adulte, il ne s'en écartera pas.

Jack devait partir, immédiatement après ça.

Deb passa le jour de son anniversaire comme elle l'avait désiré : à traîner dans son long tee-shirt bleu foncé et à souffler sur la poussière des vieux disques avec Gary. Elle ne reçut pas de cadeaux, mais Kay consacra vingt minutes à lui confectionner une carte à l'aide d'un surligneur et d'une feuille de papier pliée en quatre, et quand Simon rentra de la boutique de sandwichs, il lui offrit le reste de sa glace.

Le ferry avait repris ses navettes du week-end. Ils prirent celle de 18 heures 15 pour aller dîner. La traversée dans un petit bateau qui tanguait beaucoup s'avéra plutôt amusante. Les vaguelettes salées venaient chatouiller leurs bras, leurs cous et leurs visages, comme si le détroit était de la fête.

Et Newport ! C'était donc là que tout le monde se cachait. La place devant laquelle le ferry les déposa était peuplée de vacanciers en polo et short blanc, débarqués de yachts aux noms étranges – *Diablo del Mar* ou *Frais de Scolarité* –, assis aux terrasses de restaurants aux noms tout aussi fantaisistes – La Perle noire, Le Perroquet rouge, Le Crabe qui aboie –, saluant d'autres gens par-dessus leurs verres de vin pétillant, leurs homards et leurs soupes aux palourdes. Deb sentit la bonne humeur des enfants revenir – Dis, on ne pourrait pas rester ici, près des *magasins*, et des inconnus, ne t'inquiète pas, personne n'essaiera de nous kidnapper ?

Ils dînèrent dans un restaurant italien au bord de l'eau, alors que le dernier halo rouge du soleil disparaissait dans le détroit et que tout le monde s'intéressait trop à la nourriture, les fleurs de courgettes, et les *orecchiette* que Kay s'amusait à retourner dans un sens et dans l'autre, il ne resta bientôt plus que de l'huile d'olive et des branches de romarin dans leurs assiettes. Les enfants se mirent alors à écouter les adultes, qui parlaient un peu d'art, un peu du passé, puis cessèrent de les écouter.

Gary prit la bouteille de vin et fit basculer le goulot vers Simon.

« Tu en veux un peu ?

– Non merci. »

Simon continua d'écrire son texto. Il était habitué à ce que les amis de ses parents lui versent des doigts de champagne lors de soirées, comme s'ils lui accordaient une immense faveur qui méritait sa reconnaissance.

« À qui écris-tu ? questionna sa mère, lui adressant un clin d'œil.

– Euh. Il fit glisser son pouce sur l'écran. À personne.

– Tu envoies un texto à *personne* ?

– C'est comme Ulysse », dit Gary, avançant sa chaise.

Kay rit. Son frère la menaça de son téléphone.

« La ferme, toi, tu ne sais même pas qui c'est. »

Un rectangle de tiramisu apparut et le personnel entonna un « Joyeux Anniversaire » peu enthousiaste. Deb inspira mais la brise marine se chargea de souffler sa bougie.

Ce soir-là, Teagan lui avait dit qu'elle laisserait la porte ouverte. Elle n'avait pas oublié la porte, mais elle n'avait pas pensé au rideau de perles auquel Simon se heurta, provoquant des milliers de cliquetis qu'il étouffa tant bien que mal en saisissant ce qu'il pouvait d'une main. Il l'immobilisa, s'apprêtant à entendre des jambes adultes basculer d'un lit.

Il faisait plus sombre à l'intérieur, sans la lune pour guide ; il attendit que ses yeux s'habituent à la pénombre pour relâcher les perles, délicatement, et monter la rejoindre. Il passa au ralenti devant le salon, où la mère de Teagan dormait, telle une grosse masse molle devant la vieille télé muette. Son ronflement ressemblait au sifflement des petites bouffées de vapeur d'une bouilloire.

Il tendit la main vers la rambarde de l'escalier et se ravisa aussitôt : elle l'avait prévenu que le poteau était descellé. C'était la première fois qu'il montait cet escalier. Arrivé au palier, anxieux, il se répéta : Ne trébuche pas, et avança vers la porte marquée du nom de Teagan en lettres de bois rondes peintes en rose.

Elle s'ouvrit devant lui avant même qu'il l'atteigne. Elle devait l'avoir entendu, de l'autre côté de la porte. Elle n'avait eu qu'à reculer pour le laisser entrer. Teagan portait une fine chemise de nuit blanche avec des rubans de satin autour du cou. Le bas, épais et amidonné, partait en corolle autour de ses jambes. La regardant repousser la porte, il se demanda s'il avait fermé celle d'en bas.

Traverser la maison avait été un jeu d'enfant, mais rien n'était encore gagné.

Elle s'assit au bout du lit et il l'imita. C'était un de ces lits élevés avec des piliers aux angles. Leurs pieds ne touchaient pas le sol. La chambre, ce qu'il pouvait en voir dans la semi-obscurité, présentait les mêmes froufrous que la chemise de nuit. Des boutons de rose s'épanouissaient sur les murs et sur le triangle d'édredon qui apparaissait entre ses jambes. Il y avait quelque chose de vieillot dans la pâleur des roses, et dans le blanc écaillé du bois et de l'osier, une chambre féminine mais datée. Simon se souvint qu'elle appartenait à sa grand-mère. Au-dessus de la commode, les tournesols de Van Gogh se recroquevillaient dans un cadre sans verre.

Teagan rebondit un peu sur le matelas et pouffa.

« Et voilà.

– Et voilà.

– Ouais. »

Quand Simon s'était glissé hors de la maison, Kay était prête à entrer en action. Elle n'arrivait pas à croire qu'il ait osé faire ça, et il ne lui était pas venu à l'idée qu'en s'élançant à sa suite (comme dans un film, pour la deuxième fois) elle osait faire la même chose que lui. Tel un agent secret, elle avait traversé la cuisine en catimini pour aller cueillir le téléphone de sa mère sur son chargeur. Au cas où il la sèmerait.

Simon dépassait clairement, *clairement* les bornes, même s'il n'en avait pas l'air à voir son pas décidé. En le regardant traverser la pelouse de Teagan, elle s'était rendu compte qu'il avait grandi, un peu. Un petit quelque chose dans sa démarche.

Quand il avait disparu à l'intérieur – elle n'avait vu personne lui ouvrir –, Kay avait ressenti une certaine déception. Elle regrettait presque qu'il ne l'ait pas surprise, quand elle lui avait couru après, un peu plus tôt. *Je ne te suis pas*, s'était-elle préparée à lui répondre, même si c'était ce qu'elle faisait. Et, *On est dans un pays libre, non ?* Encore une réplique pour rien.

Elle marcha jusqu'à la terrasse et s'assit sur sa marche la plus basse. La maison ressemblait à un bateau pirate délavé par le fond des océans. Tout semblait vivant ici, les planches, les petits tapis, la balustrade, tout ce qu'elle touchait laissait une trace sur ses doigts.

Simon et Kay avaient tous deux pris grand soin de ne pas faire de bruit en passant devant la porte de leur mère, une précaution de contrebandier inutile puisque Deb n'était pas dans sa chambre. Elle était assise au bord du lit de Gary, dans son tee-shirt long. Ils écoutaient Debussy sur un tourne-disque.

« Je te parie que je me souviens encore des pas. »

Elle se leva et clopina sur une jambe, poings sur les hanches. Elle avait bu plusieurs verres au dîner, et Gary davantage encore.

« Si tu te voyais.

– Non, attends, je... » Elle changea de jambe d'appui en riant. « Attends, c'est comme ça... »

La main de Simon trouva celle de Teagan sur le couvre-lit. Il embrassa sa bouche, puis la peau tout autour, ses joues, son cou. Il respira dans son oreille, par accident ; elle poussa un petit gémissement si joyeux qu'il y retourna, encore et encore.

Dans l'obscurité immobile de la terrasse, Kay faisait courir son doigt sur les touches du téléphone de sa mère. Elle observa son visage sérieux avec l'appareil photo, éclairant et obscurcissant l'écran, regarda l'heure changer, écouta sa respiration. Elle se demanda s'il était plus tôt ou plus tard au Texas, s'il y avait un grand décalage horaire.

« Jack Portable » dans les contacts de sa mère. Elle tomba sur sa messagerie mais ne laissa pas de message. Il y avait une limace sur la marche, à côté d'elle. Mais aucune libellule en vue.

Dans la chambre de Gary, Deb dansait. Ils avaient arrêté de rire. Elle retenait ses mouvements pour les adapter à l'espace, se concentrant sur le sol pour mieux suivre la musique, les cheveux sur le visage. La fille de *L'Après-midi d'un faune*, un rôle qu'elle avait toujours convoité.

« Hé, dit-il en attrapant son bras. Joyeux putain d'anniversaire.

– Merci. » Elle inclina la tête. « Je suis officiellement vieille. »

Il se leva et noua ses doigts aux siens comme pour sceller un pacte.

La main de Teagan : chaude sur sa cuisse, remontant vers la braguette de son jean.

La main de Simon : assez brave pour glisser dans son col et envelopper le renflement de chair, juste au-dessous.

Kay avait déjà rebroussé chemin, mais son père avait raison : il faisait nuit plus tôt qu'à New York, ici. Elle ferma les yeux et se demanda dans combien de temps Simon allait ressortir, s'il allait passer la nuit ici, et ce qu'il faisait là-dedans.

L'air de la nuit caressa ses joues. Un bruit s'éleva dans son dos, elle ne s'était pas aperçue que la porte était ouverte. Grande ouverte, des perles s'entrechoquaient dans la brise.

« Ça fait quoi ? demanda Gary.

– D'être vieille ?

– D'être désirée.

– Oh, ça. »

Elle rit et pivota vers le miroir, jouant toujours avec ses cheveux.

Teagan dessinait des cercles et des huit sur sa braguette, ça n'avait pas beaucoup de sens mais c'était bon, de ne pas savoir où sa main irait ensuite. Quand les doigts de Simon trouvèrent son téton, elle lui répondit par une longue caresse appuyée qui lui fit oublier tout le reste. La main sous sa chemise de nuit, il oublia ce qu'il faisait mais elle pas. Il n'arrivait pas à croire que ça lui arrivait, avec quelqu'un en vrai. Il remarqua qu'elle attendait qu'il l'embrasse, alors il colla sa bouche à la sienne pour lui offrir un baiser profond, dur, vif. Et tout fut dit, ç'aurait pu s'arrêter là. S'il pouvait aimer, alors il aimait Teagan.

Kay se glissa de l'autre côté du rideau de perles. Sur la pointe des pieds, avec une agilité étonnante. Oubliant de respirer. Simon était là, quelque part, à faire des choses qui nécessitaient le noir et la plus grande discrétion.

Dans le salon, la lumière de la télé. Des couvertures et des oreillers dessinaient un corps. Elle se retrouva dans l'escalier sans savoir comment elle était arrivée là.

« Retourne-toi.

– Retourne-moi. »

Il posa ses pouces au creux de ses omoplates.

« Deb, tu es la plus gentille, la plus belle, la plus... gentille...

– Oh, tu es saoul. »

Elle leva les bras comme pour s'envoler au loin.

Teagan glissa deux doigts dans les passants de son jean et s'allongea, l'attirant à elle. Il grimpa sur elle, maladroit, essayant de se stabiliser sur ses coudes. Elle glissa une jambe entre les siennes et s'enroula autour de lui, l'emprisonnant de ses cuisses, plus fortes qu'il ne s'y attendait.

Une fois encore, il aurait aimé être plus conscient de tout ce qui se passait, mais avait peur de s'écarter, de commettre le moindre impair. Il remonta sa chemise de nuit, elle enlevait sa culotte, il savait que plus il laisserait passer le temps, plus il risquerait de réfléchir à ce qu'il faisait. Et il en avait marre de réfléchir à chaque chose. Plus vite que la pensée, c'est ainsi qu'il remua en elle.

Elle cria si fort qu'il faillit s'arrêter, mais elle hochait la tête en criant. Elle passa une main dans son dos et le serra contre elle. Sa bouche s'entrouvrit et il distingua le trou de son piercing. Il se concentra sur l'ombre de ce trou, sur le trou dans le trou, et essaya de réfléchir à la sensation exacte, content qu'elle ait les yeux fermés.

Kay était figée en haut de l'escalier.

Au bout du couloir, quelque chose de dur gratta le mur, une fois, deux fois, en vain.

Soudain elle se sentit au bord des larmes, qu'est-ce qui n'allait pas avec tout le monde, et qu'est-ce qui n'allait pas chez elle, qu'est-ce qu'elle faisait ici toute seule ?

Elle ne pouvait pas savoir ce qui n'allait pas, elle n'en savait pas assez pour comprendre, que cela faisait un moment – et davantage encore à cet instant – qu'elle ressentait…

Un sanglot aigu s'éleva, bref, résolument celui d'une personne.

Elle pivota, trébucha sur son propre pied et atterrit sur les genoux au milieu de l'escalier. Les larmes aux yeux, sous le choc de sa chute, incapable de percevoir en temps réel ce qu'elle faisait, elle se releva, dévala le reste des marches, traversa l'onde de perles, et courut à la maison.

Après coup, la chose dont il eut le plus envie, c'était de s'écrouler sur elle. Mais elle avait la tête tournée sur le côté et elle ne disait rien, alors il se leva, et se décolla de son corps qui semblait vouloir le garder contre elle et céda avec un petit bruit de Post-it qu'on arrache.

Il ramassa son jean, par terre.

« Tu n'as pas entendu un bruit, il y a un instant ? J'ai cru entendre des pas.

– C'est juste la maison », dit-elle en redescendant sa chemise de nuit sur ses cuisses.

Il lui tendit sa culotte et fut surpris qu'elle la remette aussitôt, l'ayant sentie poisseuse à l'endroit où il l'avait touchée.

Teagan croisa son regard pour la première fois quand ils se retrouvèrent dans la cuisine. Elle lui tendit une pêche du panier à fruits et attendit qu'il morde dedans. Alors que le jus coulait sur son poignet, il se prit à espérer qu'elle ne le détestait pas déjà. Aucun muscle n'apparaissait sur ses jambes. Sur la pointe des pieds, ils gagnèrent la porte d'entrée, qui était restée ouverte tout ce temps, et elle l'embrassa délicatement pour lui souhaiter bonne nuit.

Sur le chemin du retour, il sut qu'il était heureux, parce que ses jambes, aussi molles que des nouilles l'instant d'avant, ne demandaient plus qu'à courir.

Le disque s'était arrêté.

Deb regardait Gary, puis elle regarda derrière lui, par-dessus son épaule, par l'ouverture de la porte. Elle aperçut deux yeux brillants, un visage. Une fille, une réplique de sa fille, parce qu'elle avait déjà mis la sienne au lit, éteint la lumière. Celle-ci semblait ne pas avoir de corps.

« Chérie ? »

Le visage s'enfonça dans l'obscurité du couloir.

« Viens ici, chérie. Pourquoi tu ne dors pas ? »

La porte s'ouvrit et Kay apparut, au bord des larmes elle était toute trempée. Sueur sous les bras, sang sur son genou égratigné.

« Que t'est-il arrivé ? Tu es sortie ? »

Elle avait ses chaussures.

Deb la fit asseoir dans un fauteuil et gratta la terre de son genou, fouillant mentalement le placard de la salle de bains à la recherche de désinfectant.

« Tu as mal autre part ?

– Non. » Kay se pencha sur son genou en sang. « Ne touche pas. »

Elle était tombée à deux reprises sur le chemin du retour.

« Je veux que tu me racontes ce qui est arrivé, ma puce. » Elle toucha le poignet de Kay, ses épaules, comme pour palper une fracture éventuelle. « Où étais-tu ?

– Non ! »

Kay secoua les poings pour se libérer de l'emprise de sa mère.

« Chérie, dit Gary, s'agenouillant devant elle et attrapant son poignet. Il faut vraiment que tu nous dises d'où tu viens.

– Arrêtez de me hurler dessus !

– Je ne te hurle pas dessus ! » cria Deb. Puis plus calmement : « On ne te hurle pas dessus, ma chérie. D'accord ? Ce n'est pas hurler ça. Gary, va chercher Simon, s'il te plaît.

– Il n'est pas ici.

– Où est-il ? Kay ? »

Sa mère la porta jusqu'à là-bas. À pied, c'était le seul chemin dont Kay se rappelait ; Gary prit sa voiture et roula lentement derrière elles, roues crissant sur le gravier.

Cela faisait des lustres que Kay n'avait pas été portée. Elle regardait dans la direction opposée, les bras autour du cou de sa mère. La route ondulait et se brouillait devant ses yeux, les feux de la voiture de Gary illuminaient ses cils et le bas de la chevelure de sa mère. À chaque coin de rue, Deb demandait, « Tout droit ? » Kay hochait la tête sur son épaule ou se retournait pour vérifier. « Par là. »

Ils remontaient une rue quand Deb aperçut son fils, très petit, qui avançait dans leur direction. Il semblait trottiner. Tout guilleret.

« Quelle maison ? » hurla-t-elle quand elle fut à une dizaine de mètres de lui.

Il s'arrêta net, puis se mit à courir vers elles.

« Bon sang, qu'est-ce que vous foutez ici ?

– Pose aucune question. Quelle maison ? »

Kay tourna la tête.

« Il est là, on l'a trouvé, on peut rentrer maintenant.

– Quelle maison, Simon ?

– Tu as dit qu'on allait juste le chercher ! hurla Kay.

– Je veux parler à la mère de cette fille.

– Mais tu avais dit !

– Silence, Katherine.

– Putain, mais qu'est-ce qui se passe ? dit Simon.

– Parfait, n'aide pas. Comme lui. »

Deb repartit au pas de charge, étonnement rapide malgré le poids de sa fille.

« Comme qui ? » Simon courait après elles, comme un chiot. « Comme papa ?

– Pose-moi, pria Kay.

– C'est celle-là ? »

Deb s'était arrêtée devant la mauvaise maison. Simon et Kay hésitèrent. Ça ne ferait qu'aggraver les choses. Deb le devinerait à leur expression et passerait à la suivante : la bonne.

« Tiens, Simon, prends-la.

– C'est dingue, maman.

– Je ne veux pas !

– Elle s'est blessée à la jambe. Prends-la. »

Simon obéit, maladroit, et Kay passa des bras de sa mère à ceux de son frère, tel un orang-outang. Deb tira son tee-shirt sur son short, seul vêtement à portée de main quand elle s'était habillée, folle de rage. Gary éteignit le moteur de la voiture. Elle monta les marches de la terrasse sombre et silencieuse.

« Qu'est-ce que tu as encore fait », souffla Simon dans l'oreille de sa sœur, menaçant.

Ils desserrèrent tous deux leur étreinte, lui ses bras, elle ses jambes, et Kay glissa sur le trottoir sans que Simon tente de la retenir. Elle fonça tête la première, et s'écroula sur un trottoir, à deux maisons de là.

Teagan ouvrit la porte.

« Ma mère dort, répondit-elle à Deb quand elle demanda à voir ses parents.

– Va la réveiller s'il te plaît. »

Simon l'aperçut juste avant qu'elle ne disparaisse dans la maison.

« Maman… »

Ils attendirent.

La femme que Teagan ramena avec elle n'était pas tout à fait réveillée mais portait un jean coupé qui soulignait la chair flasque autour de ses genoux.

« Bonsoir, madame…

– Dignam. Deirdre, se présenta-t-elle d'une voix fatiguée. Qu'y a-t-il ? Quel est le problème ? »

Elle était mince de partout sauf du ventre. Un bourrelet dépassait de son haut à fleurs et à volants.

« Le *problème* est que j'ai une enfant de onze ans, là, qui est rentrée à la maison au milieu de la nuit – hystérique et en sang – et qui venait d'ici. »

La mère de Teagan sortit dans la lumière de l'entrée, ses cheveux blonds fins étaient plaqués contre son petit crâne.

« Je ne comprends pas, vous pouvez répéter ?

– Regardez-la ! »

Deb envoya un bras derrière elle, sans savoir qu'il n'y avait que Simon à cet endroit, pétrifié sur ses deux jambes raides comme des colonnes.

« Euh… et la raison pour laquelle elle était ici, c'est qu'elle suivait mon fils.

– Et qu'est-ce qu'ils pouvaient bien faire chez moi ? Je n'ai jamais vu vos enfants.

– Euh, non, je sais, c'est juste… » Deb regarda vers la voiture, la main sur le visage. « Excusez-moi mais mon fils et votre fille sortent ensemble, vous n'étiez pas au courant j'imagine.

– Sortent ensemble ?

– Oui, ce n'est pas clair ? Et ils étaient ensemble ce soir, je suppose qu'ils s'étaient mis d'accord pour se retrouver ici en secret.

– Attendez une minute, hurlait-elle maintenant, que je sois sûre de bien comprendre. Vous n'êtes pas foutue de surveiller vos enfants et c'est *mon* problème ?

– Je ne cherche pas à blâmer qui que ce soit, vous m'avez mal comprise.

– Vos petits morveux pervers se glissent dans ma maison et c'est ma *faute* ?

– Nous ne savions pas qu'elle était là, dit Teagan, se serrant les côtes des deux bras, comme si elle craignait Deb, ou la nuit.

– Quant à toi ! hurla sa mère, faisant volte-face. Tu penses pouvoir faire comme bon te semble ? » Elle posa la main sur la poitrine de sa fille, la repoussant, menaçante. « C'est ce que tu crois, hein ?

– Attendez, intervint Deb. Tout ce que je dis, c'est que nous devrions toutes deux surveiller un peu mieux nos enfants.

– Tu as fait monter ce garçon dans ta chambre ? » L'élastique de sa chemise remonta encore autour de sa taille. « Après tout ce que tu m'as fait supporter la dernière fois, tu n'as pas retenu la leçon ? »

La portière de la voiture s'ouvrit à la volée.

« Tu as besoin d'aide, Deb ? lança Gary.

La mère de Teagan posa la main sur le mur de la maison, comme pour se retenir, ou la retenir. L'espace d'un instant, tout le monde se tut, et le silence fut bientôt comblé par d'autres bruits.

L'étage de la maison voisine s'éclaira, et Simon distingua deux silhouettes derrière la fenêtre. Le voisin d'en face aussi était sorti pour voir ce qui se passait. De part et d'autre de la rue, des gens apparaissaient comme de nouvelles étoiles dans la nuit. Tous ces yeux, et personne encore n'avait remarqué que la fillette de onze ans qui était assise sur le trottoir avait disparu depuis un bon moment.

Qui pouvait-elle appeler à cette heure ? Leur grand-mère, Ruth, qui aurait sauté dans le prochain train ; seulement Deb devait cesser de se tourner vers sa mère, elle était trop vieille pour ça, maintenant – elle avait droit à des places de cinéma senior, maintenant –, il fallait éviter de l'inquiéter. Il y avait bien Gary, mais il n'était pas assez proche, il aurait fallu lui en expliquer beaucoup trop.

Personne n'était pas une option. Il *fallait* que Deb demande de l'aide.

Dieu merci, il ne posa presque pas de questions au téléphone. Si leur histoire ensemble était le problème, c'est aussi ce qui simplifia les choses, il savait quand il devait la fermer.

Deb l'appela tard, ou tôt. Son téléphone sonna alors qu'il récupérait son bagage à La Guardia, à presque 2 heures du matin, raide entre les colonnes bleues de Delta Airlines. Les cornes de longhorn venaient de faire leur entrée triomphale sur le carrousel à bagages. Enveloppées dans une telle quantité de papier bulle qu'on aurait pu les prendre pour un corps ou un canoë. Elles ne parvinrent pas à passer le premier virage et entravèrent la procession des JanSport gonflés à bloc et des élégantes

Samsonite noires. Il était content de les voir. Il avait pris un vol du soir à Houston, puis une correspondance à Atlanta. On les avait retenus à la porte d'embarquement quatre-vingts minutes de plus à cause de la pluie. Il s'était acheté une pomme à deux dollars. Il était fatigué.

L'écran de son téléphone indiquait Simon Portable. Il répondit :

« Fiston ?

– Hein ? C'est moi. Jack ?

– Ton téléphone est cassé ?

– Je ne le trouve pas.

– Il faut le faire mettre hors service, alors.

– Non… écoute, il est arrivé quelque chose. C'est Kay. On n'arrive pas à la trouver.

– Quoi ? Tu as appelé la police ?

– Oui, ils ont envoyé quelqu'un mais il met si longtemps à arriver, et je ne peux pas, je ne sais pas quoi… Je suis sortie avec une lampe de poche mais.

– D'accord, d'accord. J'arrive. »

Au Rent-A-Car, heureusement désert, il choisit un minivan assez spacieux pour contenir les cornes qu'il glissa par le coffre jusqu'au levier de vitesse. Il pleuvait ici aussi. La chaussée brillait devant lui et les feux de signalisation dessinaient des halos sanguins sur la chaussée. Il appelait Deb à intervalles réguliers. Il n'arrêtait pas de tapoter le volant de ses paumes. Incapable de se calmer.

Il était impatient de retrouver sa famille, avait le sentiment de l'avoir déjà retrouvée. Son bonheur entrait en conflit avec le motif de sa convocation. Il espérait un appel, mais pas celui-là. Son euphorie à l'idée qu'elle avait besoin de lui grossissait dans sa gorge, l'obligeant à déglutir. Difficile de ne pas s'étrangler, il était primordial qu'il ne s'étrangle pas. On n'attendait pas de lui qu'il se mette à chialer.

Kay. Il avait besoin de croire qu'elle allait bien, que, d'une certaine manière, elle avait fait ça pour lui. Elle était son meilleur allié : trop jeune et trop silencieuse pour contrebalancer le vote familial, une voix trop faible pour être entendue. Mais elle avait trouvé un moyen de peser, en disparaissant, comme par magie.

Trois heures du matin et tout le monde se marchait sur les pieds, à la maison. Une voiture de police était garée devant le jardin depuis quelques heures, blanche, avec POLICE en grosses lettres penchées sur ses portières identique aux petites voitures de Simon, celles sur lesquelles Deb posait toujours le pied quand elle était en chaussettes. L'agent qui était descendu du côté conducteur avait posé trop peu de questions, passé trop de temps à ajuster sa ceinture. Un corps de gros bébé, on voyait qu'il avait eu du mal à trouver un endroit confortable pour attacher son attirail.

« Je ne comprends pas, que faites-vous pour la retrouver ? disait Deb.

– Je suis certain qu'ils font tout ce qu'ils peuvent », tempéra Gary entre deux grondements de moulin à café.

Dégoulinant de politesse.

« On est sur le pont. »

L'agent lui présenta ses paumes sans aucune raison apparente.

« Qu'est-ce que ça veut *dire* ? » cria Deb par-dessus le moulin à café.

Sa radio gargouillait, bipait, et au milieu de la friture une voix crachotait des codes 10. Il répondait parfois 10-4[1], alors que rien n'était 10-4.

1. Code signifiant « message reçu ».

Il était six heures quand Jack arriva à Jamestown. L'aube naissait. Un liseré se dessinait autour des arbres, révélant chaque feuille. Il s'arrêta pour laisser passer la première joggeuse du matin, une femme avec de longues boucles d'oreilles et un short en nylon bleu canard. Il passa devant la vieille bibliothèque. FAIRE SON CV, CE SOIR 7 H. Jack connaissait ces rues sur le bout des doigts, même si ces doigts, à mesure qu'il vieillissait, commençaient à lui réserver des surprises.

Plus tard, il dirait avoir eu une intuition, rien de plus. Il se sentait proche de sa fille, avait le sentiment de comprendre sa manière de réfléchir, même si c'était son fils qui lui ressemblait le plus. Peut-être était-ce pour cela que ç'avait toujours été plus dur pour Simon, parce que Jack ne pouvait pas plus prédire les actes de son fils que les siens.

Donc, obéissant à une intuition, il s'arrêta au niveau des bassins. S'il s'était trompé, il aurait sans doute oublié l'épisode.

Elle était là, les genoux relevés, la tête contre le bassin terreux, endormie comme ces gamins qui campent dehors pour s'acheter un billet à une avant-première de cinéma. Le téléphone de Deb par terre, à côté d'elle. Elle avait retiré la batterie.

« Mon ange ? » dit-il, comme l'aurait fait sa femme.

Il lui donnait toutes sortes de petits noms.

Elle ouvrit les yeux, comme si elle n'avait fait que semblant de dormir, puis les cligna, sans comprendre, le visage strié de traînées salées.

Il ramassa le téléphone et la batterie et les glissa dans sa poche.

« Viens », dit-il, la soulevant du sol.

Il la porta à la voiture. Il ne se rappelait plus la dernière fois qu'il l'avait portée.

« On rentre à la maison », dit-elle, d'une voix saoule ou juste jeune, et il comprit qu'elle oublierait tout ça et que lui n'oublierait jamais.

« Je vous assure, madame Shanley, disait l'agent. J'ai tous mes gars dehors, lancés à sa recherche.

– Il fait jour, dit Deb, remettant son sac sur son épaule. Je ne vais pas rester *assise* ici. »

Gary, le filtre usagé dans une main, récupérant les gouttes de café au creux de l'autre, lui donna un petit coup de coude dans le bras.

« La police sait ce qu'elle fait. Il faut que tu sois là quand elle rentrera. Essaie de te calmer.

– Garde ton calme toi-même, Gary. Je ne retrouve pas ma fille. »

Simon était à table, les joues dans ses mains.

« Elle voulait sans doute juste être un peu seule.

– Elle n'a pas besoin d'être seule. On n'est pas seule à onze ans. »

Une portière de voiture claqua. Derrière la fenêtre, un minivan vert foncé garé en double file à côté de la voiture de police, bloquant la circulation inexistante. Entre les deux voitures, un homme, de dos, mais sa famille l'aurait reconnu entre mille. Penché sur le siège passager, pour prendre quelque chose. Jack se retourna et la chose était Kay, toute molle dans ses bras.

« Elle va bien », dit-il à Deb, qui arrivait en courant.

Il posa délicatement leur fille sur l'herbe, vérifiant que ses genoux tenaient bon.

« Elle est juste fatiguée. »

Deb se baissa et soutint Kay, flageolante.

« Où *étais*-tu ? »

Les autres arrivèrent derrière elle, Simon bras croisés, Gary avec son café.

« On connaît cet homme ? questionna l'agent.

– Je suis le père, dit Jack. Bonjour. Salut, Gary.

– Jack, acquiesça Gary.

– Bon, dans ce cas, je dois envoyer un message radio, reprit l'agent. Et puis, il faudra remplir quelques papiers.

– Je m'en occupe. Je suis le père. » Jack écarta des mèches collées sur son front. « J'ai trouvé ton téléphone aussi, Deb. »

Il sourit, tâtant la mauvaise poche. Il était distrait par toutes ces paires d'yeux, après avoir été seul si longtemps. La vieille maison était accueillante avec ses chaises dans tous les sens et l'eau qui coulait sur des verres, dans l'évier. Des empreintes de sa famille partout.

Ils avaient besoin de s'allonger. Simon et Kay dans leur chambre, Jack à côté de Deb, elle s'en fichait. Le sommeil les assommait, ils n'arrivaient plus à réfléchir.

Deb se réveilla dans un lit à moitié vide. À presque 10 heures. Elle avança dans le couloir, encore ensuquée. Des voix d'hommes dans l'escalier.

Ils étaient debout dans la cuisine, Jack et Gary. Ils riaient.

« Tu es réveillée ! lança Jack, un verre à la main – son thé glacé.

– J'écoutais les aventures de ton mari à Houston, dit Gary. On n'a pas fait trop de bruit ?

– Non, il fallait me réveiller. »

Elle marcha jusqu'à une chaise et se retint à son dossier.

« Tu en avais besoin », dit Jack, un brin trop chevaleresque.

Il fit tourner son verre dans un tintement de glaçons.

« Je vais bien. »

Elle regarda Gary, puis la bandoulière qui barrait sa poitrine telle une ceinture de sécurité.

« Oh, ouais. » Il pivota un peu, pour exhiber le gros sac qui pendait de son côté. « Je décolle.

– Tu n'es pas obligé. » Elle lança un regard à Jack, qui haussa les épaules, tout sourires. « Il n'y a pas de raison, j'entends.

– J'allais monter te dire au revoir », reprit Gary, même si son sac démentait ses propos.

Il fit allusion à un vague boulot, le devoir qui l'appelait, leur demanda d'embrasser les enfants.

D'un bras, il la serra contre lui.

Jack ouvrit la porte.

Deb se retint à la chaise, la chaise la retint, alors qu'ils marchaient ensemble jusqu'à la voiture, son mari et son ami.

Aussi familière qu'était la voix, Kay fut prise de court. Elle roula sur son lit pour voir le corps auquel elle appartenait. Le poids de son père creusait un coin de son lit, sa présence étrange occultait la lumière, l'endroit par où elle entrait, avec l'air.

« Salut, fillette.

– Salut, croassa-t-elle, les cordes vocales rouillées. Quelle heure il est ?

– Tu as dormi, dit Deb, assise sur l'autre lit avec Simon. Je suis contente que tu aies pu récupérer. »

Jack posa des petites questions auxquelles elle apporta des petites réponses avec l'aide de sa mère : sur le chat qu'ils avaient trouvé, la partie de pêche. Tout paraissait si plaisant, comme la vie d'un autre.

« Ne fais pas comme si tu t'intéressais à tous ces trucs stupides. »

Les premières paroles de Simon.

« Ça m'intéresse, dit Jack, se penchant sur Kay. Chérie ? Raconte-moi tout ce que tu as fait.

– Pourquoi tu ne lui demandes pas pour quelle raison elle m'a suivi ? » Simon se leva. « Hein ? C'est quoi ton problème ? »

Kay cligna des yeux une fois, puis plusieurs fois de suite en frissonnant, comme pour se protéger d'une agression extérieure. Ou préserver une chose qu'elle avait en elle.

« C'est reparti, dit-il, alors que les larmes se remettaient à couler.

– Stop, Simon, dit leur mère en le tirant par le bras. Rien de tout ça ne serait arrivé si tu n'étais pas sorti en cachette.

– Rien de tout ça ne serait arrivé si vous vous étiez mêlés de vos affaires, toutes les deux. Sérieusement, c'est quoi votre problème ?

– Simon ! » cria Jack.

Mais Deb avait déjà bondi sur ses pieds.

« Sérieusement, mon *problème*, c'est que tu es mon fils et que c'est moi qui te dis où aller. »

Simon leva les bras en l'air.

« Tu es vraiment obsédée. Tu sais que je ne suis pas lui, non ? Que je ne suis pas papa ? Que je ne fais rien de mal.

– Simon ! » tenta à nouveau Jack.

Deb regarda son fils, son mari, son fils. Puis s'assit, comme si quelque chose cédait en elle.

« Fais ce que tu veux. On rentre à la maison demain. » Elle croisa les jambes. « Et fais-moi plaisir, mets une foutue capote. »

Simon la dévisagea, durement. C'était la chose la plus adulte qu'elle lui ait jamais dite, sans doute la plus cinglante aussi. Elle se serait excusée si elle en avait eu le temps. Mais il avait déjà passé la porte.

Il y avait encore quelques poteries sur la pelouse, mais le panneau (PRENEZ TOUT !) avait été emporté ou jeté. Simon traversa la pelouse desséchée au pas de charge, et foula les tapis usés de la terrasse pour faire le tour de la maison. Le hamac était vide. Son pied heurta une bouteille de bière qui roula et en heurta une deuxième. Il y en avait plusieurs, alignées là, ambrées et vides.

La chambre de Teagan semblait avoir changé depuis sa dernière visite, elle respirait la maladie. Presque midi, et elle était toujours au lit, montagne de draps à fleurs respirant tout doucement.

« Salut ? » dit-il, comme s'il répondait au téléphone. Elle remua dans son semi-cocon. Des mouchoirs en papier dégringolèrent par terre et s'écrasèrent telles des grues en origami.

« C'est moi. Simon. »

Une masse de cheveux blonds emmêlés émergea. N'importe qui aurait deviné qu'elle avait pleuré. Une version boursouflée de son visage.

« Elle ne m'a pas vu entrer », la rassura-t-il.

Teagan l'attira contre elle, sur le lit, et l'enveloppa, l'engloba de son corps.

« Ma mère a dit qu'on partait demain.

– Je ne peux pas rester seule ici. Je ne peux pas rester seule avec elle. »

Elle respirait dans son cou.

« Ça va aller, dit-il. Il te reste quoi, un an à tenir ? » Il la sentit encore plus bouleversée dans ses bras. « Ensuite tu pourras partir. Où tu voudras. »

Il avait l'impression que tout ce qu'il disait remuait le couteau dans la plaie. Elle s'abandonna à sa tristesse, hoquetant contre lui, et il regarda le plafond rebondir au même rythme.

« Ne pleure pas », dit-il d'une toute petite voix.

Elle pouvait choisir de ne pas l'entendre.

Deb et Jack étaient toujours assis sur le lit, séparés par leur fille. La première occasion de plaisanter leur avait été offerte par Loup, qui s'était mis à égrener de drôles de miaou quand Kay avait éclaté en sanglots. Jack approcha du placard et tendit les mains vers la boule de poils gris.

« Je ne vais pas te faire mal, viens. »

Il glissa une jambe en avant – comme un danseur – et souleva l'animal par le ventre. Le chat s'arqua aussitôt comme une poignée. Kay sourit un peu, et son père bondit vers elle et déclara :

« Il aimerait connaître la raison de ce tintamarre. Il a cru entendre un ouvre-boîte électrique. »

Oui, les pères savaient y faire avec leurs filles.

« Alors, qu'est-ce que tu veux faire aujourd'hui ? Il va faire un temps magnifique, ça va être une journée magnifique. On va manger des pancakes, profiter du soleil, et peut-être faire une promenade en bateau. Ça te dirait ?

– Oui », dit Kay, qui nota que son père avait dit *on*.

Deb aussi l'avait noté, de même que la main de Jack posée sur la sienne et sur la hanche de leur fille.

Simon et Teagan dormirent une heure ou deux, ou plutôt, Simon l'aida à s'endormir, et l'imita. Tout était différent, bien sûr. Le matelas était si mou qu'il sentait ses ressorts. Elle enroula ses doigts autour de lui, le serra si fort qu'il se sentait soudé à elle. Il essaya de la regarder, mais sa tête était nichée au creux de son cou.

« J'ai chaud. » Il sentit son cœur battre plus fort, il voulait se dégager. « Tu as chaud ? » Il roula sur le côté et se leva. « C'est toutes ces couvertures. »

Il mit les mains à plat sur le vantail de la fenêtre.

« Mais, s'il te plaît. »

Elle ne termina pas sa phrase.

« Attends, voilà. »

Il poussa, mais le vantail resta scellé. Ses paumes couinèrent sur le verre.

Teagan émit un petit gémissement derrière son dos.

« Il y a un machin. »

Le machin était un petit levier blanc, fiché dans l'encadrement. Il le fit basculer et la fenêtre s'ouvrit.

« Ouf. Voilà. »

Une ouverture sur la légère brise et le murmure des arbres.

Il essuya ses mains sur son jean et vit que Teagan s'était tournée vers le mur, entraînant le drap avec elle, dénudant le long arc de sa colonne vertébrale. Sa chemise de nuit blanche était froissée autour de sa taille. La sueur soulignait le petit duvet qui assombrissait les creux, au bas de son dos.

« Hé ? Qu'est-ce qu'il y a ? »

Il s'agenouilla par terre et l'attira contre lui. Elle se redressa, mais refusait de le regarder.

« Allez. Tu viendras à New York, à l'automne. »

Il sentait que son amour n'était pas illimité, et l'espace d'un instant, la balance pencha dans sa direction.

« On ira à l'hôtel Chelsea, inventa-t-il. On ira voir la statue de la Liberté », où il n'était jamais allé. « D'accord ? Et tu pourras dormir chez moi. »

Elle le serra dans ses bras. Et si elle doutait encore, elle fit un effort pour essayer d'y croire.

Elle le raccompagna dans l'escalier, au cas où sa mère apparaîtrait. Elle lui adressa même un timide sourire, écartant le rideau de perles et poussant la porte devant lui. Sur les tapis Bienvenue Bienvenue Bienvenue, il se demanda s'il devait l'embrasser. Il ne le fit pas.

Il passa par l'arrière, et ne bifurqua vers la rue que lorsqu'il se jugea suffisamment loin de la maison. En bas de la colline, il s'arrêta pour jeter un regard derrière lui, vers l'endroit où il pourrait l'apercevoir, silhouette fantomatique dans sa chemise de nuit amidonnée légèrement gonflée par le vent. Il la voyait encore, des heures plus tard, allongé dans la chambre saturée de sommeil qu'il partageait avec sa sœur, attendant le lever du soleil ; et bien plus tard, quand ils rentrèrent à New York, et pendant longtemps après ça. Cette forme blanche vacillante. À cause de la brise, ou de ses jambes flageolantes. Se demandant comment il avait pu avoir le courage ou la faiblesse de la laisser là-bas.

Cet après-midi-là, c'était magique à toutes les fenêtres de l'étage.

« Tu vois, comme je l'avais prédit. » Jack avait bluffé, mais Jack avait eu raison. « Un temps de pubs contre les allergies. »

Ça faisait longtemps que Kay ne s'était pas retrouvée avec ses deux parents. Elle marchait entre eux, encadrée comme par deux serre-livres, jouant avec le téléphone de sa mère.

« Je me demande ce que tu fais avec ce truc, dit Deb.

– Je joue à Falling Gems », répondit-elle, protégeant l'écran des rayons du soleil.

Ils passèrent devant le chantier naval avec sa flotte de bateaux à la retraite, ou qui en avaient l'air, grinçant pareils à des rocking-chairs sur les cordes qui les retenaient.

« Peut-être que ça me plairait de ramasser un bijou », dit Jack, glissant les mains dans ses poches en souriant.

Le carillon en verre et métal troubla le silence de la salle. Deux serveuses étaient accoudées au comptoir, derrière des pâtisseries sur des plateaux tournants, leurs tabliers et leurs carnets de commandes posés en tas à côté d'elles.

Ils avaient presque tout le restaurant pour eux – juste un couple de personnes âgées dans un box à côté des toilettes. Ils s'installèrent à une table, près de la vitrine. Kay à côté de Jack, Deb en face. La même serveuse aux lèvres rouges que la fois précédente arriva avec ses cafetières pour signifier aux autres que c'était sa table.

« Comment allez-vous ? demanda-t-elle, secouant sa main droite et provoquant une petite tempête de café à l'intérieur du globe en verre.

– Très bien... » Jack se pencha pour lire son badge. « Brenda ! Vous savez que j'ai une cousine Brenda qui vit à El Dorado, dans l'Arkansas. Une gentille fille. Elle vous ressemble beaucoup. Vous êtes déjà allée dans l'Arkansas ?

– Pas à ma connaissance.

– Eh bien, si vous avez besoin d'une doublure, un jour. »

Brenda sourit. Deb attendit que Jack la regarde et leva les yeux au ciel.

Les commandes arrivèrent toutes en même temps : trois assiettes empilées en pyramide sur le bras replié de Brenda.

« Et voilà. »

Tout, les gaufres mais aussi les œufs, les galettes de pommes de terre râpées et les frites maison (apparemment différentes), tout sentait le sirop d'érable.

« Merveilleux, dit Jack en se frottant les mains. Ça suffira pour moi. Et vous deux, vous prenez quoi ? »

Brenda éclata de rire et ses mèches permanentées remuèrent comme des petits rubans.

« Le même rire. C'est sidérant. Vous êtes *sûre* que vous n'êtes jamais allée dans l'Arkansas ?

– Tu ne sais jamais quand t'arrêter, hein ? lança Deb, alors que Brenda s'éloignait, presque en lévitation.

– Pardon ?

– Je n'aurais pas cru que c'était ton type, voilà tout. Du beurre de cacahuète ? Il a l'air délicieux. »

Toujours absorbée par le téléphone de sa mère, Kay avait versé la moitié du sirop sur ses gaufres bien grillées, les remplissant comme des bacs à glaçons.

« Tu n'es pas sérieuse.

– À quel propos ? Tout va bien, tu es formidable. Je suis contente que tu sois formidable. Je suis contente que tu sois rentré, que tu sois un héros, pour les enfants et pour Gary.

– Est-ce qu'on pourrait éviter de faire ça devant notre fille, s'il te plaît ?

– Oh, parce que tu sais comment la protéger.

– Deborah, je t'en prie…

Une assiette s'écrasa violemment par terre, à l'envers. Ils mirent tous deux un certain temps à comprendre que c'était Kay qui l'avait poussée, et avant même que le sirop d'érable ne commence à dépasser, tout autour, une autre atterrit par-dessus.

« Kay, ça ne se fait pas, lui dit son père.

– Je te déteste », dit Kay.

À sa mère.

« Katherine… commença Jack.

– Non. » Deb se leva. « Laisse-la, ça va. » Elle se glissa hors du box. « Excusez-moi une minute. »

Elle sortit, faisant tinter le carillon, qui balança ses branches pour la deuxième fois. Jack, Kay, Brenda et sa cafetière l'observaient à travers la vitrine, mais Deb s'était baissée, pour ramasser un objet qui venait de tomber semblait-il.

La plus jeune serveuse vint nettoyer les dégâts.

La lumière se répandit dans la vitrine qui se moucheta d'empreintes de doigts et des traces de jours pluvieux.

Et Deb, si experte en matière de posture, s'agenouilla gauchement sous le soleil et détourna le visage.

QUATRIÈME PARTIE

Cette année-là et celles qui suivirent

Ils partirent. Ils avaient été absents deux semaines.

Pendant dix-huit jours, l'appartement était resté vide. Aucune ampoule allumée. Les quatre anges des saisons, sur la télévision, ne s'étaient pas remis dans l'ordre, le Printemps était toujours à côté de l'Automne, et l'Été à côté de l'Hiver.

Seule la wi-fi avait continué de fonctionner, complexifiant l'atmosphère de manière invisible.

Puis ils retrouvèrent la maison, le courrier accumulé par Ruth et leur climatisation mourante.

Jack emménagea dans un appartement plus vaste à Sunnyside, dans le Queens. Deb poussa le lit contre le mur opposé.

Ils cessèrent d'être mariés l'un à l'autre.

Vint le printemps. L'horloge vert fluo se mit à retarder d'une heure.

La fille qui avait écrit la lettre, la fille qui aimait Jack, passa quelque temps à Pasadena, dans la maison de son enfance. Puis elle rentra et devint intérimaire dans un gratte-ciel certifié LEED[1] qui donnait sur Bryant Park, où des inconnus déposaient des Post-it sur son écran.

Nouvelle année. À l'aide d'une cuiller, Kay extirpa tous les morceaux de pâte de cookies d'un pot de glace fourrée à la pâte de cookies, et essaya de les faire cuire. On continuait bien de voir les feux rouges quand on fermait les yeux.

La fille qui avait écrit la lettre trouva deux livres sur son bureau temporaire : un guide des restaurants de la ville, et *Le Manuel de la parfaite secrétaire. Votre image est le portrait que vous présentez aux gens avec lesquels vous interagissez. Évitez d'user continuellement de l'emphase du « Je »*. Il y avait une rose séchée à la page sur les télécommunications, collée à un tableau des décalages horaires par pays.

Certains matins d'avril, les nuages ressemblaient à du cottage cheese. Il y avait quelque chose de punitif dans l'acte d'avaler des pilules sans eau. Travolta mourut dans la salle de bains, à quelques pas de sa litière.

Dans le bureau qui donnait sur Bryant Park, la fille qui avait écrit la lettre écrivit autre chose, des histoires sur ce qu'elle avait fait. Elle restait tard le soir pour imprimer les pages.

Alors qu'elle vivait depuis des années dans le loft d'Eli à Tribeca, Deb finit par vendre l'appartement. Il pleuvait le jour où Katherine prit un avion depuis la Californie pour venir chercher ses affaires. Simon l'attendait sur la 72e Rue sous l'abri illusoire du coffre des moteurs des climatiseurs en sommeil. Elle arriva vers lui par le trottoir ouest de la rue, sautillant par-dessus des flaques réelles et imaginaires. Un vendeur des rues aboyait « ParaPLUIE ParaPLUIE ParaPLUIE » à côté d'une table couverte

1. Bâtiments à haute certification environnementale.

d'accessoires de téléphones et de pashminas emballés dans des sacs plastiques.

Ils allèrent manger, étudièrent le menu.

« Quand as-tu… »

Simon coupa l'air avec ses doigts, près de son oreille.

« Oh, il y a un petit moment », répondit Kay, touchant sa tête par réflexe.

Une minute plus tard, il lança :

« Je me disais que tu pourrais prendre le loup noirci à la cajun. » Katherine rit. « Et moi le foie de génisse grillé – ils le font sûrement bien ici. »

Une vieille plaisanterie entre eux qu'ils tenaient de leur père : l'idée que les menus des *diners* se devaient d'être, en un sens, bluffants.

« Attends, il y a encore mieux, la morvette.

– Où t'as vu ça ?

– Le plat du jour. Accompagné de champignons.

– Accompagné de… OK, c'est bien, on prend ça tous les deux. Tu penses qu'ils en auront assez ? Multiples morvettes ?

– Y a qu'à demander. »

Katherine paya l'addition tandis que Simon pêchait des pastilles de menthe poussiéreuses dans une coupe près de la caisse. Quand elle sortit son portefeuille, une feuille de papier toilette s'envola. Ce désordre dans son sac. Pour la première fois Simon se demanda si ce qu'elle laissait paraître de sa vie était conforme à la réalité.

Dehors le vendeur de ParaPLUIE était redevenu vendeur de coques de téléphones et de pashminas. Il leur jeta un coup d'œil furtif, les prenant sans doute pour un couple. Beaucoup de conjoints se ressemblent physiquement.

Sur le trajet silencieux vers uptown, Simon toucha la cloison en plexiglas du taxi.

« Tu sais que depuis que je suis petit, je ne peux pas voir un de ces trucs sans l'imaginer fiché dans ma gorge ? »

Les éclats de diamants sur les trottoirs n'étaient jamais des diamants, et les taches noires n'étaient pas toujours des chewing-gums sales. Certains l'étaient, mais la plupart non.

Dans le hall d'entrée de leur ancien immeuble, le portier leur demanda s'ils avaient besoin d'aide.

« Nous habitons ici, répondirent-ils. Enfin, habitions, reprit l'un d'eux. Nous avons les clefs. »

Remerciements

Liste inévitablement incomplète de remerciements inévitablement insuffisants à :

Noah Eaker, éditeur implacablement perspicace et généreux donateur de Jelly Beans, aux gens de Random House, en particulier Susan Kamil, Caitlin McKenna, Maria Braeckel et Janet Wygal.

Elyse Cheney, qui s'est élevée si haut et est allée si loin. Sans oublier les merveilleux Alex Jacobs, Adam Eaglin, Sam Freilich et Tania Strauss.

Jonathan Safran Foer, incroyablement sage, incroyablement généreux, bref, le meilleur.

Aux écrivains remarquables que j'ai la chance de pouvoir appeler mes maîtres.

À la Lillian Vernon Creative Writers House de la NYU, et à Deborah Landau en particulier. À la Bobst Library, pour ses heures d'ouverture tardives et la souplesse de son règlement en matière de grignotage.

À la Rona Jaffe Foundation, pour avoir rendu possible ce moment à NYU.

Mes favoris, pour leurs avis et pour mon équilibre mental durant toute cette période : Austin Bone, Anna Breslaw, Julie Buntin, Rebecca Dinerstein, Jane Esberg, Rafi Ginsburg, Grace Kallis, Tiffany Peón, Sarah Peterson, Jennifer Rice, Nina Rouhani et Shiva Rouhani.

À ma famille : Robert Pierpont (lecteur infatigable), Bob et Mary Pierpont, Shirley « Baba » Roth, Allan Roth, Doris Garcia et Diana Garcia. Vous m'avez tant donné.

Enfin, à Claudia Roth Pierpont, la meilleure. Merci de revenir me chercher chaque fois.

La Cosmopolite

Collection créée par André Bay

(Extrait du catalogue)

Kôbô Abé	*La femme des sables*
	La face d'un autre
	L'homme-boîte
Vassilis Alexakis	*Talgo*
Jorge Amado	*Tieta d'Agreste*
	La bataille du Petit Trianon
	Le vieux marin
	Dona Flor et ses deux maris
	Cacao
	Les deux morts de Quinquin-La-Flotte
	Tereza Batista
	Gabriela, girofle et cannelle
	La découverte de l'Amérique par les Turcs
	La boutique aux miracles
Maria Àngels Anglada	*Le violon d'Auschwitz*
	Le cahier d'Aram
Reinaldo Arenas	*L'assaut*
Sawako Ariyoshi	*Kaé ou les deux rivales*
	Les années du crépuscule
James Baldwin	*Si Beale Street pouvait parler*
	Harlem Quartet
Jo Baker	*Une saison à Longbourn*
Elena Balzamo (sous la dir. de)	*Masterclass et autres nouvelles suédoises*
Herman Bang	*Tine*
	Maison blanche. Maison grise

Julian BARNES	*Le perroquet de Flaubert*
	Le soleil en face
Jon BAUER	*Des cailloux dans le ventre*
Mario BELLATIN	*Salon de beauté*
Karen BLIXEN	*Sept contes gothiques*
Britta BÖHLER	*La décision*
Ivan BOUNINE	*Le monsieur de San Francisco*
André BRINK	*Un turbulent silence*
	Une saison blanche et sèche
	Les droits du désir
Louis BROMFIELD	*La mousson*
Ron BUTLIN	*Appartenance*
Karel ČAPEK	*La vie et l'œuvre du compositeur Foltyn*
Dulce Maria CARDOSO	*Le retour*
Raymond CARVER	*Les vitamines du bonheur* suivi de *Tais-toi, je t'en prie* et *Parlez-moi d'amour*
Gabriele D'ANNUNZIO	*Terre vierge*
Kathryn DAVIS	*À la lisière du monde*
	Aux enfers
Federico DE ROBERTO	*Les princes de Francalanza*
Lyubko DERESH	*Culte*
Anita DESAI	*Un héritage exorbitant*
Tove DITLEVSEN	*Printemps précoce*
Carmen DOMINGO	*Secrets d'alcôve*
Emma DONOGHUE	*Room*
	Égarés
	Frog Music
Jennifer EGAN	*Qu'avons-nous fait de nos rêves ?*
	Le donjon
Monika FAGERHOLM	*La fille américaine*
	La scène à paillettes
Lygia FAGUNDES TELLES	*Les pensionnaires*
Kjartan FLØGSTAD	*Grand Manila*
	Des hommes ordinaires
Tomomi FUJIWARA	*Le conducteur de métro*
Claire FULLER	*Les jours infinis*
Horst Wolframm GEISZLER	*Cher Augustin*

Alberto GERCHUNOFF	*Les gauchos juifs*
Margherita GIACOBINO	*Toutes nos mères*
Robert GRAVES	*King Jesus*
Wendy GUERRA	*Tout le monde s'en va*
	Mère Cuba
	Poser nue à La Havane
	Negra
Farjallah HAÏK	*L'envers de Caïn*
	Joumana
Samantha HARVEY	*La mémoire égarée*
	La vérité sur William
Alfred HAYES	*In Love*
Mark HELPRIN	*Conte d'hiver*
Hermann HESSE	*Demian*
Nick HORNBY	*Funny Girl*
E.T.A. HOFFMANN	*Les élixirs du diable*
Yasushi INOUÉ	*Le fusil de chasse et autres récits,* édition intégrale des nouvelles de l'auteur publiées dans La Cosmopolite
	Histoire de ma mère
	Les dimanches de Monsieur Ushioda
	Paroi de glace
	Au bord du lac
	Le faussaire
	Combat de taureaux
	Le Maître de thé
	Pluie d'orage
J. W. IRONMONGER	*Le génie des coïncidences*
Jens Peter JACOBSEN	*Niels Lyhne*
Henry JAMES	*L'autel des morts* suivi de *Dans la cage*
	Le regard aux aguets
Tania JAMES	*L'atlas des inconnus*
Eyvind JOHNSON	*Le roman d'Olof*
Ismaïl KADARÉ	*La ville sans enseignes*
Yoram KANIUK	*Adam ressuscité*
	Confessions d'un bon Arabe
Jack KEROUAC	*Maggie Cassidy*
Ken KESEY	*Vol au-dessus d'un nid de coucou*

Rachel KUSHNER — *Les lance-flammes*

Pär LAGERKVIST — *Le nain*
Le bourreau
Barabbas

Selma LAGERLÖF — *L'anneau du pêcheur*
Jérusalem en terre sainte
L'empereur du Portugal

Eduardo LAGO — *Appelle-moi Brooklyn*
Voleur de cartes

Timothy S. LANE — *Devenir une légende*

D.H. LAWRENCE — *Île mon île*

Sinclair LEWIS — *Babbitt*

Davide LONGO — *L'homme vertical*

Amy Grace LOYD — *Le bruit des autres*

LUXUN — *Le journal d'un fou*

Thomas MANN — *Tonio Kröger*
La mort à Venise

Katherine MANSFIELD — *Nouvelles*
Lettres
Cahier de notes

Trude MARSTEIN — *Faire le bien*

Ronit MATALON — *Le bruit de nos pas*

Predrag MATVEJEVITCH — *Entre asile et exil*

Carson MCCULLERS — *Le cœur est un chasseur solitaire* suivi de *Écrivains, écriture et autres propos*
Le cœur hypothéqué
Frankie Addams
La ballade du café triste
L'horloge sans aiguilles
Reflets dans un œil d'or

Gustav MEYRINK — *Le Golem*

Henry MILLER — *Tropique du Capricorne*
Un dimanche après la guerre
Entretiens de Paris
Virage à 80
Tropique du Cancer suivi de *Tropique du Capricorne*

Henry MILLER / Anaïs NIN — *Correspondance passionnée*

Wu Ming-yi	*L'homme aux yeux à facettes*
Antonio Monda	*Le goût amer de la justice*
Vladimir Nabokov	*Don Quichotte*
	Austen, Dickens, Flaubert, Stevenson
	Proust, Kafka, Joyce
	Gogol, Tourgueniev, Dostoïevski
	Tolstoï, Tchekhov, Gorki
Ramita Navai	*Vivre et mentir à Téhéran*
William Navarrete	*La danse des millions*
	En fugue
Nigel Nicolson	*Portrait d'un mariage*
Anaïs Nin	*Les miroirs dans le jardin*
	Les chambres du cœur
	Une espionne dans la maison de l'amour
	Henry et June
	Journaux de jeunesse (1914-1931)
Joyce Carol Oates	*Eux*
	Bellefleur
	Blonde
	Confessions d'un gang de filles
	Nous étions les Mulvaney
	La fille tatouée
	La légende de Bloodsmoor
	Zombi
	Les mystères de Winterthurn
	Marya, une vie
	Corky
Kenzaburo Oé	*Une affaire personnelle*
Sofi Oksanen	*Purge*
	Les vaches de Staline
	Quand les colombes disparurent
	Baby Jane
Olivia	*Olivia par Olivia*
O. Henry	*New York tic-tac*
Robert Penn Warren	*La grande forêt*
Jia Pingwa	*La capitale déchue*

Kevin POWERS	*Yellow birds*
	Lettre écrite pendant une accalmie dans les combats
Ruth PRAWER JHABVALA	*La vie comme à Delhi*
Lucía PUENZO	*L'enfant poisson*
	La malédiction de Jacinta
	La fureur de la langouste
	Wakolda
Thomas ROSENBOOM	*Le danseur de tango*
Vita SACKVILLE-WEST / Virginia WOOLF	*Correspondance*
Moshe SAKAL	*Yolanda*
Arthur SCHNITZLER	*Madame Béate et son fils*
	La ronde
	Mademoiselle Else
	La pénombre des âmes
	Vienne au crépuscule
	Mourir
	L'étrangère
James SCUDAMORE	*La clinique de l'amnésie*
Mihail SEBASTIAN	*Journal (1935-1944)*
Kamila SHAMSIE	*Là où commencent et s'achèvent les voyages*
Isaac Bashevis SINGER	*Le magicien de Lublin*
	Shosha
	Le blasphémateur
	Yentl et autres nouvelles
	L'esclave
	Le beau monsieur de Cracovie
	Un jeune homme à la recherche de l'amour
	Le manoir
	Le domaine
	La couronne de plumes et autres nouvelles
	Les aventures d'un idéaliste et autres nouvelles inédites
	La famille Moskat

Ersi SOTIROPOULOS	*Eva*
Muriel SPARK	*Le pisseur de copie*
Saša STANIŠIĆ	*Le soldat et le gramophone*
	Le soldat et le gramophone (théâtre)
	Avant la fête
Sara STRIDSBERG	*La faculté des rêves*
	Valerie Jean Solanas va devenir Présidente de l'Amérique (théâtre)
	Darling River
Junichiro TANIZAKI	*Deux amours cruelles*
Bilal TANWEER	*Le monde n'a pas de fin*
Rupert THOMSON	*L'église de Monsieur Eiffel*
Carl Frode TILLER	*Encerclement*
Léon TOLSTOÏ	*La mort d'Ivan Ilitch* suivi de *Maître et serviteur*
Ivan TOURGUENIEV	*L'abandonnée*
	Dimitri Roudine
	L'exécution de Troppmann et autres récits
B. TRAVEN	*Le visiteur du soir*
Magdalena TULLI	*Le défaut*
Anne TYLER	*Toujours partir*
	Le voyageur malgré lui
	Le déjeuner de la nostalgie
	Le compas de Noé
	À la recherche de Caleb
	Leçons de conduite
	Une autre femme
	En suivant les étoiles
	Les adieux pour Débutant
Fred UHLMAN	*La lettre de Conrad*
	Il fait beau à Paris aujourd'hui
Sigrid UNDSET	*Olav Audunssøn*
	Kristin Lavransdatter
	Vigdis la farouche
	Printemps
Birgit VANDERBEKE	*Le dîner de moules*

Mariapia VELADIANO	*La vie à côté*
Ernst Emil WIECHERT	*La servante du passeur*
Oscar WILDE	*Intentions*
	De profundis
	Nouvelles fantastiques
	Le procès d'Oscar Wilde
Christa WOLF	*Scènes d'été*
	Incident
	Trois histoires invraisemblables
	Cassandre
	Médée
	Aucun lieu. Nulle part
	Trame d'enfance
	Le ciel divisé
Virginia WOOLF	*La chambre de Jacob*
	Au phare
	Journal d'adolescence
	Journal intégral (1915-1941)
	Instants de vie
	Orlando
Kikou YAMATA	*Masako*
	La dame de beauté
Stefan ZWEIG	*Nietzsche*
	Vingt-quatre heures de la vie d'une femme
	Le joueur d'échecs
	La confusion des sentiments
	Amok
	Lettre d'une inconnue

Cet ouvrage a été composé
par PCA à Rezé (Loire-Atlantique)
et achevé d'imprimer en France
par CPI Brodard et Taupin
à La Flèche (Sarthe)
pour le compte des Éditions Stock
31, rue de Fleurus, 75006 Paris
en décembre 2015

PAPIER À BASE DE FIBRES CERTIFIÉES

Stock s'engage pour l'environnement en réduisant l'empreinte carbone de ses livres. Celle de cet exemplaire est de :
900 g éq. CO_2
Rendez-vous sur www.editions-stock-durable.fr

Imprimé en France

Dépôt légal : janvier 2016
N° d'édition : 01 – N° d'impression : 3014773
51-08-2646/1